最美的诗歌

最美的诗歌

典藏版

徐志摩等◎著
崔旌晖◎主编

中国華僑出版社
北京

图书在版编目（CIP）数据

最美的诗歌：典藏版 / 徐志摩等著；崔旌晖主编．— 北京：中国华侨出版社，2013.4
（2021.1 重印）
ISBN 978-7-5113-3490-9

Ⅰ．①最… Ⅱ．①徐… ②崔… Ⅲ．①诗集－世界 Ⅳ．① I12

中国版本图书馆 CIP 数据核字（2013）第 071624 号

最美的诗歌：典藏版

著　　者：徐志摩　等
主　　编：崔旌晖
责任编辑：文　丹
封面设计：阳春白雪
文字编辑：王小诺
美术编辑：宇　枫
经　　销：新华书店
开　　本：720 毫米 ×1020 毫米　1/16　印张：24　字数：320 千字
印　　刷：北京德富泰印务有限公司
版　　次：2013 年 7 月第 1 版　2021 年 1 月第 4 次印刷
书　　号：ISBN 978-7-5113-3490-9
定　　价：55.00 元

中国华侨出版社　北京市朝阳区西坝河东里 77 号楼底商 5 号　邮编　100028
发 行 部：（010）88866779　　传　真：（010）88877396

前 言

诗歌是世界文学宝库中的一朵奇葩，是语言的精华，是智慧的结晶，是思想的火花，是人类最纯粹的精神家园。诗歌高度集中地概括、反映社会生活，再现某一时期内的社会风貌和人们的精神生活，饱含着作者丰富的思想和感情，富于想象，语言凝练而形象性强，具有节奏韵律。作为一种文学艺术题材，诗歌除了表现表面上的意义之外，也展现美学与质感，引发共鸣。经过时间的磨砺，很多诗歌已经成为超越民族、超越国别、超越时空的不朽的经典，叩击着一代又一代人的心灵，给人们以思想和艺术上的双重启迪和熏陶。

优秀的诗歌沉淀着人类灵魂深处的苦难和欢乐、幻灭和梦想、挫折和成功，折射着人类精神层面中永恒的尊严和美丽，体现着人类追求真善美、摒弃假恶丑的执着信念和高尚情怀。阅读优秀的诗歌不仅可以拓宽自己的阅读视野，而且还能够获得某种深刻的人生启示和积极的人生借鉴。阅读优秀的诗歌，可以使我们在领略诗歌语言美和韵律美的同时，感同身受，体会诗人所阐述的人生和社会哲理，体会诗人的爱憎标准、价值取向和审美情趣，探究人类生存的智慧和意义，并从中获取在困境中生存的力量，从而不断完善自我，超越自我，朝着理想的完美的人生迈进。

中外诗歌浩如烟海，一个人要想在短暂的一生中遍阅所有诗歌大师的传世佳作，既不现实，也不经济。为了让广大读者在较短的时间内迅速、有效地了解中外诗歌的创作成就，获得最佳的阅读效果，我们在广泛查阅相关资料的基础上，经过反复细致的讨论和斟酌，最后从琳琅满目的中外诗歌宝库中选出了近200首中外最美的诗歌，辑录成书。所选诗歌，囊括了各个时代、各个民族、各个流派的最好作品，代表着中外诗歌创作的最高成就。这些作品或讴歌大自然，或咏叹爱情，或感慨人生，或启迪智慧，或激发希望，语言优美，意义深邃，堪称人类文明的共同财富，不仅为读者提供了一个可供参照、学习、研究中外诗歌的范本，也能使读者领略到诗歌艺术的神奇魅力。同时，对于培养读者的高尚情操、爱国思想、审美情趣、健全人格也起到了潜移默化的作用。

为了帮助读者加深对诗歌的理解，我们为每首诗歌增设了“作者简介”“诗歌赏析”等专栏。“作者简介”简要介绍了作者的生平经历、创作成就等，使读者对作者有个清晰概括的了解；“诗歌赏析”以凝练的语言对每首诗歌的写作背景、思想内容、语言特色等进行精当到位的点评，引导读者从不同角度准确透彻地把握诗歌的思想内涵和艺术特色、情境和意蕴。值得一提的是，为了尊重作者和译者，保持原文风貌，对一些20世纪二三十年代写成或翻译的作品中有个别用字和时下现代汉语语法不统一的现象，我们没做相应的改动，确保了作品的原汁原味。

我们希望通过本书，引领读者领略中外诗歌的艺术魅力，在诗人所讴歌的真善美及其所批判的假恶丑中启迪心智，陶冶性情，提高个人的文学素养、审美水准、人生品位，为自己的人生开辟一片广阔的天地。

目录

上篇　中国最美的诗歌

下 篇　世界最美的诗歌

希 腊

古罗马　意大利

西班牙　葡萄牙

英国　爱尔兰

法国

德国 奥地利

俄国（苏联）

上篇

中国最美的诗歌

邮 吻/刘大白

我不是不能用指头儿撕，
我不是不能用剪刀儿剖，
衹是缓缓地
　　轻轻地
很仔细地挑开了紫色的信唇；
我知道这信唇里面，
藏着她秘密的一吻。

从她底很郑重的折叠里，
我把那粉红色的信笺，
很郑重地展开了。
我把她很郑重地写的
一字字一行行，
一行行一字字地
很郑重地读了。

我不是爱那一角模糊的邮印，
我不是爱那幅精致的花纹，
衹是缓缓地
　　轻轻地
很仔细地揭起那绿色的邮花；
我知道这邮花背后，
藏着她秘密的一吻。

作者简介

刘大白（1880~1932），浙江绍兴人，原名金庆棪，字伯贞，辛亥革命后改姓刘，名靖裔，字清斋，别号大白，曾为清朝优贡生，后留学日本，并加入同盟会，1916年回国，曾在浙江省立第一师范执教，1921年担任复旦大学教授，1928年出任浙江省教育厅秘书和浙江大学秘书长，1929年出任南京国民政府教育部常任次长，1931年开始闭门著书。刘大白是新诗的积极倡导者，五四运动前就开始写作白话诗，1924年和1926年先后出版了两部新诗集——《旧梦》和《邮吻》。他的新诗还带有从旧诗蜕化而来的痕迹，感情浓烈，语言明快，音节整齐，韵律和谐，具有鲜明的乡土特色，一些描写爱情的诗歌在五四时期的诗坛上别具一格，另有一些描写民众疾苦、触及重大社会题材的诗作也影响较大。

诗歌赏析

“云中谁寄锦书来”，自古以来，信笺就是传递爱情的媒介，刘大白的这首《邮吻》就是以信写情的一篇佳作。这首诗的表达很为巧妙，避开了信笺的内容，而是以那信唇里面和邮花背后藏着爱人的那“秘密的一吻”来展现诗人收到爱人信笺之时心情的激动和甜蜜。诗中对于拆开信封的过程描写得极为细腻，不用那快利的“撕”和“剖”，而是“缓缓地”“轻轻地”“很仔细地”挑开紫色的信唇，只因怕伤害到信唇里藏着的爱人的秘密的吻，而那“一字字一行行”，再又“一行行一字字地”反复，将诗人心中对爱情所怀有的神圣感非常委婉地展露出来，后面“缓缓地”“轻轻地”揭起邮花的动作，与前面拆开信封的动作相应，取得了平缓和谐的抒情效果，将诗人心中柔蜜的爱情表达得极为感人。

三弦/沈尹默

中午时候，火一样的太阳，没法去遮拦，让他直晒着长街上。静悄悄少人行路；只有悠悠风来，吹动路旁杨树。

谁家破大门里，半兜子绿茸茸细草，都浮若闪闪的金光。旁边有一段低低土墙，挡住了个弹三弦的人，却不能隔断那三弦鼓荡的声浪。

门外坐着一个穿破衣裳的老年人，双手抱着头，他不声不响。

作者简介

沈尹默（1883~1971），浙江吴兴（现湖州市吴兴区）人，生于陕西汉阴，原名君默，字秋明，早年留学日本，毕业于京都帝国大学，归国后历任浙江高等师范学校教员、北京大学教授、北京女子师范大学教授、河北省教育厅厅长、北平大学校长、北平女子学院院长等职，并曾于新文化运动时期参加过《新青年》的编辑工作。抗战期间，沈尹默在重庆担任监察院委员，曾欲弹劾孔祥熙而未获成功，抗战胜利后因不满政府的腐败而辞去公职，卜居上海，以卖字为生。中华人民共和国成立后，沈尹默曾担任上海市人民政府委员和中央文史馆副馆长等职务，并亲自创建了新中国第一个书法组织——上海市中国书法篆刻研究会。沈尹默是中国新诗创生时期的一位非常重要的诗人，诗歌创作注重神韵，其诗作《月夜》和《三弦》流传尤为广泛，也被认为是中国现代新诗史上的经典作品。

诗歌赏析

《三弦》以寥寥的几行字，刻画出和谐优美的意境。赤日炎炎的寂寥长街，破落空旷的院子，一段悠扬缥缈的琴声，一个特写的镜头——低低的土墙下蹲着的那个穿着破衣裳、抱着头不声不响的老人。整个画面诗意朦胧，意象独特，画外有意，深得传统文化含蓄、淡远与蕴藉之神韵，给人极其和谐的美感。

这首诗是传统的，更是现代的。它不仅体现着中国诗歌的精髓，同时也展现着诗人对西方象征暗示手法的精巧运用。毒辣辣的太阳、破落的院子、失意的主人、流浪的老人，结合成一个忧愁凄凉、残破无奈的独特意象。这种没落无望的人生情绪与似暗实明的渺茫意境揉和在一起，真是意味深长，耐人咀嚼。

此外，这首诗的音韵极美，韵脚和谐，节奏悠扬顿挫，闭眼聆听，让人感受到无限的音乐之美，是中国新诗草创时期十分难得的佳作。

教我如何不想她/刘半农

天上飘着些微云，
地上吹着些微风。
啊！
微风吹动了我头发，
教我如何不想她？

月光恋爱着海洋，
海洋恋爱着月光。
啊！
这般蜜也似的银夜，
教我如何不想她？

水面落花慢慢流，
水底鱼儿慢慢游。
啊！
燕子你说些什么话？
教我如何不想她？

枯树在冷风里摇，
野火在暮色中烧。
啊！
西天还有些儿残霞，

教我如何不想她？

作者简介

刘半农（1891~1934），江苏江阴人，中国新文化运动的健将。出身贫苦，上中学时因向往辛亥革命辍学参军，后到上海做编辑工作。1918年和钱玄同合作演双簧戏，争辩关于白话文的问题，有力地推进了白话文运动。他还一度参加《新青年》的编辑工作。1920年赴英入伦敦大学学习，1921年转入法国巴黎大学专攻语音学，获文学博士学位，并被巴黎语言学会推为会员。1925年秋回国，任北京大学国文系教授。1926年主编《世界日报》副刊，并任中法大学国文系主任。同年，诗人将自己多年来在诗歌创作上的成果结集出版，分别是《瓦釜集》（诗集中对民歌形式的利用作了有益的探索）、《扬鞭集》。1929年起历任北京大学国文系教授、北平大学女子文学院院长、辅仁大学教务长等职。1934年，诗人英年早逝。

诗歌赏析

这首诗作于1920年诗人留学欧洲期间。也许是情人不在身边，也许是对祖国的想念，伴着那景色，诗人唱出了心底潜藏的最纯真的爱情和热切的思念之情。诗名开始时叫作《情歌》，不久诗人将名字改成《教我如何不想她》。那时的诗人远离祖国故土，心中时时生出对故国的依恋，而那时的中国更是千疮百孔，诗人对故国的关心程度是可想而知的。

天空明净，大地宽阔。云儿在天空中飘着，微风轻吹，吹乱了诗人的头发，也唤起了诗人心中思念故土和亲人的感情，接着诗人一声感叹：“教我如何不想她？”反问加强了那感情和思念的程度。

在夜里，银色的月光照在宽阔的海面上。在这“蜜也似的银夜”，诗人却不能和恋人相伴，不能和心中的恋人在一起。这月光和海洋契合无间、依傍难分的情景在诗人的心中激起了怎样的感情呀？“教我如何不想她”？

水上落花，水底游鱼，燕子飞舞。这花因为燕子可有着“落花有意，流水无情”的担心？这游鱼因为燕子的出现可有着被水抛弃的担心？也许，燕子送来了家乡的信息，让诗人的心里有着更深的触动，更深的思念，“教我如何不想她”？

枯树在冷风中摇动，残霞映红了半边天，如野火在烧。这冷的风和天边的残霞形成了强烈的对比，更加衬出了诗人远离故国的失落和热切的思念之情。思念之余，诗人看到的还是一片冷冷的暮色——残霞。这是一种强烈的反差，在诗人最冷的心灵感受中，暗藏着对祖国深深的爱。

刘半农的诗歌代表了中国新诗早期的风格，他也是早期新诗作者中创作路子比较宽的一个。他一方面吸收歌谣的散体和外国的诗歌特点，另一方面继承了中国传统诗歌的特点和手法——重视意境的营造、比兴等。如这首诗中，每一段的开头渲染了不同的景色，以引起感情的抒发；每一段都营造了优美的诗歌意境，实感的景色引起人们无穷的想象。同时，诗人采用了西方抒情诗的一些特点，反复吟唱，用生活中的白话来抒发心中强烈的感情。这首诗无论是在意境的营造上，还是在抒情方式的表现技巧上，都是后来中国白话新诗的楷模，对中国的新诗产生了启发式的影响。

铁匠/刘半农

叮当！叮当！
清脆的打铁声，
激动夜间沉默的空气。
小门里时时闪出红光，
愈显得外间黑漆漆地。

我从门前经过，
看见门里的铁匠。
叮当！叮当！

他锤子一下一上，
砧上的铁，
闪着血也似的光，
照见他额上淋淋的汗，
和他裸着的，宽阔的胸膛，

我走得远了，
还隐隐的听见
叮当！叮当！
朋友，
你该留心着这声音，
他永远的在沉沉的自然界中激荡。
他若回头过去，
还可以看见几点火花，
飞射在漆黑的地上。

诗歌赏析

在现代诗歌草创时期，刘半农曾做出过杰出贡献，不仅如此，他还是风格极其鲜明的“平民诗人”，他关注下层人民的生活，在诗作中刻画了农民、木匠、船夫、人力车夫、铁匠、渔夫、学徒乃至乞丐等形象，不仅对他们的苦难寄予深深的同情，同时也讴歌他的坚韧精神。而“铁匠”则是刘半农钟爱的一个形象，在他的好几首诗里都出现过。当然，以此诗塑造得最精彩。这首诗描写的是铁匠黑夜劳动的过程，其层次是闻声——观望——走过。在“观望”中，他给了铁匠一个特写——“额上淋淋的汗，和他裸着的，宽阔的胸膛”，颇为震撼。此外，全诗着力写了铁匠黑夜劳动时的“叮当叮当”和“红光”两个特征，一为听觉，一为视觉，并且在三节中反复出现，如此回环往复，大大增强了诗作的感染力。“黑漆漆”的夜、奋力击锤的铁匠、不断闪烁的“红光”，构成了一个极具象征意味的画面，把作者对社会的思考和期望蕴藏其中，更加耐人寻味。

一念/胡适

我笑你绕太阳的地球，一日夜只打得一个回旋；
我笑你绕地球的月亮，总不会永远团圆；
我笑你千千万万大大小小的星球，总跳不出自己的轨道线；
我笑你一秒钟行五十万里的无线电，总比不上我区区的心头一念！
我这心头一念
才从竹竿巷，忽到竹竿尖；
忽在赫贞江上，忽在凯约湖边；
我若真个害刻骨的相思，便一分钟绕遍地球三千万转！

作者简介

胡适（1891~1962），安徽绩溪人，原名嗣穈，学名洪骍，字希疆，后改名适，字适之，1910年赴美留学，在康奈尔大学读农学，后改读文学，1914年到哥伦比亚大学攻读哲学，师从哲学家杜威，1917年取得博士学位后回国，任北京大学教授，并参加《新青年》的编辑工作，积极提倡白话文，并且广泛尝试多种体裁的新文学创作，成为新文化运动的领军人物。后历任中国公学校长、北京大学文学院院长与中国文学系主任、国民政府驻美国大使、行政院最高政治顾问、北京大学校长等职，1948年12月离开北平，翌年转赴美国，曾任普林斯顿大学葛思德东方图书馆馆长，后来定居台湾，并任“中央研究院”院长。1920年，胡适创作的《尝试集》出版，这是中国第一部白话新诗集，其中的诗作显示了新诗萌生时期从旧诗中脱胎、蜕变、成长的艰难过程，艺术上远非成熟，但具有重要的文学史价值。

诗歌赏析

20世纪30年代，朱自清在编选作为新文学第一个十年中新诗发展历程总结的《中国新文学大系·诗集》时，将胡适的这首《一念》放在了第一篇，可见这首诗具有较高的艺术价值。全诗音节自然和谐，有着很好的节奏和强烈的音乐感，在思想理念的表达上也饶有趣味。诗歌先运用了四个排比句，前三句带有铺垫的作用，最后一句道出诗歌的旨意——“总比不上我心头的区区一念”，这体现了诗人对人的思维速度的赞叹，而前面又都以“我笑你”来作为句子的开头，更增强了这种趣中见真的表达效果。然后诗中具体阐释了“我这心头一念”所跨越的距离，从当前居住的“竹竿巷”到家乡的“竹竿尖”，而又及美国留学之地的风景区，形象地表述了人的思维的奇异性。最后的一句，更是点睛的一笔，揭示了人的思维所含有的巨大潜能，更进一步地表达了诗人对作为万物之灵长的人类的歌颂。

歌唱现代/陶行知

我们不歌唱过去，
我们不歌唱未来，
我们只歌唱现代：
歌唱从古以来之现代，
歌唱未来所以来之现代，
歌唱现代的战斗，
歌唱现代的创造，
创造到无穷的将来！

作者简介

陶行知（1891~1946），原名文濬，后改知行，又改行知，安徽省歙县人。现代教育家。1914年毕业于金陵大学，后前往美国哥伦比亚大学留学。回国后，曾任南京高等师范学校教授、中华教育改进社总干事。1926年，陶行知起草发表了《中华教育改进社改造全国乡村教育宣言》。1927年创办试验乡村师范学校，即晓庄师范学校。“九一八”事变后，组织国难教育社，创办“山海工学团”。“一二九”运动后，陶行知与沈钧儒等联名发表《团结御侮》宣言，提出了教育必须为民族革命和民主革命服务的论断。此后，陶行知创办了育才学校和社会大学。1945年，陶行知加入中国民主同盟。陶行知著有《陶行知全集》《中国教育改造》《普及教育》《行知诗歌集》等。

诗歌赏析

现代著名教育家陶行知非常重视行动和实践，强调一种身体力行的、勤奋独立的生活观念，这首《歌唱现代》就表达了作者对眼前时光和现实生活的重视。在陶行知看来，只有抓住眼前的一切，勤奋工作，才是最具有现实意义的，所以他说“我们不歌唱过去，我们不歌唱未来，我们只歌唱现代”，这样的现代是“从古以来之现代”“未来所以来之现代”，也即是说，它是非常具体地联系着过去和将来的时间段，是一切创造的立足点，它的价值和意义在于能够使我们实现自己的设想和抱负。“歌唱现代的战斗，歌唱现代的创造，创造到无穷的将来！”诗人所歌唱的，正是和一切空谈相反的务实的努力。这首诗句句都是大白话，非常通俗明白，多用排比句式，增加了诗歌的气势，诗歌中强烈地体现出一种立足现实、立足于创造的现实主义人生观和奋发进取的时代精神，具有非常强的宣传和鼓动效果。

自立立人歌（四章）/陶行知

一

滴自己的汗，

吃自己的饭，

自己的事自己干，
靠人、靠天、靠祖上，
不算是好汉。

二

滴自己的汗，
吃自己的饭，
别人的事我帮忙干，
不救苦来不救难，
可算是好汉？

三

滴大众的汗，
吃大众的饭，
大众的事不肯干，
架子摆成老爷样，
可算是好汉？

四

大众滴了汗，
大众得吃饭，
大众的事大众干，
若想一个人包办，
不算是好汉。

诗歌赏析

这是伟大的人民教育家陶行知写给学生，教育学生的一首非常通俗的歌诗，语言直白明了，节奏明快，读起来朗朗上口，非常易于记取。陶行知在诗中教育学生要“自立立人”，全诗共有四节，诗人从各个角度说明了什么叫自立立人，而什么则是相反。在第一节，诗人明确指出：“滴自己的汗，吃自己的饭，自己的事情自己干，靠人、靠天、靠祖上，不算是好汉。”也就是说，要自立立人，第一条件就是经济上和生活能力上的独立，如果思想上或者现实生活中依赖别人，听天由命，或者吃着老底，都与自立是不相符的，也就是说，作为自立的新人，寄生思想要不得，寄生生活不能过。在第二节，诗人在“吃自己的饭”的基础上，提出了进一步的要求：“不救苦来不救难，可算是好汉？”陶行知认为，虽然自己通过劳动独立生活，但是对别人的苦难漠不关心，也不能算是好汉。在第三节和第四节里，诗人尖锐地批评了那种依靠权力剥削大众的统治阶级的寄生思想和寄生行为，这些人“滴大众的汗，吃大众的饭，大众的事情不肯干，架子摆成老爷样，可算是好汉”？最为严重的情况是“大众滴了汗，大众得吃饭，大众的事情大众干。若想一个人包办，不算是好汉”。应该说，陶行知的这些看似简单的道理在培养新一代知识分子的过程中发挥了极为重要的作用，中国传统的知识分子长期以来大都以仕途立身，自然就养成了一种腐朽的寄生思想，而且寄生在劳动人民的血汗中，剥夺大众的权力，独裁专行，实行残暴统治，这些在陶行知看来，都是要坚决杜绝的。

天上的街市/郭沫若

远远的街灯明了，
好像闪着无数的明星。
天上的明星现了，
好像点着无数的街灯。

我想那缥缈的空中，
定然有美丽的街市。
街市上陈列的一些物品，

定然是世上没有的珍奇。
你看，那浅浅的天河，
定然是不甚宽广。
那隔河的牛郎织女，
定能够骑着牛儿来往。

我想他们此刻，
定然在天街闲游。
不信，请看那朵流星，
那怕是他们提着灯笼在走。

作者简介

郭沫若（1892~1978），原名郭开贞，四川乐山人，中国现代浪漫主义诗人、剧作家、历史学家、古文字学家。早年先后在日本冈山高等学校和九州帝国大学学习医学。在帝国大学时，诗人开始从事文学创作。1920年诗人在《时事新报·学灯》上发表了一系列重要作品，1921年出版诗集《女神》。这部诗集是中国现代诗歌史上的里程碑，开创了中国新诗的浪漫主义风格。同年，诗人和郁达夫等人组织成立创造社，创办《创造》季刊。1923年，诗人从帝国大学毕业。1926年，诗人出任广东大学校长。同年7月，诗人随国民革命军北伐。1927年8月，参加南昌起义，加入中国共产党。起义期间，诗人创作了大量历史剧，宣传革命，挖苦讽刺蒋介石的丑恶嘴脸，遭到蒋介石的通缉。1928年2月，他开始了在日本的10年流亡生涯。期间潜心研究中国古代文化，奠定了他的史学家、古文字学家的地位。1937年，他秘密回国，积极投身抗日救亡运动，创作了大量有时代气息的历史剧，如《虎符》《屈原》等。中华人民共和国诗人一直主持文化工作，历任中国科学院院长、全国人大常委会副委员长、全国政协副主席等职。

诗歌赏析

郭沫若的诗一向以强烈情感宣泄著称，他的《凤凰涅槃》热情雄浑；他的《天狗》带着消灭一切的气势；他的《晨安》《炉中煤》曾经让我们的心跳动不止。这首诗却恬淡平和，意境优美，清新素朴。诗人作这首诗时正在日本留学，和那时的很多中国留学生一样，他心中有着对祖国的怀念，有对理想未来的迷茫。诗人要借助大自然来思索这些，经常在海边彷徨。在一个夜晚，诗人走在海边，仰望美丽的天空、闪闪的星光，心情变得开朗起来。诗人似乎找到了自己的理想，于是他在诗中将这种理想写了出来——那似乎是天国乐园的景象。

诗人将明星比作街灯。点点明星散缀在天幕上，那遥远的世界引起人们无限的遐想。街灯则是平常的景象，离我们很近，几乎随处可见。诗人将远远的街灯比喻为天上的明星，又将天上的明星说成是人间的街灯。是诗人的幻觉，还是诗人想把我们引入“那缥缈的空中”？在诗人的心中，人间天上是一体的。

那缥缈的空中有一个街市，繁华美丽的街市。那儿陈列着很多的物品，这些物品都是人间的珍宝。诗人并没有具体写出这些珍奇，留给了我们很大的想象空间，我们可以将它们作为我们需要的东西，带给我们心灵宁静、舒适的东西。

那不仅是一个街市，更是一个生活的场景。那被浅浅的天河分隔的对爱情生死不渝的牛郎、织女，在过着怎样的生活？还是守着银河远远相望吗？“定能够骑着牛儿来往”，诗人这样说。在那美丽的夜里，他们一定在那珍奇琳琅满目的街市上闲游。那流星，就是他们手中提着的灯笼。简简单单的几句话，就颠覆了流传千年的神话，化解了那悲剧和人们叹息了千年的相思和哀愁。

这首诗风格恬淡，用自然清新的语言、整齐的短句、和谐优美的韵律，表达了诗人纯真的理想。那意境都是平常的，那节奏也是缓慢的，如细流，如涟漪。但就是这平淡的意境带给了我们丰富的想象，让我们的心灵随着诗歌在遥远的天空中漫游，尽情驰骋美好的梦想。

地球，我的母亲！ /郭沫若

地球，我的母亲！
天已黎明了，
你把你怀中的儿来摇醒，
我现在正在你背上匍行。
地球，我的母亲！

我背负着我在这乐园中逍遥。
你还在那海洋里面，
奏出些音乐来，安慰我的灵魂。
地球，我的母亲！

我过去，现在，未来，
食的是你，衣的是你，住的是你，
我要怎么样才能够报答你的深恩？
地球，我的母亲！

从今后我不愿常在家中居处，
我要常在这开旷的空气里面，
对于你，表示我的孝心。
地球，我的母亲！

我羡慕的是你的孝子，

那田地里的农人，
他们是全人类的保姆，
你是时常地爱顾他们。
地球，我的母亲！
我羡慕的是你的孝子，
那炭坑里的工人，
他们是全人类的Prometheus，
你是时常地怀抱着他们。
地球，我的母亲！

我想除了农工而外，
一切的人都是不肖的儿孙，
我也是你不肖的子孙。
地球，我的母亲！

我羡慕那一切的草木，
我的同胞，你的儿孙，
他们自由地，自主地，
随分地，健康地，
享受着他们的赋生。
地球，我的母亲！

我羡慕那一切的动物，
尤其是蚯蚓——
我只不羡慕那空中的飞鸟：
他们离了你要在空中飞行。
地球，我的母亲！

我不愿在空中飞行，
我也不愿坐车，乘马，著袜，穿鞋，
我只愿赤裸着我的双脚，
永远和你相亲。
地球，我的母亲！

你是我实有性的证人，
我不相信你只是个梦幻泡影，
我不相信我只是个妄执无明。
地球，我的母亲！

我们都是空桑中生出的伊尹，
我不相信那缥缈的天上，
还有位什么父亲。
地球，我的母亲！

我想宇宙中的一切的现象，
都是你的化身：
雷霆是你呼吸的声威，
雪雨是你血液的飞腾。
地球，我的母亲！

我想那缥缈的天球，
只不过是你化妆的明镜，
那昼间的太阳，夜间的太阴，
只不过是那明镜中的你自己的虚影。

地球，我的母亲！
我想那天空中一切的星球，
只不过是我们生物的眼球的虚影；
我只相信你是实有性的证明。
地球，我的母亲！

已往的我，只是个知识未开的婴孩，
我只知道贪受着你的深恩，
我不知道你的深恩，不知道报答你的深恩。
地球，我的母亲！

从今后我知道你的深恩，
我饮一杯水，
我知道那是你的乳，我的生命羹。
地球，我的母亲！

我听着一切的声音言笑，
我知道那是你的歌，
特为安慰我的灵魂。
地球，我的母亲！

我眼前一切的浮游生动，
我知道那是你的舞，
特为安慰我的灵魂。
地球，我的母亲！

我感觉着一切的芬芳彩色，

我知道那是你给我的赠品，
特为安慰我的灵魂。
地球，我的母亲！

我的灵魂便是你的灵魂，
我要强健我的灵魂来，
报答你的深恩。
地球，我的母亲！

从今后我要报答你的深恩，
我知道你爱我你还要劳我，
我要学着你劳动，永久不停！
地球，我的母亲！

从今后我要报答你的深恩，
我要把自己的血液来
养我自己，养我兄弟姐妹们。
地球，我的母亲！

那天上的太阳——你镜中的影，
正在天空中大放光明，
从今后我也要把我内在的光明来照照四表纵横。

诗歌赏析

《地球，我的母亲！》是现代白话诗歌中的重要篇章。从思想主题上来讲，这首诗具有非常强烈的泛神论色彩和不羁的个性解放意识，彰显着一种全新的人格和精神风貌，这与五四新文化运动的主体精神是统一的。在这样一个新的时代，诗人站在时代精神的前沿，赞美地球——宇宙间运动的活的灵魂，赞美劳动和自然的人性，渴望与真实的自然和朴实无华的劳动人民同在，体现着一代知识分子的伟大进步。从写作风格上来讲，这首诗充满着强烈的浪漫主义色彩，笔调恢宏，语言壮美，感情热切直白，情感充沛而毫无矫饰之气，虽然少了一些中国古典诗歌所倡导的委婉，但是却呈现出一种全新的美学风貌，所以当时极大地引起了青年读者的热情，对他们产生了很大的积极影响。

诗人在诗中把地球比作母亲，并由此展开丰富的想象，这一系列想象充盈着广阔的宇宙空间和博大的生活，在形式的组织上采用反复呼告的手段，在每一节的开头用“地球，我的母亲！”来引发抒情，形成一种非常有节奏和气势的音乐效果，同时，诗人通过大量比喻、夸张、拟人等手法，丰富地展示了自己的思想世界，表达着分明的爱和憎：“我想除了这工农而外，一切的人都是不肖的儿孙，我也是你不肖的儿孙”，诗人羡慕在大地和天空中自由生长的生命：“我羡慕那一切的草木”“我羡慕那一切的动物”，因为他们都“自由地，自主地，随分地，健康地，享受着他们的赋生”。在对大量的生命现象进行赞美之后，诗人开始了与地球母亲的深情交流，说出了爱的真情和缘由，以及对生命和新生活浪漫的、理想主义的追求。

霁 月 /郭沫若

淡淡地，幽光
浸洗着海上的森林。
森林中寥寂深深，
还滴着黄昏时分的新雨。
云母面就了般的白杨行道
坦坦地在我面前导引，
引我向沉默的海边徐行。

一阵阵的暗香和我亲吻。
我身上觉着轻寒，
你偏那样地云衣重裹，
你团鸾无缺的明月哟，
请借件缟素的衣裳给我。
我眼中莫有睡眠，
你偏那样地雾帷深锁。
你渊默无声的银海哟，
请提起你幽渺的波音和我。

诗歌赏析

雄浑、绚丽、粗犷、张扬是郭沫若的诗集《女神》的主体格调，但是在这部诗集中，同样存在着另外一种幽柔婉约色彩的诗歌，《霁月》就是这样的一首清新秀美的作品。诗中渲染了一种幽然寂寥、素淡中笼着清寒的气氛，展现了一片幽渺动人的意境。诗歌的韵律也非常地和谐，与诗中流露的人与自然亲密相融的情感十分协调，悄声吟诵，自令人陶醉。

草儿在前/康白情

草儿在前，
鞭儿在后。
那喘吁吁的耕牛，
正担着犁鸢，
眙着白眼，
带水拖泥，
在那里“一东二冬”地走着。

“呼——呼……”

“牛也，你不要叹气，
快犁快犁，
我把草儿给你。”

“呼——呼……”
“牛也，快犁快犁。
你还要叹气，
我把鞭儿抽你。”

牛呵！
人呵！
草儿在前，
鞭儿在后。

作者简介

康白情（1896~1958），四川安岳人，字洪章，1916年考入北京高等师范学校，第二年考入北京大学哲学系，1918年参加少年中国学会，同年与傅斯年、罗家伦、俞平伯等组织新潮社，创办《新潮》杂志，同时开始新诗创作。1920年，康白情留学美国加利福尼亚大学，积极从事政治活动，成立“新中国党”，1924年中断留学，提前回国，后因走投无路，投奔四川军阀刘湘幕下，辗转于官场和商界，亦有旧诗创作，并曾在中山大学、华南师范大学任教，但多潦倒不称意，1958年，于归乡途中去世。1922年，康白情出版了新诗集《草儿》（再版时改名为《草儿在前》），他的新诗题材广泛，倾向以散文笔法写诗，不加修饰，而富于激情，具有自然、明快、朴实、纯净的艺术风格。

诗歌赏析

这首《草儿在前》（又名《草儿》），是康白情的代表作，诗歌采用了象征的手法，但是并不神秘晦涩，语言简明，风格纯朗，带有浓郁的生活气息，又有着悦耳的音调。诗歌描写的是耕牛劳作的场景，而在诗歌的最后一节，“牛呵！”“人呵！”的并列出现，使诗的意旨相当明了——诗中表面上描写的是牛，实则是写中国的农民。“草儿在前，鞭儿在后。”在前的草儿，是一种引诱；在后的鞭儿是一种威胁。“在前”与“在后”，不仅是“草儿”和“鞭儿”这两种具体事物位置的所指，也是对农民生活形象的刻画，对于命运凄惨的中国农民而言，生活的前方有着希望和憧憬，那是日子的奔头儿，然而在这生活的后方，却是无情的鞭笞、剥削和奴役，令他们不堪重负。而他们无比辛苦地劳作着，吃的却是最为低廉的草，还得遭受权势的威胁，他们实在是像奴隶一般生活着，就如同这牛。

再别康桥/徐志摩

轻轻的我走了，
　正如我轻轻的来；
我轻轻的招手，
　作别西天的云彩。

那河畔的金柳，
　是夕阳中的新娘；
波光里的艳影，
　在我的心头荡漾。

软泥上的青荇，
　油油的在水底招摇；
在康河的柔波里，
　我甘心做一条水草！

那榆荫下的一潭，
　不是清泉，是天上虹
揉碎在浮藻间，
　沉淀着彩虹似的梦。

寻梦？撑一支长篙，
　向青草更青处漫溯，
满载一船星辉，
　在星辉斑斓里放歌。

但我不能放歌，
　悄悄是别离的笙箫；
夏虫也为我沉默，
　沉默是今晚的康桥！

悄悄的我走了，
　正如我悄悄的来；
我挥一挥衣袖，
　不带走一片云彩。

作者简介

徐志摩（1897~1931），浙江海宁人，中国现代著名诗人。1915年考入北大预科班，次年入北洋大学，再次年转入北京大学政治学系。1918年，诗人转入美国克拉克大学，第二年转入哥伦比亚大学研究院，一年后获硕士学位。1921年，诗人进入剑桥大学研究院学习政治学，同时开始创作新诗。同年，诗人和才女林徽因相识，坠入情网。1922年3月，诗人与张幼仪离婚，10月回到上海。1924年，泰戈尔访华，诗人作为陪同及翻译与泰游历各地，并随泰一同去了日本。同年，诗人应胡适之邀任北大英文系教授，不久结识京城社交界名流陆小曼（她已为一名军人的妻子），两人很快坠入爱河。1926年，二人举行了婚礼。此后诗人一方面继续在大学教书，另一方面和胡适、闻一多等人创立“新月社”，创办《新月》杂志。1931年1月，诗人主编的《诗刊》创刊。同年11月因飞机失事英年早逝——这次飞行旅途事务包括看望病中的妻子和赶场听林徽因的讲座。

诗歌赏析

这首诗写于1928年诗人第三次漫游欧洲的归途中，写的是那年一个夏日的感想。那是一个明媚的夏日，诗人怀着莫名的激情，瞒着接待他的大哲学家罗素，一个人悄悄地来到康桥（即剑桥大学所在地，今统译剑桥）——诗人曾学习过、生活过的地方，想寻找他在那儿的朋友。但是，友人都不在家，诗人就在美丽的校园里徘徊，在那一木一花之中寻觅当年的欢声笑语，那洒落其间的青春年华。这些感想在诗人的心中酝酿了几个月，最后形成了这首诗。

诗的开头就弥漫着一种怀旧的情绪和宁静的氛围。诗人的来和走都是轻轻的，没有任何的声响，没有什么烦躁和吵闹；但诗人毕竟要和那华美的云彩告别了，毕竟那段美好的时光已经逝去了。那阳光下柔柔的柳枝，映在轻轻荡漾的波光里，幻出点点的金鳞，照在了诗人的眼中，同样也拨动着诗人的心。当年的友人的音容笑貌、爱人的窃窃私语在诗人的眼前浮现，耳畔回响。那清澈的水中水草绿油油的，在水底摇曳，那清凉和优美都是诗人所羡慕的。

诗人的想象不再受控制。在诗人眼中，那潭水就是天上的彩虹，它被揉碎了，最后沉淀在潭底的浮藻间，聚合为诗人的梦。寻梦？诗人随即就有了追忆的沉思。撑一支长篙，向青草的深处追寻，直到星光点点还乐不思归，在美丽的月夜放歌。

然而那段美好的时光不会再现了，昔日的好友也杳无踪影。诗人感到无限的惆怅。诗人的怅然情绪也感染了虫子，它们知趣似的沉默着，不再鸣叫。

诗人要离去了，悄悄地离去，诗人不想惊动那美丽的场景，那美丽的回忆。

这首诗四行一节，每节押韵，诗行的排列错落有致，参差变化中有整齐的韵律。用词上讲究音节的和谐与轻盈，“轻轻”“悄悄”等叠字的使用更是恰如其分。这些都完美表现了新月派诗歌的特征：完整的形式，和谐优美的旋律，诗句的紧密节奏等。

偶然/徐志摩

我是天空里的一片云，
偶尔投影在你的波心——
你不必讶异，
更无须欢喜——
在转瞬间消灭了踪影。
你我相逢在黑夜的海上，
你有你的，我有我的，方向；
你记得也好，
最好你忘掉，
在这交会时互放的光亮！

诗歌赏析

《偶然》是一首内涵深远的小诗，诗人将“偶然”这样一个没有实质的虚词形象化来写，充满微妙的情趣和意味深长的哲理，充分显示了诗人细腻的内心情感世界和敏感的现实生活捕捉能力。

“我是天空里的一片云，偶尔投影在你的波心——你不必讶异，更无须欢喜——在转瞬间消灭了踪影。”这短短的几句诗里，既有对这种偶然之美的充分感受，又有着对这种瞬间事物的理智心态，而这种理智的心所感觉到的让人产生的一丝遗憾，更增加了一些对人生缺憾的惆怅。

不仅如此，诗人更深入地分析了这种偶然的背景所在，“你我相逢在黑夜的海上”，诗人认为“你有你的，我有我的，方向”，在这里，诗人理智地看到，偶然不能成为彼此的“方向”的障碍，这种“偶然”因为它特殊的存在方式而美好，所以“你记得也好，最好你忘掉，在这交会时互放的光亮”！当然，我们不能把它简单地理解为一种男女之间不经意的邂逅，尽管这种色彩在诗中更浓一些。

我不知道风是在那一个方向吹/徐志摩

我不知道风
是在那一个方向吹——
我是在梦中，
在梦的轻波里依洄。

我不知道风
是在那一个方向吹——
我是在梦中，
她的温存，我的迷醉。

我不知道风
是在那一个方向吹
——我是在梦中，
甜美是梦里的光辉。

我不知道风
是在那一个方向吹
——我是在梦中，
她的负心，我的伤悲。

我不知道风
是在那一个方向吹
——我是在梦中，
在梦的悲哀里心碎！
我不知道风
是在那一个方向吹
——我是在梦中，
黯淡是梦里的光辉！

诗歌赏析

《我不知道风是在那一个方向吹》是徐志摩最为广泛流传的一首诗作，具有十分严整的格律和章法，音调和谐优美，情感真挚婉约。“我不知道风/是在那一个方向吹——”，含蓄地流露出诗人心中迷惘的情绪，而“我是在梦中”，更是给这种情绪蒙上一层怅惘和空幻的色彩。诗歌表面上倾吐的是爱情的失意，实际上蕴含了更为丰富的情感内容，隐约地体现着诗人因由现实中所遭受的重大挫折而产生的感伤和消沉的心理，也间接地传达出那一时代人们所普遍怀有的彷徨情绪。

流云小诗/宗白华

《宇宙的灵魂》
宇宙的灵魂
我知道你了，
昨夜蓝空的星梦，
今朝眼底的万花。

《题歌德像》
你的一双大眼睛，

笼罩了全世界。
但也隐隐地透出了
你婴孩的心。

《月落时》
月落时
我的心花谢了，
一瓣一瓣的清香
化成她梦中的蝴蝶。

《系住》
那含羞伏案时回眸的一粲，
永远地系住了我横流四海的放心。

《我的心》
我的心
是深谷中的泉：
他只映着了
蓝天的星光。
他只流出了
月华的残照。
有时阳春信至，
他也幽咽着
相思的歌调。

作者简介

宗白华（1897~1986），原名之櫆，字伯华，哲学家、美学家、诗人。1897年12月15日生于安徽省安庆市小南门方宅。原籍江苏常熟，父亲宗嘉禄，清末举人，现代教育家。母亲方淑兰。1905年9月，宗嘉禄应聘南京思益小学地理教员，宗白华随父就读思益小学。12岁时升入南京第一模范高小，继续接受新式教育。15岁考入南京金陵中学，开始学习英文。1914年，同表妹虞芝秀恋爱，开始创作旧体诗《游东山寺》《别东山》等四首。1916年毕业于同济医工学堂中学部，秋，升入同济大学医预科同济医工学堂，学习医学。1917年6月，发表第一篇哲学论文《萧彭浩哲学大意》，论述叔本华的哲学、人生观和美学思想。

1918年夏，宗白华从同济医工专门学校毕业，6月与同仁发起“少年中国学会”，不久，又约李大钊为共同发起人。1919年被已很有影响的“少年中国学会”选为评议员，并成为《少年中国》月刊的主要撰稿人，积极投身于新文化运动。1919年7月“少年中国学会”在北京正式成立，宗白华负责上海编辑，出版学会刊物《少年中国》月刊。同年8月受聘上海《时事新报》副刊《学灯》，任编辑、主编。将哲学、美学和新文艺的新鲜血液注入《学灯》，使之成为著名四大副刊之一。并在《学灯》上发表多首新诗与哲学论文。就在此时，他发现和扶植了诗人郭沫若。3月10日，在《学灯》上发表第一篇美学论文《美学与艺术略谈》。1921年夏赴德国，居柏林，在法兰克福大学、柏林大学学习哲学和美学课程，当年陪同徐悲鸿夫妇移居柏林。1922年与徐志摩在柏林相识。6月在《学灯》上发表新诗《流云》八首，7月，《流云》（第二组）在《学灯》上发表。

1925年宗白华回国，在南京东南大学哲学院任教，讲授美学和哲学。之后数十年始终置身教育，除培养了许多国内知名学者之外，还写了大量的美学著作、论文。曾任中华美学学会顾问和中国哲学学会理事。中华人民共和国成立后，宗白华担任了北京大学美学教授，他的美学研究涉及到艺术的各个领域。宗白华是中国现代美学的先行者和开拓者，被誉为“融贯中西艺术理论的一代美学大师”。著有《宗白华全集》及美学论文集《美学散步》《艺境》等。宗白华于1986年12月20日在北京逝世，享年90岁。

诗歌赏析

《流云》与冰心的《繁星》《春水》，康白情的《草儿》，同是20世纪中国新诗发展史上最早的几部诗集。

1921年冬天，正在柏林求学的宗白华，因着一种特殊感动，苏醒了心中深藏已久的诗歌创作欲望。宗白华进入了他一生中诗歌创作的最旺盛期，连续写了40多首格调清新雅丽、意味深隽启人的小诗。这些小诗在国内一经发表，便引起读者的极大兴趣，一时间在文艺界广为流传。其中，1922年6月5日发表在上海《时事新报·学灯》上第一组诗前，宗白华作小序云："读冰心女士繁星诗，拨动了久已沉默的心弦，成小诗数首，聊寄共鸣。4月8日晨柏林。"显然，宗白华的小诗创作，起初确与冰心女士的新诗作品之间有某种动机上的联系。当时，冰心的《春水》正在北京《晨报副刊》上连载。

1924年1月，上海亚东图书馆将宗白华发表在《时事新报·学灯》上的部分诗作及其他一些未曾发表的作品共49首（大都无题）辑成《流云》，正式出版。

1928年9月，《流云》经宗白华编过，为每首诗加了标题，改名《流云小诗》，由亚东图书馆再版印行。1947年11月，上海正风出版社又将《流云小诗》重排出版，书后还收录了宗白华1937年所写的《我和诗》一文。

宗白华的小诗，风格独特，意趣深远，以一种玲珑剔透的哲学般的宁静，有别于当时一般新诗中的反抗与破坏色彩，因此在当时的新诗运动中占有很重要的地位。凡是读过《流云小诗》的人，无不惊叹于宗白华在新诗创作上的精湛功力。

宗白华在新诗创作方面，就如他的那些理论文字一样，常常用一些非常俭省的笔墨，创造出耐人寻味的优美意境，使人能够反复回味。

《宇宙的灵魂》寥寥四行，在意象转换之间，呈现出了廓大灵致、大化流行的宇宙气象，将诗人对自然生命的感悟、对于宇宙万象的体会，鲜活地呈现于目前。

《题歌德像》诗中既有理智的清醒与深邃，又有情绪的纯真与感动。在诗里，写出了诗人自己对人生究竟的探询渴望，传达了诗人自己的人生立场与情怀。

宗白华对诗歌意象的独特构造以及对诗歌意境的特殊把握，为中国新诗运动吹入了一丝悠远明丽的新鲜气息。

在宗白华的《流云小诗》里，大多是吟颂个人对于人生、自然、爱情等真情感受和内心体悟的作品。星空、明月、流云、朝霞、细雨、森林、大海、暮霭……在诗中，宗白华把自己对生命的关爱、对生活的热情、对宇宙万象的含情关照，浸润于一个个客观具体的自然物象之中，在心与物的交融互渗之中，使自然物象呈现为极富个人情调的艺术意象。

在宗白华的《流云小诗》里，“心”是出现最频繁的一个字眼。也许，本来诗就是宗白华自己心灵之声、情感之音的赤诚流露，对“心”的不断地自我体会和感悟，便也自然而然地成了他在诗中着意进行的意象创构过程。

诗中沁人的花香，梦里翩飞的蝴蝶，映着星光、流出月华的山泉，是诗人深心情绪的直接呈露。“心”在“景”中，虽未直白“心”的感动、“心”的意欲、“心”的波澜、“心”的宁静，但诗人内心的情感之动却跃然在目、意象分明。这种意象构造的过程，正如宗白华自己所描述的，是一种“心灵的具体化”，亦即“心”“景”不二，以景寓心，情绪的颤动全在一片物象的直观体验之间。

长城之巅/王统照

从合回报中辉凝，雾集，
绛褐色交织下群峰逶迤。
要掩却这古垒残基圮倾谷底，
可掷不破混沌宇宙中的残粒。

是战士的血迹殷斑？是“英雄”的伟心陶铸？
天风猎猎，吹起了你的裳衣、我的裳衣。
倾一杯金色的酒汁向苍茫奠意，
看，阴云腾飞；听，壑中回响，——在空堡上独立。

哭声裂破了娇喉，砖石压折了铁臂；
露骨万千人，建石几千里，——山麓上的羊鸣三只两只，
这难破的“英雄”梦谜；这不尽的生力的触击；
这无从解答的天地伟奇。天风猎猎，吹醒了我们的怅思！

迷茫的浩荡的世界奇迹——飞影，幻画，在眼前呈露。
是谁说人生未有穷期？是我在墙阴下望飞云散聚。
天风猎猎，吹起了我的裳衣、你的裳衣。
天空的羊鸣三只，两只，知欲归何处？

作者简介

王统照（1897~1957），山东诸城人，1918年考入北京中国大学英国文学系，1921年与沈雁冰、郑振铎等人发起成立文学研究会，是新文学发轫时期问题小说的主要创作者之一。王统照著有长篇小说《一叶》《黄昏》《山雨》《春花》，短篇小说集《华亭鹤》《银龙集》，诗集《童心》《这时代》《夜行集》《鹊华小集》，散文集《青纱帐》等多种作品。

诗歌赏析

王统照的诗歌有着一种与众不同的风味，其基本特点就是令人乍读起来有一种苦涩感，可是诗句却经得起品味，内中自有一种醇厚酣甜的韵味在。诗歌采取的是写实与象征相结合的表现形式，数种意象叠加在一起，既有对长城之巅客观景象的勾勒，也有对攀登者的动作与形象的描写，更有对诗人想象与思索的表现，几种内容交织在一起，转换频繁，具有很大

的跳跃性，令人初读起来较难把握，但是却极大地增强了诗歌的表现力。诗人立在长城之巅，观看长城这壮丽而又带有悲怆感的景色，心中波涛翻滚，“是战士的血迹殷斑？是‘英雄’的伟心陶铸？”万古长风，吹不尽的人世沧桑，长城这一项为抵御异族侵扰而修建的浩大工程，历越千年，见证了多少兴亡故事呢？而长城在中国历史上又发生了怎样的实际作用呢？在对历史的感慨之外，诗中又展现了诗人对于人生的探索和思考——“是谁说人生未有穷期？是我在墙阴下望飞云散聚。”如是的慷慨悲歌，蕴藏着何等壮烈而又苍茫的人生情怀啊！

赠 友/朱自清

你的手像火把，
你的眼像波涛，
你的言语如石头，
怎能使我忘记呢？
你飞渡洞庭湖，
你飞渡扬子江；
你要建红色的天国在地上！
地上是荆棘呀，
地上是狐兔呀，
地上是行尸呀；

你将为一把快刀，
披荆斩棘的快刀！
你将为一声狮子吼，
狐兔们披靡奔走！
你将为春雷一震，

让行尸们惊醒！

我爱看你的骑马，
在尘土里驰骋——
一会儿，不见踪影！
我爱看你的手杖，
那铁的铁的手杖；
它有颜色，有斤两，
有铮铮的声响！
我想你是一阵飞沙走石的狂风，
要吹倒那不能摇撼的黄金的王宫！
那黄金的王宫！
呜——吹呀！

去年一个夏天大早我见着你：
你何其憔悴呢？
你的眼还涩着，
你的发太长了！
但你的血的热加倍地薰灼着！

在灰泥里辗转的我，
仿佛被焙炙着一般！——
你如郁烈的雪茄烟，
你如酽酽的白兰地，
你如通红通红的辣椒，
我怎能忘记你呢？

作者简介

朱自清（1898~1948），原名自华，字佩弦，号实秋，是中国著名的诗人和杰出的散文家。他早年倡导写作新诗，1923年发表近300行的抒情长诗《毁灭》。之后创作的《桨声灯影里的秦淮河》被誉为“白话美术文的模范”。朱自清早期的散文集有《背影》《踪迹》等。1946年，朱自清到北京任清华大学中文系主任。1948年，朱自清拒领美援面粉，在胃病中辞世。

诗歌赏析

朱自清很少写诗，但是这首诗很特别，它显得粗糙朴实而情感炽烈，显示着一种真实而笨拙的热情，诗歌最显著的特征是诗人形象而贴切地运用了大量的比喻和排比，从不同的角度歌颂了友人追求和掌握革命真理，引导人民前进的无畏精神。“你的手像火把，你的眼像波涛，你的言语如石头”，这三个比喻给我们勾勒了一个革命者的粗线条的形象。“你飞渡洞庭湖，你飞渡扬子江；你要建红色的天国在地上！”这三句写出了友人的革命行动和志向。在诗人的笔下，这位革命的友人所要打碎的世界是一个荆棘遍地、狐兔横行、行尸走肉的社会，在诗人看来，友人的革命是“快刀”“狮子吼”和“春雷”，反抗着黑暗现实，冲击着残暴、腐朽和愚昧，诗人给这种反抗精神以热情的赞扬。

光　明 /朱自清

风雨沉沉的夜里，
前面一片荒郊。
走尽荒郊，
便是人们的道。
呀！黑暗里歧路万千，
叫我怎样走好？

"上帝！快给我些光明罢，
让我好向前跑！"
上帝慌着说，"光明？
我没处给你找！
你要光明，
你自己去造！"

诗歌赏析

这首诗构造了一个象征性的情节，简明地表达了这样一个哲理，人必要走过迷惘，穿越黑暗，通过艰苦的努力才能够寻获光明的所在，而这寻求的过程，只能由人自己来完成，决不可向别处去祈求，也不可能祈求得到——"上帝慌着说，'光明？我没处给你找！你要光明，你自己去造！'""从来就没有什么救世主，也不靠神仙皇帝。要创造人类的幸福，全靠我们自己！"《国际歌》中的句子，表达的与此正是同样的含义。

我是少年 /郑振铎

一

我是少年！我是少年！
我有如炬的眼，
我有思想召唤泉。
我有牺牲的精神，
我有自由不可捐。
我过不惯偶像似的流年，
我看不惯奴隶的苟安。
我起！我起！
我欲打破一切的威权。

二

我是少年！我是少年！
我有愤腾的热血和活泼进取的气象。
我欲进前！进前！进前！
我有同胞的情感，
我有博爱的心田。
我看见前面的光明，
我欲驶破浪的大船，
满载可怜的同胞，
进前！进前！进前！
不管它浊浪排空，狂飙肆虐，
我只向光明的所在，
进前！进前！进前！

作者简介

郑振铎（1898~1958），现代作家、文学评论家、文学史家、考古学家。笔名西谛、CT、郭源新等。原籍福建长乐，生于浙江永嘉。1917年入北京铁路管理学校学习，五四运动爆发后，曾作为学生代表参加社会活动，并和瞿秋白等人创办《新社会》杂志。1920年11月，与沈雁冰、叶绍钧等人发起成立文学研究会，并主编文学研究会机关刊物《文学周刊》，编辑出版了《文学研究会丛书》。1923年1月，接替沈雁冰主编《小说月报》，倡导写实主义的“为人生”的文学，提出“血与泪”的文学主张。大革命失败后，旅居巴黎。1929年回国。曾在生活书店主编《世界文库》。抗战爆发后，参与发起了“上海文化界救亡协会”，创办《救亡日报》。和许广平等人组织“复社”，出版了《鲁迅全集》《联共党史》《列宁文选》等。抗战胜利后，参与发起组织“中国民主促进会”，创办《民主周刊》，鼓动全国人民为争取民主、和平而斗争。1949年以后，历任文物局局长、考古研究所所长、文学研究所所长、文化部副部长、中国民间研究会副主席等职。1958年10月18日，在率中国文化代表团出国访问途中，因飞机失事殉难。

诗歌赏析

《我是少年》是郑振铎早期的一首慷慨激昂、充满激情和活力的诗，像一部进行曲。虽然说作为一首诗歌它显得过于直白，形势上比较粗糙，没有巧妙的构思和多么华丽的修饰，但它的价值恰好在这粗糙的气势上，充满了一往无前，青春进取的热烈精神。可以看出来，这首诗所突出和强调的就是这一种精神气势和铿锵明快的节奏。在诗的第一节，诗人非常简明直白地说出少年的特征："我有如炬的眼，我有思想召唤泉。我有牺牲的精神，我有自由不可捐。我过不惯偶像似的流年，我看不惯奴隶的苟安。"正因为这些青春鲜活，热血沸腾的气质，所以："我起！我起！我欲打破一切的威权。"在第二节中，诗人主要强调了一种进取前进的意志："我有愤腾的热血和活泼进取的气象。我欲进前！进前！进前！"当然，这种进前是抱负着对祖国的爱和对同胞的同情，抱负着追求光明新生活的信念。"我有同胞的情感，我有博爱的心田。我看见前面的光明，我欲驶破浪的大船，满载可怜的同胞，进前！进前！进前！"全诗显示了一代觉醒了的新人蓬勃的朝气，融入了当时的民族最强音。

红烛/闻一多

红烛啊！

这样红的烛！

诗人啊！

吐出你的心来比比，

可是一般颜色？

红烛啊！

是谁制的蜡——给你躯体？
是谁点的火——点着灵魂？
为何更须烧蜡成灰，
然后才放光出？
一误再误；
矛盾！冲突！
红烛啊！
不误，不误！
原是要“烧”出你的光来——
这正是自然底方法。

红烛啊！
既制了，便烧着！
烧罢！烧罢！
烧破世人底梦，
烧沸世人底血——
也救出他们的灵魂，
也捣破他们的监狱！

红烛啊！
你心火发光之期，
正是泪流开始之日。

红烛啊！
匠人造了你，
原是为烧的。
既已烧着，

又何苦伤心流泪？
哦！我知道了！
是残风来侵你的光芒，
你烧得不稳时，
才着急得流泪！

红烛啊！
流罢！你怎能不流呢？
请将你的脂膏，
不息地流向人间，
培出慰藉底花儿，
结成快乐底果子！

红烛啊！
你流一滴泪，灰一分心。
灰心流泪你的果，
创造光明你的因。

红烛啊！
“莫问收获，但问耕耘。”

作者简介

闻一多（1899~1946），原名闻家骅，湖北浠水人，中国现代诗人、思想家。1912年考入清华学校。1922年赴美留学，先后入芝加哥美术学院、科罗拉多大学美术系学习，同时创作了大量爱国思乡的诗歌。1924年，闻一多的诗集《红烛》出版，奠定了他在中国现代诗歌史上的地位。1925年闻一多回国，任北京艺术专科学校教务长，曾参与创办《大江》杂志，同时与徐志摩等在北京《晨报》上开设副刊《诗镌》。1927年去武汉国民革命军政治部工作，同年任南京国立中山大学外文系主任。1928年参与创建“新月社”，和徐志摩等创办《新月》杂志，同年出版诗集《死水》。此后闻一多放弃诗歌创作，埋头钻研学术，先后任武汉大学、青岛大学文学院院长，清华大学中文系教授。抗战期间，闻一多带领最后从北京离开的学生徒步前往云南，任西南联合大学中文系教授。1944年加入民盟。1946年7月15日，闻一多抗议国民党暗杀民盟党员李公仆，在李的追悼会上演说著名的《最后一次演讲》，回家途中遭国民党特务枪杀。

诗歌赏析

这首诗写于1923年。诗人准备出版自己的第一部诗集，在回顾自己数年来的理想探索历程和诗作成就时，就写下了这首名诗《红烛》，将它作为同名诗集《红烛》的序诗。

诗的开始就突出红烛的意象，红红的，如同赤子的心。闻一多要问诗人们，你们的心可有这样的赤诚和热情，你们可有勇气吐出你的真心和这红烛相比。一个“吐”字，生动形象，将诗人的奉献精神和赤诚表现得一览无余。

诗人接着问红烛，问它的身躯从何处来，问它的灵魂从何处来。这样的身躯、这样的灵魂为何要燃烧，要在火光中毁灭自己的身躯？诗人迷茫了，如同在生活中的迷茫，找不到方向和思考不透很多问题。矛盾！冲突！在曾有的矛盾冲突中诗人坚定了自己的信念。因为，诗人坚定地说：“不误！不误！”诗人已经找到了生活的方向，准备朝着理想中的光明之路迈进，即使自己被烧成灰也在所不惜。

诗歌从第四节开始，一直歌颂红烛，写出了红烛的责任和生活中的困顿、失望。红烛要烧，烧破世人的空想，烧掉残酷的监狱，靠自己的燃烧救出一个个活着但不自由的灵魂。红烛的燃烧受到风的阻挠，它流着泪也要燃烧。那泪，是红烛的心在着急，为不能最快实现自己的理想而着急，流泪。诗人要歌颂这红烛，歌颂这奉献的精神，歌颂这来之不易的光明。

在这样的歌颂中，诗人和红烛在交流。诗人在红烛身上找到了生活方向：实干，探索，坚毅地为自己的理想努力，不计较结果。诗人说：“莫问收获，但问耕耘。”

这首诗有浓重的浪漫主义和唯美主义色彩。诗歌在表现手法上重幻想和主观情绪的渲染，大量使用了抒情的感叹词，以优美的语言强烈地表达了心中的情感。在诗歌形式上，诗人极力注意诗歌的形式美和诗歌的节奏，以和诗中要表达的情感相一致，如：重复句的使用、一定程度上采用中国传统诗歌的押韵形式、前后照应和每节中诗句相对的齐整等。诗人所倡导的中国新诗的格律化、音乐性的主张在这首诗中有一定的体现。可以说，闻一多融汇古今、化和中外的诗歌形式，以强烈的情感表达和追求精神开辟了中国一代诗风，激励着一代代的中国诗人去耕耘和探索。

死　水/闻一多

这是一沟绝望的死水，
清风吹不起半点漪沦。
不如多扔些破铜烂铁，
爽性泼你的剩菜残羹。

也许铜的要绿成翡翠，
铁罐上绣出几瓣桃花；
再让油腻织一层罗绮，
霉菌给他蒸出些云霞。

让死水酵成一沟绿酒，
飘满了珍珠似的白沫；
小珠们笑声变成大珠，

又被偷酒的花蚊咬破。

那么一沟绝望的死水，
也就夸得上几分鲜明。
如果青蛙耐不住寂寞，
又算死水叫出了歌声。

这是一沟绝望的死水，
这里断不是美的所在，
不如让给丑恶来开垦，
看他造出个什么世界。

诗歌赏析

闻一多在充分学习和研究了西方诗歌之后，又转回到中国古典诗歌，经过用心的钻研，提出了自己独立的现代诗歌艺术原则，即诗歌的“三美”：建筑美，音乐美，以及绘画美。同时，他也在自己的诗歌创作中很好地实践了这些原则。

《死水》就充分地体现了这一点。《死水》写于1926年4月，当时中国的社会正处于大革命的低潮期，在反动军阀的统治下，人民处于水深火热之中，在这样腐烂之极的社会里，正义的力量被野蛮地压制，发不出自己的声音，知识分子也由几年前的为民主科学呐喊奔走而转入彷徨，到处都是一片沉寂与苦闷，敏感而激愤的诗人以“死水”来比喻这个现实世界，发出对这种现实的控诉和诅咒。

《死水》从诗歌形式上看是整齐划一的，分为五节，每节四句，从视觉上表现出非常有节制的节奏感。非常难得的是诗人在这样严格的格式里头，语言却是非常优美流畅，非常自然地体现着内在的韵律，很适合朗诵，充分体现一种音乐美。《死水》在诗歌意象的选择上也非常讲究，也就是说，诗人力图通过这些具体的意象达到一种图画美，比如第二节中，第一句里写达到“铜的要绿成翡翠”，第二句就有“铁罐上绣出几瓣桃花”，桃花是粉红色的，尽管这些描写都是讽刺之笔，但是依然给读者视觉想象上的美感。不仅如此，诗人还非常注重诗歌细节上的形象生动，比如：“小珠们笑声变成大珠，又被偷酒的花蚊咬破。”

洗衣歌/闻一多

（一件，两件，三件，）
洗衣要洗干净！
（四件，五件，六件，）
熨衣要熨得平！

我洗得净悲哀的湿手帕，
我洗得白罪恶的黑汗衣，
贪心的油腻和欲火的灰，……
你们家里一切的脏东西，
交给我洗，交给我洗。

铜是那样臭，血是那样腥，
脏了的东西你不能不洗，
洗过了的东西还是得脏，
你忍耐的人们理它不理？
替他们洗！替他们洗！

你说洗衣的买卖太下贱，
肯下贱的只有唐人不成？
你们的牧师他告诉我说：

耶稣的爸爸做木匠出身，
你信不信？你信不信？

胰子白水耍不出花头来，
洗衣裳原比不上造兵舰。
我也说这有什么大出息——
流一身血汗洗别人的汗？
你们肯干？你们肯干？

年去年来一滴思乡的泪，
半夜三更一盏洗衣的灯……
下贱不下贱你们不要管，
看那里不干净那里不平，
问支那人，问支那人。

我洗得净悲哀的湿手帕，
我洗得白罪恶的黑汗衣，
贪心的油腻和欲火的灰，
你们家里一切的脏东西，
交给我——洗，交给我——洗。

（一件，两件，三件，）
洗衣要洗干净！
（四件，五件，六件，）
熨衣要熨得平！

诗歌赏析

《洗衣歌》是一首以海外华工的苦难生活为题材的作品。闻一多以第一人称发出了海外华工的血泪控诉，这是华工的不幸，同样也是中华民族的悲哀，它显示出华人在当时的世界上备受歧视与屈辱的处境。全诗共八节，以反复咏叹的方式描述了华工的生活处境，传达出他们内心的悲哀。虽然这种职业的歧视包含着一种种族的歧视，但是诗人并没有因此感到理屈辞穷，而是站在其对立面给予坚决的反驳，在诗中使用“脏东西”对这些轻蔑者的勇敢的回击。闻一多一方面斥责了他们看不起洗衣服这种职业并且认为父亲职业“下贱”儿子便注定身份卑微的荒诞逻辑，一方面通过对比的方式控诉了帝国主义者穷兵黩武的罪恶，指出，相比之下，“洗衣裳”反而是一种崇高的事业，因为它洗干净了“脏东西”。所以说，从表面看，《洗衣歌》是在书写华工苦难悲哀的血泪生活，但是从深层来看，它是一首控诉帝国主义罪恶的正义之歌，在诗中，闻一多表现出对社会不公正的深深愤怒和憎恶，充满了为底层劳动者伸张正义的激情，为他们不公正的待遇发出不平之鸣。从更深的意义上来讲，这首诗也是一首饱含着深厚的爱国主义情感的赤子之歌，诗人通过这样一首诗表达了对苦难民族不幸处境的深深悲愤之情。全诗艺术上非常讲究，节奏和韵律感很强，反复咏叹的音乐美使这种深重的感情更加深入人的内心，从而引起强烈的共鸣。

孤山听雨/俞平伯

云依依的在我们头上，
小桦儿却早懒懒散散地傍着岸了。
小青哟，和靖哟，
且不要萦住游客们的凭吊；
上那放鹤亭边，
看葛岭底晨妆去罢。

苍苍可滴的姿容，
少一个初阳些微晕她。
让我们都去默着，
幽甜到不可说了呢。
晓色更沉沉了；
看云生远山，
听雨来远天，
飒飒的三两点雨，
先打上了荷叶，
一切都从静默中叫醒来。

皱面的湖纹，
半蹙着眉尖样的，
偶然间添了——
花喇喇银珠儿那番迸跳。
是繁弦？是急鼓？
比碎玉声多几分清悄？
凉随着雨生了，
闷因着雷破了，
翠叠的屏风烟雾似的朦胧了。
有湿风到我们底衣襟上，
点点滴滴的哨呀！

来时的桦子横在渡头。
好个风风雨雨。
清冷冷的湖面。
看他一领蓑衣，

把没篷子的打鱼船，
闲闲的划到藕花外去。

雷声殷殷的送着，
雨丝断了，近山绿了；
只留恋的莽苍云气，
正盘旋在西泠以外，
极目的几点螺黛里。

作者简介

俞平伯（1900~1990），浙江德清人，名铭衡，字平伯，清代朴学大师俞樾曾孙，早年积极参加新文化运动，是新潮社、文学研究会和语丝社成员，1919年毕业于北京大学文科，而后赴日本考察教育，回国后曾执教于杭州第一师范学校，其后在上海大学、燕京大学、清华大学、北京大学等多所学校任教，中华人民共和国成立后担任北京大学教授、中国社会科学院文学研究所研究员、九三学社中央委员等职。1922年，俞平伯与朱自清、刘延陵、叶圣陶等一起创办了中国最早的新诗刊物《诗》月刊，并创作有《冬夜》《西还》《忆》等诗集，后来转向散文创作和古典文学研究，著有《〈红楼梦〉研究》，散文集《杂拌儿》《燕知草》等，其中《桨声灯影里的秦淮河》是历来为人传诵的名篇。

诗歌赏析

孤山位于杭州西湖中，诗中所描绘的画面正在清晓时分，“云依依的在我们头上，小桦儿却早懒懒散散地傍着岸了。”一片悠然闲适的情氛，带给人一种诗情画意的感受。“小青哟，和靖哟，且不要萦住游客们的凭吊”——西湖边的冯小青墓与林和靖墓，牵系着那或凄美，或俊逸的风流人物和历史故事，载寓着人们的幽绵的思怀，给西湖注入了具有深蕴的文化情味。“苍苍可滴的姿容，少一个初阳些微晕她。”如此美妍可人的景致，真的是令所往的游人“都去默着，幽甜到不可说了呢”。那“幽甜”而字，最饶诗意，情境合一，极醉人心。“看云生远山，听雨来远天”，这两句很好地显示出诗歌语言所蕴含的相当凝练的古典词曲的韵味。“皱面的湖纹，半蹙着眉尖样的，偶然间添了——花喇喇银珠儿那番迸跳。”诗人对湖水做了拟人化的描摹，将微风吹临湖面的情形极为传神地表现出来，而那“迸跳”的形容又将雨打湖面的情景写得非常具有动感。“是繁弦？是急鼓？比碎玉声多几分清悄？”诗人又在诗中融入了听觉性的描写，使这雨的情态更加丰满。“凉随着雨生了，闷因着雷破了”，一个“生”字，一个“破”字，运用得极为巧妙，至为简洁，却又极富感受性。“雨丝断了，近山绿了”，景气陡然一变，对听雨的过程做了很好的收束。“只留恋的莽苍天气，正盘旋在西冷以外，极目的几点螺黛里。”一片悠远的境界，给人留下一种思邈无垠的韵味。

幕/俞平伯

敲罢了三声晚钟，
把银的波底容，
黛的山底色，
都销融得黯淡了，
在这冷冷的清梵音中。

暗云层叠，
明霞剩有一缕；
但湖光已染上金色了。
一缕的霞，可爱哪！
更可爱的，只这一缕哪！

太阳倦了，

自有暮云遮着；

山倦了，

自有暮烟凝着；

人倦了呢？

我倦了呢？

诗歌赏析

日本文学传统中有着浓重的“物哀”精神，所谓“物哀”，大约就是指人在接触外物的时候情感受到激发，情景互融，由着心底流出的细腻伤感的情绪，而使外物也着上了人的情感所赋予的那种哀婉而凄美的色彩。其实，这种“物哀”精神并非日本文学所独具，在他国的文学作品中也是普泛地存在的，至少在中国古典诗词中是有着很为普遍的表现的。俞平伯的这首《暮》，虽为新诗，却饶具古典的感伤韵味，诗人由钟声、山色的感染而勾起内心的幽绪，由那低低的轻问，流露出人生的哀愁和忧伤、清冷与孤独，也表现出诗人心底对人生中那份充满温暖的相互关爱的真情挚谊的热切呼唤。

水声/穆木天

水声歌唱在山间

水声歌唱在石隙

水声歌唱在墨柳的荫里

水声歌唱在流藻的梢上

妹妹你知道不

哪里是水的故乡

月亮的银针跳跃在灰色的桧梢
月亮的银针与鹅茸般的涟漪相照
看啊宿鱼儿急急的逃走了
那里荡漾着我们的灰影与纤纤的小桥

来 拾起我们的腐朽的棹杆
去荡那只方舟到灰色的芦苇中间
我们听着水声明月的唱和
我们遥望着那澹淡的渔灯点点

我们要找水声到渔人的网眼
我们要找水声到山间的泉源
我们要找水声到海口的沙滩
我们要找水声到那里的江湾
我们要找水声在稻田的沟里
我们要找水声到修竹的薮间
来 拾起我们那朽腐的棹杆
我们共荡在夜幕里我们那孤独的小船

妹妹 水声是否歌唱在你的眼尖
妹妹 水声是否歌唱在你的胸膛
妹妹 水声是否歌唱在你的发梢
妹妹 水声是否歌唱在你的鬓旁

妹妹你知道不
哪里是水的故乡

来 拾起我们那腐朽的棹杆
趁着这月色朦胧天光轻淡
我们在河上轻轻的荡漾我们的小舟
捋着空间的白色小花直找到水乡的尽处

作者简介

穆木天（1900~1971），吉林伊通人，原名敬熙，1918年毕业于南开中学，而后赴日本东京第一高等预科学校学习，1920年开始创作新诗，1921年加入创造社，1923年考入东京帝国大学，攻读法国文学，1926年毕业回国，先后在中山大学、孔德学校、中国学院、吉林省立大学任教，1931年到上海，加入左翼作家联盟，同年与蒲风等组织中国诗歌会，抗战爆发后去武汉主编《时调》和《五月》，1939年后在中山大学、桂林师范学院、同济大学任教，并在暨南大学、复旦大学担任兼职教授，中华人民共和国成立后在东北师范大学、北京师范大学任教。穆木天是中国早期象征诗派的代表诗人，受到法国象征派诗歌很深的影响，风格忧郁、感伤，在诗歌艺术上注重声与色的律动和内容与情感的统一。

诗歌赏析

穆木天在诗歌创作中强调唯美的品质，同时要求诗歌具有很好的音乐性，这在诗作《水声》中有着很好的体现。诗的开篇一段描写水声的歌唱，为诗歌的展开建构了一个大的背景，也自然引出了下面的问话——“妹妹你知道不/哪里是水的故乡”。这就将诗歌的主人表现出来，而又引起接下来的对水之故乡的寻觅过程，在这寻觅过程中描绘了一路上的各种自然景致，实际上是在写“我们”在水上泛舟畅游的情景。“我们共荡在夜幕里我们那孤独的小船”，点出了恋人之间同舟共渡、泛游水上的甜美时光。而后，诗人将这种寻觅转移到“妹妹”的身上，更是展现了这份爱情的柔蜜。最后，诗歌以“我们在河上轻轻的荡漾我们的小舟/捋着空间的白色小花直找到水乡的尽处”来结束，取得了行程的完美，也实现了篇章的完整。通观全篇，前后呼应，层次分明，格式整齐，音韵严谨，语言优美，格调清朗，展现了非凡的艺术性。

记取我们简单的故事/李金发

记取我们简单的故事：
秋水长天，
人儿卧着，
草儿碍了簪儿
蚂蚁缘到臂上，
张惶了，
听！指儿一弹，
顿销失此小生命，
在宇宙里。

记取我们简单的故事：
月亮照满村庄，
——星儿哪敢出来望望，——
另一块更射上我们的面。
谈着笑着，
犬儿吠了，
汽车发生神秘的闹声，
坟田的木架交叉
如魔鬼张着手。
记取我们简单的故事：
你臂儿偶露着，
我说这是雕塑的珍品，

你羞赧着遮住了
给我一个斜视，
我答你一个抱歉的微笑，
空间静寂了好久。
若不是我们两个，
故事必不如此简单。

作者简介

李金发（1900~1976），原名李淑良，广东省梅县（今梅州市梅县区）人。1919年赴法勤工俭学，在法国象征派诗歌的影响下，开始创作格调怪异的诗歌，在中国新诗坛上被称为“诗怪”，成为我国第一个象征主义诗人。1925年初，应上海美专校长刘海粟邀请，李金发回国执教，并为《小说月报》《新女性》撰稿。1928年创办《美育》杂志。在抗战期间，李金发曾被国民政府外交部派往越南工作，不久在广东主编《中山日报》副刊，1941任《文坛》月刊主编。1944年，任中国驻伊朗大使馆代理大使，1946年夏又调任驻伊拉克代理公使。1951年，李金发举家从黎巴嫩乘船去美国，在离纽约不远处的一个叫“林湖”的小城旅居，此后一直居住在那里。李金发出版的诗集有《微雨》《为幸福而歌》《食客与凶年》等。

诗歌赏析

这首诗是象征主义诗人李金发少有的透着清纯气息的诗歌作品，诗人选取了三个简单的情人约会的片断，抒写了年轻恋人们纯洁美好的情感世界。这些片断确实是“简单的故事”，与那些海枯石烂、生死缠绵、荡气回肠的爱情故事相比，简直有些过于平淡了，但是，在日常生活中，这恰恰是最真实最现实可信的情感的写照。第一个片断是两个人在秋天的野外，“秋水长天，人儿卧着，草儿碍了簪儿/蚂蚁缘到臂上”，这是一幅懒洋洋的放松的惬意，充满了风轻云淡的幸福感；第二个片断是月下的静静的村庄，“月亮照满村庄，——星儿哪敢出来望望，——/另一块更射上我们的面。谈着笑着，犬儿吠了，汽车发生神秘的闹声，坟田的木架交叉/如魔鬼张着手。”这是月下甜蜜的约会，只有两个人的世界，一切都充满着诗意的幸福。这一节里的部分描写具有李金发的一贯风格。第三个片断可谓有声有色，诗人写到了两个人对话的情景，充满着恋人间彼此的陶醉幸福：“你臂儿偶露着，我说这是雕塑的珍品，你羞赧着遮住了/给我一个斜视，我答你一个抱歉的微笑，空间寂静了好久。”结尾一句，诗人竟然进一步阐发了他的“简单”：“若不是我们两个，故事必不如此简单。”

有 感/李金发

如残叶溅
血在我们
脚上，

生命便是
死神唇边
的笑。
半死的月下，
载饮载歌，
裂喉的音
随北风飘散。
吁！
抚慰你所爱的去。

开你户牖
使其羞怯，
征尘蒙其

可爱之眼了。
此是生命
之羞怯
与愤怒么？

如残叶溅
血在我们
脚上
生命便是
死神唇边
的笑

诗歌赏析

“如残叶溅/血在我们/脚上”，诗歌出语惊人，残叶溅血是一个虚构性的意象，然而刺激性十足，蕴含着强烈的衰亡与凄厉的色彩，后面的半句，“生命便是/死神唇边/的笑”，表达了生命与死亡的紧密相依，虽是“笑”的表情，却给人一种无尽的悲感。“半死的月下，载饮载歌，裂喉的音/随北风飘散。”“半死”“裂喉”，无不展现了诗人那极度伤惨的心理颜色，似有欲将生命纵情耗散之后迅然消无的倾向。而接下来，一个“吁”字，陡一转念——“抚慰你所爱的去”。然后诗中描绘了与所爱之人相会的场景，这样的意义何在呢？

诗中马上又接转回来，回到那溅血的残叶，回到那死神的唇边，这实际上也否定了前一段那种“抚慰”的意义。诗歌显露出诗人对生命所怀有的深沉的虚无感与伤重感，诱发读者对于人的生命进行一种终极意义上的寻思。

繁 星（节选）/冰心

《一》

繁星闪烁着——
深蓝的太空，
何曾听得见他们对语？
　沉默中
　微光里
他们深深的互相颂赞了。

《一三一》

大海呵！
　哪一颗星没有光？
　哪一朵花没有香？
　哪一次我的思潮里
没有你波涛的清响？

作者简介

冰心（1900~1999），原名谢婉莹，福建长乐（今福州市长乐区）人，中国现代著名女诗人、作家。出生在一个清末军官家庭。1918年进北京协和女子大学（后并入燕京大学）学医，后改学文学。同年开始发表小说，登上文坛。1920年起发表短篇小说《斯人独憔悴》，开启文坛“问题小说”的讨论；同年诗人的小诗创作也获得文坛的认可，在报纸杂志上时有发表。1921年参加文学研究会，是其成立时唯一的女性。1923年，诗人的诗集《繁星》《春水》出版。同年赴美国威尔斯利女子大学学习英国文学，期间写成《寄小读者》等系列散文。1926年回国后在燕京大学、清华大学女子文理学院任教。抗战胜利后，冰心东渡日本，1951年秋回国。1960年后曾任中国作协书记处书记。在20世纪90年代，又写下了《再寄小读者》等著名作品。

1999年在北京病逝。

诗歌赏析

中国的新诗，在经过早期的过分散文化探索之后，开始回归诗的本身。东方的诗歌进入了中国诗人的视野，那就是郑振铎翻译的泰戈尔的《飞鸟集》和周作人翻译的日本的俳句。冰心的新诗于1922年在报纸上连载，1923年结集出版的诗集《繁星》《春水》就是她那个时期的创作实绩。

在冰心的人生历程中，有两点对诗人的思想产生了决定性的影响。一是诗人的童年是在山东威海度过的，在这个海边城市中，诗人整日面对着变幻不息的海面，整日在天水之间体味那份空阔和悠远。二是冰心早年就读于一所教会学校，基督教的泛爱思想深深影响了诗人的“爱”的哲学。这样的思想伴着诗人敏感的心灵在诗人的笔下飞翔了。这在一定程度上也是《繁星》《春水》的主题和内容。

第一首诗，表现了人类应互敬互爱的“爱”的哲学思想。在夜里，天空高远而深邃，透着深深的蓝色；繁星在闪烁着，很是灵动，显示着生命的迹象。诗人面对着这样的星空，展开了极为丰富的想象力。那繁星似乎是在互相默默地对语，似乎在这样的夜里彼此心心相印了。它们又是如何在对语呢？在默契中，在微光里，“他们深深的互相颂赞了”。那是一个和谐、充满爱的世界，更何况人的世界呢？

第二首诗，是冰心对大海的感受，是对大海的颂歌，也是诗人心灵的颂歌。诗人由波澜壮阔的大海想到了浩瀚的宇宙，点点群星；想到了繁华的世界，香气四溢的花朵。诗人再由这繁华而广阔的自然想到了诗人自己的胸怀，想到人类的博大和宽广。诗采用了排比句，用连续的反问加强了抒情的效果，深化了诗歌的意境。

冰心的小诗形体短小，思想纯真，含有丰富的诗意。如这两首诗，三言五语就塑造出一个生动的意境，用典型的情景表达了诗人内心深处的诗意感兴，启人深思。诗人一刹那的思考就足以让我们领悟世间的哲理。诗中修辞的运用也特色独具，排比、反问、比喻是贴切和意味丰富的，拟人的使用更是融情入景，生动而有情趣。另外，一定程度的口语化，使她的诗凝练而不失自然流利，清新怡人。

纸 船/冰心

我从不肯妄弃了一张纸，
总是留着——留着，
叠成一只一只很小的船儿，
从舟上抛下在海里。

有的被天风吹卷到舟中的窗里，
有的被海浪打湿，沾在船头上。
我仍是不灰心地每天叠着，
总希望有一只能流到我要他到的地方去。

母亲，倘若你梦中看到一只很小的白船儿，
不要惊讶他无端入梦，
这是你至爱的女儿含着泪叠的，
万水千山，求他载着她的爱和悲哀归去。

诗歌赏析

这首诗作于1923年8月，其时冰心正在去往美国留学的轮船上。别离家乡，远渡重洋，这惹起了冰心对母亲深挚绵永的思念，于是有了诗人心底默默的倾诉，有了这首婉约的小诗。诗中传达这种情感的方式很为特别，诗人令那一只一只小小的纸船儿载寓着自己的思念，飘过大洋，到达母亲的身边，尽管这是一种美丽而虚幻的构想，但是诗人期盼母亲在梦中能够见到这样的一只很小的白船儿的那份热烈的情感却是无比真挚的。“这是你至爱的女儿含着泪叠的，万水千山，求他载着她的爱和悲哀归去。”读来至为感人。

你是人间的四月天 /林徽因

我说你是人间的四月天；
笑响点亮了四面风；轻灵
在春的光艳中交舞着变。

你是四月早天里的云烟，
黄昏吹着风的软，星子在
无意中闪，细雨点洒在花前。

那轻，那娉婷，你是，鲜妍。
百花的冠冕你戴着，你是
天真，庄严，你是夜夜的月圆。

雪化后那片鹅黄，你像；新鲜
初放芽的绿，你是；柔嫩喜悦
水光浮动着你梦期待中白莲。

你是一树一树的花开，是燕
在梁间呢喃，——你是爱，是暖，
是希望，你是人间的四月天！

作者简介

林徽因（1904~1955），中国现代著名诗人、建筑学家。生于浙江杭州的一个书香世家。1920年随父赴英读中学，后考入伦敦圣玛莉学院。同年与徐志摩相识并结为挚友。1924年和梁思成同往美国留学，学习建筑学。1927年转入耶鲁大学戏剧学院学舞美。1928年与梁思成在加拿大结婚，后回国任东北大学建筑系教授。1931年到北京香山双清别墅养病，期间写下了大量的诗歌，不久到中国营造学社供职，经常随丈夫赴外地考察古建筑。1933年与闻一多等创办《学文》月刊。1937年任朱光潜主编的《文学杂志》编委。抗战期间辗转昆明、重庆等地。中华人民共和国成立后参与国徽和人民英雄纪念碑的设计工作，先后任清华大学建筑系教授、北京市都市计划委员会委员兼工程师、建筑学会理事。1955年4月病逝于北京。

诗歌赏析

这首诗发表于1934年的《学文》上，具体的写作时间不详。关于这首诗，有两种说法：一说是为悼念徐志摩而作，借以表示对挚友的怀念；一说是为儿子梁从诫的出生而作，以表达心中对儿子的希望和儿子出生带来的喜悦。我们完全可以放下这些争论，因为，这首诗确实是一篇极为优秀的作品。它的价值不需要任何外在的东西来支撑。所以在诗人逝世的时候，金岳霖等好友们共同给诗人题了这样的一副挽联：“一身诗意千寻瀑，万古人间四月天。”

四月，一年中的春天，是春天中的盛季。在这样的季节里，诗人要写下心中的爱，写下一季的心情。诗人要将这样的春景比作心中的“你”。这样的季节有着什么样的美景呢？

世界带着点点的笑意，那轻轻的风声是它的倾诉、它的神韵。它是轻灵的，舞动着光艳的春天，千姿百态。在万物复苏的天地间，一切都在跃跃欲试地生长，浮动着氤氲的气息。在迷茫的天地间，云烟是复苏的景象。黄昏来临后，温凉的夜趁着这样的时机展示自己的妩媚。三两点星光有意无意地闪着，和花园里微微舞动的花朵对语，一如微风细雨中的景象：轻盈而柔美，多姿而带着鲜艳。圆月升起，天真而庄重地说着“你”的郑重和纯净。

这样的四月，该如苏东坡笔下的江南春景："竹外桃花三两枝，春江水暖鸭先知。蒌蒿满地芦芽短，正是河豚欲上时。"那鹅黄，是初放的生命；那绿色，蕴含着无限的生机。那柔嫩的生命，新鲜的景色，在这样的季节里泛着神圣的光。这神圣和佛前的圣水一样，明净、澄澈；和佛心中的白莲花一样，美丽、带着爱的光辉。这样的季节里，"你"已经超越了这样的季节："你"是一树一树的花开，是伴春飞翔的燕子，美丽轻灵的，带着爱、温暖和希望。

这首诗的魅力和优秀并不仅仅在于意境的优美和内容的纯净，还在于形式的纯熟和语言的华美。诗中采用重重叠叠的比喻，意象美丽而丝毫无雕饰之嫌，反而愈加衬出诗中的意境和纯净——在华美的修饰中更见清新自然的感情流露。在形式上，诗歌采用新月诗派的诗美原则：讲求格律的和谐、语言的雕塑美和音律的乐感。这首诗可以说是这一原则的完美体现，词语的跳跃和韵律的和谐几乎达到了极致。

雨 巷 /戴望舒

撑着油纸伞，独自
彷徨在悠长，悠长
又寂寥的雨巷，
我希望逢着
一个丁香一样地
结着愁怨的姑娘。

她是有
丁香一样的颜色，
丁香一样的芬芳，
丁香一样的忧愁，

在雨中哀怨，
哀怨又彷徨；

她彷徨在这寂寥的雨巷
撑着油纸伞
像我一样，
像我一样地
默默彳亍着，
冷漠，凄清，又惆怅。

她默默地走近
走近，又投出
太息一般的眼光，
她飘过
像梦一般地，
像梦一般地凄婉迷茫。

像梦中飘过
一枝丁香地，
我身旁飘过这女郎；
她静默地远了，远了，
到了颓圮的篱墙，
走尽这雨巷。

在雨的哀曲里，
消了她的颜色，
散了她的芬芳，

消散了，甚至她的
太息般的眼光，
丁香般的惆怅。

撑着油纸伞，独自
彷徨在悠长，悠长
又寂寥的雨巷，
我希望飘过
一个丁香一样地
结着愁怨的姑娘。

作者简介

戴望舒（1905~1950），原名戴丞，浙江杭州人，中国现代派诗歌的代表人物。幼年患有天花，容貌因此被毁。1928年发表诗歌《雨巷》震动文坛，获得“雨巷诗人”美誉。但这并没有使诗人得到他苦恋的意中人——施蛰存的妹妹施绛年的心。几经辗转，施绛年虽同意和他订婚，但也提出了条件：戴望舒必须留学回来才能结婚。1932年诗人去法国，1935年回国，此时施绛年已嫁作他人妇。诗人痛苦之下，找到施绛年，以一个巴掌结束了自己长达8年的苦恋。1936年，戴望舒与穆时英的妹妹相识并结婚。抗战爆发后不久，戴望舒全家去了香港，他一边做抗日宣传工作，一边主编文学杂志。1941年被捕入狱，因此致病。1950年于北京逝世。有诗集《我的记忆》《望舒草》《灾难的岁月》及译著等留世。

诗歌赏析

《雨巷》写于1927年的夏天，是戴望舒的成名作，也是他的代表作。其时革命失败的阴云笼罩着中国大地，诗人只能在惶惶之中看着理想和现实的极端背离；另一方面，诗人居住在好友施蛰存的家中，他深爱着施的妹妹，却得不到对方任何的回应。压抑的外部环境和沉郁的内部心境的交互影响，使诗人唱出了中国现代诗歌的绝唱。

巷子大多在江南，长长的、曲折的，有说不尽的风情，道不尽的缠绵。江南的雨更美，柔柔的、迷蒙的，或带着淡漠的愁绪，或含有浓浓的温情。诗人在这样的雨巷中走着，独自“撑着油纸伞”，品味这雨、巷子和寂静带来的愁绪、感伤。诗人彷徨着：

……

我希望逢着

一个丁香一样地

结着愁怨的姑娘。

姑娘来了，带着丁香般的颜色、丁香般的芬芳和丁香般的忧愁。姑娘和诗人共同走在这寂寥的雨巷，都撑着油纸伞，在彷徨，都带着说不出的愁怨，说不出的冷漠、凄清和惆怅。姑娘近了，投来一声莫名的太息，又渐行渐远了。

这一切都如同梦一样，凄清迷茫。姑娘离去了，离开这可能产生爱情、产生温暖的雨巷。雨仍在下，巷子仍是悠长寂寥的雨巷。丁香也逝去了，太息也消散了，连惆怅也变成冰冷、枯寂的惆怅了。

诗人仍在撑着油纸伞，在独自彷徨。刚才的一幕，是梦还是诗人的情绪？是诗人的想象还是诗人心中的祈愿？在诗的结尾，诗人没有用“希望逢着”，而是用了“希望飘过”。那飘过的一瞬在诗人的心中升华了，成为一种境界：美。

这首诗将象征的手法发挥到了极致，诗的意象浓而不结、繁而不乱，可谓环环相扣、丝丝在理：雨的凄清愁怨和巷子的幽微动人、丁香和姑娘、姑娘的惆怅和诗人的彷徨相得益彰。这些共同奏出了低沉而优美的调子，唱出了诗人浓重的失望和彷徨的心绪。可以说，《雨巷》是中国诗歌史上的一个标志，标志中国现代派诗歌的成熟；是一个成功的实验，既很好地吸收了西方诗歌中成功把握和表达现代社会的手法技巧，又很巧妙地融入了中国古典的诗情画意。

我们天天走着一条小路/冯至

我们天天走着一条熟路
回到我们居住的地方；
但是在这林里面还隐藏
许多小路，又深邃、又生疏。

走一条生的，便有些心慌，
怕越走越远，走入迷途，
但不知不觉从村疏处
忽然望见我们住的地方

像座新的岛屿呈在天边。
我们的身边有多少事物
向我们要求新的发现：
不要觉得一切都已熟悉，
到死时抚摸自己的发肤
生了疑问：这是谁的身体？

作者简介

冯至（1905~1993），诗人，翻译家，原名冯承植，河北省涿州市人。1921年考入北京大学，1923年后受到新文化运动的影响开始发表新诗。1930年赴德国留学，其间受到德语诗人里尔克的影响。5年后获得哲学博士学位，返回战时偏安的昆明，任教于西南联大，任外语系教授。主要诗作有《昨日之歌》《十四行集》等。

诗歌赏析

这是冯至的一首十四行诗。十四行诗又叫商籁体，是欧洲文艺复兴时期流行的一种格律严谨的抒情诗体，因其代表诗人是彼特拉克，所以又称彼特拉克体。这种诗歌一般只有十四行，第一、二、三节各四行，第四节两行，有严格的韵脚，是形式相对固定的一种体式。中国最早写作十四行诗的诗人是冯至，他将这种诗体成功地运用在白话诗歌的创作中，为中国现代白话诗歌发展做出了独特的贡献。

《我们天天走着一条小路》抒写了诗人对生活的独特发现。每天最为熟悉的事物有时候突然向我们展示出新的角度，使我们感到陌生，进而产生恐惧和不安，“走一条生的，便有些心慌，怕越走越远，走入迷途”，这种感受和体验相信大多数人都有过。一条熟悉的路，白天走和晚上走感觉不一样，晴天和阴天走时的感觉又不一样，这就是人对生活的最微妙的反应。所以，诗人说：“我们的身边有多少事物/向我们要求新的发现：不要觉得一切已熟悉，到死时抚摸自己的发肤/生了疑问：这是谁的身体？”有了一颗丰富的、善于发现的心，生命的体验也会因此而精彩多样。

我们准备着/冯至

我们准备着深深地领受
那些意想不到的奇迹，
在漫长的岁月里忽然有
彗星的出现，狂风乍起。

我们的生命在这一瞬间，
仿佛在第一次的拥抱里
过去的悲欢忽然在眼前
凝结成屹然不动的形体。

我们赞颂那些小昆虫，
它们经过了一次交媾
或是抵御了一次危险，
便结束它们美妙的一生。
我们整个的生命在承受
狂风乍起，彗星的出现。

诗歌赏析

这是一首抒写生命感悟的小诗，格式依然是十四行体的。诗人从一只昆虫的生命过程感悟到生命的风险、无常和对生命价值主动追求的必要性。生命必然经历生老病死和不期而遇的灾难或者惊喜，在未知的不可抗拒的威胁或幸福面前，人应当泰然;对待生命中的每一天每一时刻，都应当是严肃的、自觉的，但是并不能因为对死亡和危险的畏惧而放弃了对生命中辉煌奇迹的追求。“我们准备着深深地领受/那些意想不到的奇迹，在漫长的岁月里忽然有/彗星的出现，狂风乍起。”这些忽然的奇迹或许是生命无法承受的灾难，或许是一种梦寐以求的以生命为代价的超越：“我们的生命在这一瞬间，仿佛在第一次的拥抱里/过去的悲欢忽然在眼前/凝结成屹然不动的形体。”这种“屹然不动的形体”作为生命呈现出的一种非同寻常的状态，应该是生命主体通过自觉严肃的追求而创造出来的。这种创造也许要经历死亡的考验，但是也值得为之付出：“我们赞颂那些小昆虫，它们经过了一次交媾/或是抵御了一次危险，便结束它们美妙的一生。我们整个的生命在承受/狂风乍起，彗星的出现。”在诗人看来，小昆虫作为一个生命个体，主动地去承受生命的危险境遇或者追求生命瞬间的辉煌，都是值得赞叹的。

我是一条小河 /冯至

我是一条小河，

我无心由你的身边绕过——
你无心把你彩霞般的影儿
投入了我软软的柔波。

我流过一座森林，
柔波便荡荡地
把那些碧翠的叶影儿
裁剪成你的裙裳。

我流过一座花丛，
柔波便粼粼地
把那些凄艳的花影儿
编织成你的花冠。

无奈呀，我终于流入了，
流入那无情的大海——
海上的风又厉，浪又狂，
吹折了花冠，击碎了裙裳！

我也随了海潮漂漾，
漂漾到无边的地方——
你那彩霞般的影儿
也和幻散了的彩霞一样！

诗歌赏析

这是著名诗人冯至的一首爱情诗，语言质朴优美，意象美好生动，比喻形象贴切，将青年恋人的感受非常准确细腻地表现出来了。诗的第一节说：“我是一条小河，我无心由你的身边绕过——/你无心把你彩霞般的影儿/投入了我软软的柔波。”这样形象地描绘爱情的发生是真实的，一个人爱上了对方，恰恰是在“无心”这样的无意识中。作者将自己比作一条小河，将使自己无意识地产生爱意的对方比作“彩霞般的影儿”，是很能打动人的。这样美妙的爱情产生以后，“我”这样一条流着的小河“流过一座森林，柔波便荡荡地/把那些碧翠的叶影儿/裁剪成你的裙裳”“流过一座花丛，柔波便粼粼地/把那些凄艳的花影儿/编织成你的花冠”。一旦有了爱情，这颗心里就时刻地装着她。以至于世界中美好的事物投入“我”的“柔波”里，都幻化成了赠予对方的美好的礼物。但是，诗人笔下的爱情并不一直这样美好，这样在平静的生活中产生的没有经过磨炼和考验的爱情毕竟无法更好地把握，所以“无奈呀，我终于流入了，流入那无情的大海——/海上的风又厉，浪又狂，吹折了花冠，击碎了裙裳！”这些虽然美妙但是脆弱的东西丝毫经不起大风大浪的吹打，很快地就变化了样子：“我也随了海潮漂漾，漂漾到无边的地方——/你那彩霞般的影儿/也和幻散了的彩霞一样！”从这个意义上来讲，这首爱情诗应该是比较别致的，诗人一方面写出了爱情的美好，但同时也对这样的爱情有着充分理性的认识。

烙印/臧克家

生怕回头向过去望，
我狡猾地说“人生是个谎”，
痛苦在我心上打个印烙，
刻刻警醒我这是在生活。

我不住地抚摩这印烙，
忽然红光上灼起了毒火，
火花里迸出一串歌声，

件件唱着生命的不幸。
我从不把悲痛向人诉说，
我知道那是一个罪过，
浑沌地活着什么也不觉，
既然是谜，就不该把底点破。

我嚼着苦汁营生，
像一条吃巴豆的虫，
把个心提在半空，
连呼吸都觉得沉重。

作者简介

臧克家（1905~2004），生于山东诸城，自幼受中国古典诗词民歌的熏陶。1919年上小学时受到“五四”新思潮的影响。1923年中学时代开始习作新诗。1934年毕业于国立山东大学中文系。在校期间，在新诗创作上得到闻一多、王统照的鼓励与帮助。1933年出版了第一本诗集《烙印》，接着又出版了《罪恶的黑手》《运河》两本诗集和长诗《自己的写照》。1936年参加中国文艺家协会。1938年参加中华全国文艺界抗敌协会。抗战胜利后，他又及时写下了很多政治讽刺诗，揭露国统区的黑暗、腐朽。

1949年参加第一次文代会，以后历任华北大学文艺学院研究员、中国作协书记处书记、《诗刊》主编、第七届全国政协常委、中国作家协会顾问和中国写作协会会长等职。

诗歌赏析

在中国现代文学中，臧克家无疑是一个优秀的诗人，他的诗歌非常讲究语言艺术和情感的节制，在伤情泛滥的20世纪30年代诗坛，臧克家的诗歌难得地独树一帜，表现着人生的苦与硬。他的诗歌创作与新月派和现代派截然不同，他内心始终关注的是底层大众的生活苦难，几乎很少停留在个人的伤感上，而是贴近和理解他们的人生，写出其内在的硬气。即使写自己的生活体验和内心感受，臧克家也体现出这种硬气，《烙印》就是如此。诗人是写人生痛苦的一种体味，将这种感受比喻为“在我的心上打了个烙印”，这是非常形象准确的一个描述，而这个“烙印”在诗人看来，不仅仅是一种痛的感受，还是在“刻刻警醒我这是在生活”。应该说，这是一种非常理性和深刻的对痛苦的理解。烙印既然留在了心上，它就要不时地被感觉到，所以，“我不住地抚摩这印烙，忽然红光上灼起了毒火，火花里迸出一串歌声，件件唱着生命的不幸”。这种不幸只能在诗人的内心唱歌，黑暗的现实中，诗人痛苦却不能对人诉说，诗人将这种人生的痛苦比作一个谜，“既然是谜，就不该把底点破”“我嚼着苦汁营生，像一条吃巴豆的虫”。将痛与苦咽下去，这是诗人面对生活的硬的态度。

有的人/臧克家

有的人活着
他已经死了；
有的人死了
他还活着。
有的人
骑在人民头上：“呵，我多伟大！”
有的人
俯下身子给人民当牛马。
有的人
把名字刻入石头想“不朽”；
有的人
情愿做野草，等着地下的火烧。

有的人
他活着别人就不能活；
有的人
他活着为了多数人更好地活。

骑在人民头上的，
人民把他摔垮；
给人民作牛马的，
人民永远记住他！
把名字刻入石头的，
名字比尸首烂得更早；
只要春风吹到的地方，
到处是青青的野草。

他活着别人就不能活的人，
他的下场可以看到；
他活着为了多数人更好活的人，
群众把他抬举得很高，很高。

诗歌赏析

《有的人》是诗人臧克家1949年11月为纪念鲁迅逝世13周年而作的一首脍炙人口、爱憎分明、深入人心的诗篇，发表后被广泛传颂。这首诗手法非常简单，语言明快直接，观点立场鲜明、毫不含糊，其中所表达的观点也是一针见血，使人能够直接领会其中所包含的情感。诗人从开篇到结尾，反复使用简明的对比手法来写两种人，这两种人相互对照和映衬，因此而使其中伟大的更伟大，卑劣的更卑劣。这样的对比不是从单一的而是丰富的多角度展开，“有的人活着/他已经死了；有的人死了/他还活着。”诗人首先指出这样一种现象，然后从这个现象出发，再一一从多个角度进行比较，从这两种人的灵魂、动机、行动、后果上来探究其原因，我们能从中发现，之所以有的人活着却已经死了，是因为他“骑在人民头上”，而且感到自己的伟大；把名字刻入石头想“不朽”，但是“他活着别人就不能活”，这样的从灵魂深处是卑劣渺小的，从动机上讲是贪婪自私的，从后果上讲是给人民造成了深重的灾难并与人民为敌的，所以，“人民把他摔垮”“名字比尸首烂得更早”。而相反的，“有的人死了，他还活着”，是因为他“俯下身子给人民当牛马”“情愿做野草，等着地下的火烧”“他活着是为了多数人更好地活”，所以，人民永远记住他，“只要春风吹到的地方，到处是青青的野草”“群众把他抬举得很高很高”。全篇语言凝练，富于节奏感。情感表达在对比中产生强烈的效果，使人过目不忘。

老马/臧克家

总得叫大车装个够，
他横竖不说一句话，
背上的压力往肉里扣，
他把头沉重地垂下！
这刻不知道下刻的命，
他有泪只往心里咽，
眼里飘来一道鞭影，
他抬头望望前面。

诗歌赏析

这首短诗刻画了一匹忍辱负重、凄怜哀悯的老马形象，这很自然地会令读者联想到中国的农民，而据作者自述，自己在写这首诗的时候并没有存心用老马去象征农民的命运，而是因为亲眼见到那样的一匹命运悲惨的、令诗人深抱同情的老马，心里产生一种压力，加之当时处于大革命失败的迷惘时期，诗人的心境是苦痛而悲愤的，这样的经历与情感，促使着诗人创作了这首诗。诗中的“老马”，足以代表中国农民的凄惨处境，而其蕴意又不止于此，诗人言“老马”身上也有作者自己的影子，它是一种更为广泛的人类生存处境的象征。诗歌描写的内容为作者亲眼所见，融注着诗人真挚的情感，字字句句都携着十足的分量，令人觉着心里无比的沉重，诗歌语言的精练、韵律的和谐、形象的鲜明和寓理的深刻，达到了艺术上的完美境界。

一朵野花/陈梦家

一朵野花在荒原里开了又落了，
不想到这小生命，向着太阳发笑，
上帝给他的聪明他自己知道，
他的欢喜，他的诗，在风前轻摇。
一朵野花在荒原里开了又落了，
他看见青天，看不见自己的藐小，
听惯风的温柔，听惯风的怒号，
就连他自己的梦也容易忘掉。

作者简介

陈梦家（1911~1966），曾使用笔名陈慢哉，现代著名古文字学家、考古学家、诗人。他自幼喜读古诗，尤其是唐诗。1927年，他考入南京国立第四中山大学法律系，开始诗歌创作，并结识了闻一多与徐志摩，以后的创作与生活深受这二人影响。1931年，陈梦家的第一部诗集《梦家诗集》由新月书店出版，同年9月任《诗刊》主编。1934年，其诗集《铁马集》出版。1966年逝世。

诗歌赏析

《一朵野花》是一首清新流畅的咏物抒情短诗。诗人陈梦家在一朵野花的世界里发现了生命的自然、自在、自信的纯美，并以优美的笔调歌咏它。

生命在大自然中的呈现，因为其自然而显得亲切美好。诗人发现这种美好的事物，并将自己的体悟赋予它，从而唱出诗人自己的人生赞歌。“一朵野花在荒原里开了又落了”，这是最朴素的生命呈现，随意而又永恒，自在而无矫饰，但是它有着本能的追求和快乐，“不想到这小生命，向着太阳发笑，上帝给他的聪明他自己知道，他的欢喜，他的诗，在风前轻摇”。野花所展示出的生命意识对诗人产生了强烈的触动，从而引发他对生命本真的思索，“他看见青天，看不见自己的藐小，听惯风的温柔，听惯风的怒号，就连他自己的梦也容易忘掉”。野花在广阔的荒原上自在地享受着生命，无欲无求，有的只是对生命积极乐观的渴望和展示，尽管它所在的天地很大，但是它由此拓展着自己生命感触的范围，“他看见青天”，吸收着广阔世界的精华，并且因此而从容自信：“他的诗，在风前轻摇。”在自然中经受风雨的洗礼并且自然成长，野花因此不是局限于自我。“看不见自己的藐小”，这是一种生命的超越，野花正因为达到了这样的超越，才能在“开了又落了”的短暂生命中绽放自己的美丽。

欢乐/何其芳

告诉我，欢乐是什么颜色？
像白鸽的羽翅？鹦鹉的红嘴？
欢乐是什么声音？像一声芦笛？
还是从稷稷的松声到潺潺的流水？

是不是可握住的，如温情的手？
可看见的，如亮着爱怜的眼光？

会不会使心灵微微地颤抖，
而且静静地流泪，如同悲伤？

欢乐是怎样来的？从什么地方？
萤火虫一样飞在朦胧的树阴？
香气一样散自蔷薇的花瓣上？
它来时脚上响不响着铃声？

对于欢乐，我的心是盲人的目，
但它是不是可爱的，如我的忧郁？

作者简介

何其芳（1912~1977），原名何永芳，四川万县人，中国现代诗人、散文家、文学研究家。1929年入上海中国公学预科学习。1931年后就读于北京大学哲学系，课余沉浸于文学书籍之中，发表了不少诗歌和散文。1936年，他与卞之琳、李广田的诗歌合集《汉园集》出版，受到文坛注意。他的散文集《画梦录》出版后，曾获《大公报》文艺奖金。大学毕业后他到天津、山东、四川等地教书。1938年赴延安，任鲁迅艺术学院文学系主任。新的生活使何其芳写出了《我歌唱延安》等散文和《生活是多么广阔》等诗篇，讴歌革命，礼赞光明，传诵一时。1944年以后被派往重庆工作，任《新华日报》社副社长等职。1948年年底开始在马列学院（即高级党校）任教。中华人民共和国成立后曾任文学研究所副所长和所长、《文学评论》主编、中国作家协会书记处书记等职。其作品除上面提到的外，还有诗集《预言》《夜歌》（后改名《夜歌和白天的歌》），作品集《刻意集》，散文集《还乡杂记》《星火集》及其续编等。

诗歌赏析

何其芳的这首《欢乐》写于20世纪30年代，在那个年代，大革命失败所造成的幻灭感依然深深地影响着青年知识分子的内心，在黑暗的社会现实面前，诗人长久地处于一种苦闷的精神状态，内心情绪的压抑无法释放，所谓的欢乐，也自然就成了一种梦想。这首诗既有现代派的特征，又有新月派的气息。诗人在一种清新的、淡淡的忧郁情绪中试图将欢乐或者忧郁这样一种抽象的内心状态形象地抒写出来。

诗歌的通篇以设问来状写那种无以具体言说的欢乐，在提出“告诉我，欢乐是什么颜色？”之后，诗人使用“白鸽的羽翅”“鹦鹉的红嘴”“一声芦笛”以及“从稷稷的松声到潺潺的流水”来使他所认为的“欢乐”形象化，这些事物都是美好的，诗人试图通过它们来写出“欢乐”的颜色和声音，它们应该就是欢乐吧。在诗的第二节，诗人通过人的情感感受和体验来描述“欢乐”，“是不是可握住的，如温情的手？可看见的，如亮着爱怜的眼光？会不会使心灵微微地颤抖，或者静静地流泪，如同悲伤？”这种转入内在情感体验的描述，使我们感到这里的“欢乐”其实就是一种忧郁的悲伤。在第三节，诗人从另一个角度来发问：“欢乐是怎样来的？从什么地方？”诗人用了很多巧妙的比喻，“萤火虫一样飞在朦胧的树阴？香气一样散自蔷薇的花瓣上？它来时脚上响不响着铃声？”传神地写出了“欢乐”的缥缈和难以把握，这也正是诗歌表达事物的微妙所在。诗人在诗的结尾说：“对于欢乐，我的心是盲人的目，但它是不是可爱的，如我的忧郁？”至此，我们可以发现，诗人所要表达的，其实是内心的苦闷。

我为少男少女们歌唱/何其芳

我为少男少女们歌唱。
我歌唱早晨，
我歌唱希望，
我歌唱那些属于未来的事物
我歌唱正在生长的力量。

我的歌呵，
你飞吧，
飞到年轻人的心中
去找你停留的地方。

所有使我像草一样颤抖过的
快乐或者好的思想，
都变成声音飞到四方八面去吧，
不管它像一阵微风
或者一片阳光。
轻轻地从我琴弦上
失掉了成年的忧伤，
我重新变得年轻了，
我的血流得很快，
对于生活我又充满了梦想，充满了渴望。

诗歌赏析

《我为少男少女们歌唱》是一首抒情诗，诗人表明是献给少男少女们的，赞美他们美好的青春，并给他们以美好的祝福。这首诗简洁明快，抒情语言直白。诗人在结尾说明，因为为少男少女们歌唱，连他自己也变得年轻了。诗人开篇即说："我为少男少女们歌唱。我歌唱早晨，我歌唱希望，我歌唱那些属于未来的事物/我歌唱正在成长的力量。"诗人用这几句直接明了的话，歌唱着所有这些新生的力量、蓬勃向上的生命、使人欣喜的新的生活和气象。接着诗人说："我的歌呵，你飞吧，飞到年轻人的心中/去找你停留的地方。"诗人希望自己的歌声能让年轻的心听见，并且因此而更加快乐，诗人的思绪也因此而更加开阔明朗，"所有使我像草一样颤抖过的，快乐或者好的思想，都变成声音飞到四面八方去吧，不管它像一阵微风/或者一片阳光。”在这样的一种诗性的歌唱中，诗人的身心也变得轻盈和自由起来，这是一种被青春的力量感染的情形。“轻轻地从我琴弦上/失掉了成年的忧伤，我重新变得年轻了，我的血流得很快，对于生活我又充满了梦想，充满了渴望。”从整个创作的情绪发展来看，在对少男少女进行由衷的赞美的过程中，诗人自己的生命也似乎经历了一次年轻的洗礼，笔下的诗歌不仅感染者别人，也感染者自己。这样纯净明亮的诗句，照亮了别人的心，同时也照亮了诗人自己的心。

预言/何其芳

这一个心跳的日子终于来临！
呵，你夜的叹息似的渐近的足音，
我听得清不是林叶和夜风私语，
麋鹿驰过苔径的细碎的蹄声！
告诉我，用你银铃的歌声告诉我，
你是不是预言中的年轻的神？

你一定来自那温郁的南方！
告诉我那里的月色，那里的日光！
告诉我春风是怎样吹开百花，
燕子是怎样痴恋着绿杨！
我将合眼睡在你如梦的歌声里，
那温暖我似乎记得，又似乎遗忘。

请停下你疲劳的奔波，
进来，这里有虎皮的褥你坐！
让我烧起每一个秋天拾来的落叶，

听我低低地唱起我自己的歌！
那歌声像火光一样沉郁又高扬，
火光一样将我的一生诉说。
不要前行！前面是无边的森林：
古老的树现着野兽身上的斑纹，
半生半死的藤蟒一样交缠着，
密叶里漏不下一颗星星。
你将怯怯地不敢放下第二步，
当你听见了第一步空寥的回声。

一定要走吗？请等我和你同行！
我的脚步知道每一条熟悉的路径，
我可以不停地唱着忘倦的歌，
再给你，再给你手的温存！
当夜的浓墨遮断了我们，
你可以不转眼地望着我的眼睛！

我激动的歌声你竟不听，
你的脚竟不为我的颤抖暂停！
像静穆的微风飘过这黄昏里，
消失了，消失了你骄傲的足音！
呵，你终于如预言中所说的无语而来，
无语而去了吗，年轻的神？

诗歌赏析

《预言》是何其芳的成名作，写于1931年秋天，其时诗人才19岁。诗开始收入《汉园集》，是其中题为《燕泥集》的首篇。1945年诗人出版了自己的第一个诗集，又收录了这首诗，并且以此诗作为集子的名称。

《预言》是一首爱情诗，抒写了诗人一段珍贵的感情经历。全诗共分6节，以“年轻的神”的踪迹为线索来抒写，剖白式地倾诉了诗人每一刻的痴情。诗人心中的爱神形象是光彩动人的，诗人深深地眷恋着她，充满柔情地想象着她的到来，热情赞美她的美丽，同时也倾诉失去她的惆怅。想见时，“年轻的神”那“夜的叹息似的”足音，轻柔、飘忽，而诗人却凭着自己细腻的感触，将它从“林叶和夜风私语”和“麋鹿驰过苔径的细碎的蹄声”中辨认出来，诗人盼望“年轻的神”的心情是何等的热切，迎候是何等的专注。相见后，诗人热烈赞美“年轻的神”所生活过的光明、温暖和多情的世界，表达了自己由衷的倾慕之情。诗人祈求“年轻的神”不要离开自己，“前行”到那阴森恐怖、黑暗和空寂的地方去。可是“年轻的神”似乎并不了解诗人的心情，她执意要走。尽管如此，诗人也愿意为她引路，要在阴森黑暗的路途中给她抚慰、温暖和力量。最后，“年轻的神”终于走了，那脚步声竟“像静穆的微风飘过这黄昏里”悄悄地消失了。“年轻的神”从那美丽、温郁的南方而来，却走向了恐怖死寂的森林中去，从光明到黑暗，并不美满。她的轻飘而来使诗人激动得“心跳”，而她的无语而去却给诗人留了凄清的哀怨，给诗人留下了深深的惆怅。

何其芳喜欢在回忆和梦幻中寻找美。他的诗总是在淡淡的哀怨中透出一些欢快的色彩。诗中没有着意刻画“年轻的神”的形象，作者捕捉的是“一些在刹那间闪出金光的”心灵的语言，“省略去那些从意象到意象之间的链锁”，给读者留下了丰富的想象的天地，使诗有一种宁静、柔婉的朦胧美。

这首诗的语言富于音乐性，六行大体押韵，每行的节顿又大体相等，读起来使人产生平和愉快的感觉。诗句本身的节奏又和情绪的抑扬顿挫相协调，从而产生了拨动心弦的音乐效果。正因为如此，这首诗发表后，在读者中间产生了广泛的影响，深受广大青年读者的喜爱，许多人将它背得滚瓜烂熟，时常吟诵。直到今天，这首诗仍然散发着动人的魅力。

冬 夜/辛笛

安坐在红火的炉前，

木器的光泽诳我说一个娇羞的脸；

抚摩着褪了色的花缎，

黑猫低微地呼唤。

百叶窗放进夜气的清新，

长廊柱下星近；

想念温暖外的风尘，

今夜的更声打着了多少行人。

作者简介

辛笛（1912~2004），中国现代诗人，作家，“九叶诗人”之一。原名王馨迪，后改为王心笛，笔名心笛、一民、辛笛等。祖籍江苏淮安，生于天津市。早年在清华大学任文艺编辑，并在北平艺文中学、贝满女子中学任教。后赴英国爱丁堡大学研习英语，回国后曾任上海光华大学、暨南大学教授。从学生时代起，诗人即开始在天津《文学季刊》《北京晨报》、上海《新诗》等报刊上发表诗文和译作。1935年，他的第一本新诗集《珠贝集》在北京出版。抗日战争胜利后，诗人当选为中华全国文协候补理事兼秘书，并为诗歌音乐工作者协会上海分会负责人之一。1947年，诗人的新诗集《手掌集》出版。翌年其散文评论集《夜读书记》出版。1949年7月参加中华全国第一次文代会，为中国作家协会会员和作协上海分会理事。中华人民共和国成立后诗人历任上海工业局秘书科科长、中央轻工业部华东办事处办公室副主任、上海食品工业公司副经理，还兼任民盟上海市委委员、外国文学会会员、上海市政协特约编译等职。

诗歌赏析

一首诗歌所具有的美的气韵，是诗人的心灵深处散发出的馥郁的芳菲。诗人辛笛在艺术实践中自觉地将中国传统的古典主义与西方现代主义结合起来，在诗歌作品中向读者彰示了艺术创作中最为可贵的独创性与超前性，他注重个体的生命和情感体验，追求感觉的知性化，在精致的诗句中展现出智性的光辉，令诗歌深蕴独特的审美特质。这首《冬夜》展现的是一幅气韵清隽的生活画面，语言清新、纯净、隽永、婉约，诗情细腻而飘逸、轻灵而柔润，有着余音袅袅、含蕴不尽的艺术特色。

你的名字/纪弦

用了世界上最轻最轻的声音，
轻轻地唤你的名字每夜每夜。

写你的名字，
画你的名字。
而梦见的是你发光的名字：

如日，如星，你的名字。
如灯，如钻石，你的名字。
如缤纷的火花，如闪电，你的名字。
如原始森林的燃烧，你的名字。

刻你的名字！
刻你的名字在树上。
刻你的名字在不凋的生命树上。

当这棵树长成了参天古树时，
啊啊，多好，多好。
你的名字也大起来。
大起来了，你的名字。
亮起来了，你的名字。
于是，轻轻轻轻轻轻轻地唤你的名字。

作者简介

纪弦，原名路逾，1913年4月27日正午12时生于河北省清苑县，祖籍陕西。小时家在北平。1921年离开北平，乘火车去武汉。1922年去上海，1924年定居扬州，1928年小学毕业，考上县立初中。1929年开始写诗，同年秋考上武昌美专。1931年12月出版诗集《易士集》，笔名路易士。1935年12月出版诗集《行过之生命》。1936年与戴望舒、徐迟三人合作创办《新诗》月刊。1938年去香港，1939年出版《爱云的奇人》《烦哀的日子》《不朽的肖像》三个作品集。1945年诗集《夏天》《三十前集》出版。1948年离沪去台湾，执教于台湾省立台北成功学校。1953年独资创办《现代诗》季刊，1958年发起组织“现代派”，提出“新诗乃横的移植，而非纵的继承”等六大信条。1954年《纪弦诗论》诗论集出版。后出版自选诗集《槟榔树甲集》《槟榔树乙集》《槟榔树丙集》《槟榔树丁集》；散文集《终南山下》《园丁之歌》等。1976年移居美国。

纪弦早年诗歌崇尚朦胧之美，赴台湾后，诗风大变，一变为浅易明晰，直接呈现性情，开台湾一代诗风。

诗歌赏析

《你的名字》是赠人之作，全诗一连用了十多个“你的名字”来表达对对方的感情，并不显得冗长啰唆，反而自然紧凑，充满深情。

在这首充满意象与旋律之美的诗篇中，纪弦创造性地以恋人的“名字”作为全诗的中心意象，并以色彩缤纷令人目不暇接的比喻，围绕中心完成全诗的意象结构。抒情主人公形象于诗的一开始就出现了，他用第一人称的呼告语呼唤恋人的名字。诗人并没有把“你的名字”具体化，而是用抽象的“你的名字”的泛指，将个人的感情经历提升到普遍性的层次，引起读者对自己阅读经验中不同名字的美的联想，从而引起共鸣，共同参与审美再创造。

在第一二两节中，“呼唤”有声，是听觉意象，“写画”有形，是视觉意象。日有所思，夜有所梦，“梦见”则应是梦觉意象了。随后诗人以一系列比喻来比拟恋人“发光”的名字，连用七个比喻，虽然都是“如”字构成明喻，但却无单调之感，“日”“星”“灯”“钻石”“缤纷的火花”“闪电”以及“原始森林的燃烧”等同为“发光”，但光亮的程度各异，将它们并置在一起，可以看到同中有异的变化，形成复沓的情感节奏。第三节也颇为精彩，“刻你的名字!刻你的名字在树上。刻你的名字在不凋的生命树上。”至死不渝的恋情，在这里获得了具体而形象的表现。第二节写“发光”之“亮”，第三节写“长成”之“大”，角度虽各有不同，但像箭矢都射向一个靶心，诗人多角度的赞美都是缘于一个芳菲的名字。

这首小诗虽然不讲究脚韵，但它却追求旋律的优美，宛如一曲悦耳清心的轻音乐。它的旋律美的形成，一是由于“复沓”。第一节的“最轻最轻”和“轻轻地”乃至“每夜每夜”，形成反复语词复沓；在十八行的诗句中“你的名字”和“发光的名字”类语反复十四次；“刻你的名字”，是短语复沓；结尾一节七个“轻”字的连用，是同一词语在句中的复沓。如果取消了复沓，此诗即失去动人的旋律。另一个重要因素就是“回环”，第一节和全诗最后一句的“于是，轻轻轻轻轻轻轻地唤你的名字”，构成了首尾的重复与呼应，即整篇美学结构的大回环；诗的第二三节构成近距离节与节的回环；最后一节首句“大起来了，你的名字”，与上一节末句“你的名字也大起来”，构成连锁式回环，第二行“亮起来了，你的名字”，则与第三节构成遥应式回环。有了这种变化而统一的复沓与回环，我们读这首诗“每夜每夜”，和每句后面反复的“你的名字”不仅不感到重复、啰唆，反而有音乐的旋律美。

黄河颂/光未然

啊，朋友！
黄河以它英雄的气魄，
出现在亚洲的原野；
它表现出我们民族的精神：
伟大而又坚强！
这里，我们向着黄河，唱出我们的赞歌。

我站在高山之巅，望黄河滚滚，奔向东南。
惊涛澎湃，掀起万丈狂澜；
浊流宛转，结成九曲连环；
从昆仑山下奔向黄海之边，
把中原大地劈成南北两面。

啊！黄河！
你是中华民族的摇篮！
五千年的古国文化，从你这儿发源；
多少英雄的故事，在你的身边扮演！

啊！黄河！
你是伟大坚强，像一个巨人出现在亚洲平原之上，
用你那英雄的体魄，筑成我们民族的屏障。

啊！黄河！

你一泻千丈，浩浩荡荡，
向南北两岸伸出千万条铁的臂膀。
我们民族的伟大精神，
将要在你的哺育下发扬滋长！

我们祖国的英雄儿女，
将要学习你的榜样，
像你一样的伟大坚强！
像你一样的伟大坚强！

诗歌赏析

《黄河颂》是诗人光未然写于抗日战争爆发后不久的一首非常有名的抒情诗，语言奔放，意境开阔高远，气势磅礴，充满力量，是一首中华民族不屈精神的赞歌。诗人开篇即对黄河高阔雄壮的景象进行了全景式的描写：“我站在高山之巅，望黄河滚滚，奔向东南。惊涛澎湃，掀起万丈狂澜；浊流宛转，结成九曲连环；从昆仑山下奔向黄海之边，把中原大地劈成南北两面。”这是一幅非常壮阔的画卷，展示出一种气势宏大的雄壮之美。接着，诗人赞叹：“啊，黄河！你是中华民族的摇篮！五千年的古国文化，从你这儿发源；多少英雄的故事，在你的身边扮演！”在这里，诗人通过对黄河的赞叹，象征性地表达了对中华民族的赞美。“啊，黄河！你是伟大坚强，像一个巨人出现在亚洲平原之上，用你那英雄的体魄，筑成我们民族的屏障。”这几句集中地赞美了黄河的力量，实际上是象征抗日的中华儿女不屈的精神和一往无前的勇气，进而抒发了豪迈的战斗情怀。全诗以“我”为抒情主体，从黄河的壮阔形象写到黄河的不屈精神，由“望”黄河到“赞”黄河再到抒怀，一气呵成，激情澎湃，给人以强烈的精神震撼。

泥 土/鲁藜

老是把自己当作珍珠
就时时有被埋没的痛苦
把自己当作泥土吧
让众人把你踩成一条道路

作者简介

鲁藜（1914~1999），原名许图地，1914年生，福建同安人。“七月诗派”的代表人物。幼年时随父母侨居越南，少年失学，曾当过小工、小贩等。1932年回国，1936年参加左联，1938年奔赴延安。《希望》《七月》等杂志都发表过他的诗作。1955年后，鲁藜历任天津文联副主席、天津作家协会副主席。鲁藜出版的诗集有8种，其中《醒来的时候》是最具代表性的一本诗集。

诗歌赏析

这是一首哲理诗，因其语言的通俗和所表达内容的说服力，曾经广为流传，并被许多青年人抄录背诵，作为人生的座右铭。这首诗讨论的是人对自己的社会价值定位问题，传达出一种具有强烈时代性和深刻性的价值观。诗的第一段说：“老是把自己当作珍珠/就时时有被埋没的痛苦”，对于刚刚步入社会、对社会人生缺乏了解的青年人来说，这是一种广泛的现象。年轻人由于对自己的认识和社会现实之间有着较大的错位，往往“自视甚高”，但是现实生活中，这种良好的感觉往往不能得到社会的认可，于是常常抱有怀才不遇的内心痛苦。诗人针对这样的情况，写下具有深刻反思和警示作用的诗句，对年轻人是一个非常好的忠告。在内心的价值定位上，以普通人的眼光来看待自己，“把自己当作泥土吧/让众人把你踩成一条道路”，也就是说，把自己当成大地上的一粒尘土，这样就会拥有一颗平常心去面对生活和工作，面对社会。读这首诗，对其中的观点应该有正确客观的理解。这首诗的着眼点是鼓励人们以健康正确的心态去面对社会生活，实现自己的人生价值。正确地处理个人与集体、个人与社会的关系，并不是要人放弃自我、否定自我的价值、抹杀人的个性，既不是完全的个人主义，又不是做一个平庸无为、毫无独立价值的人。正确的理解应该是，将自己融入社会中，作为其中的一员生活，但是要努力向上，充分地挖掘自己的价值。

老鞋匠/何达

为了别人的脚
两手绷着青筋
一生
抚摸过多少双鞋底
一针一用力
一锥一喘气
要把磨过了多少碎石的
踹过了多少烂泥的破鞋修好

像医生
治好了损伤了皮骨的人们
却改变不了人们劳碌的命运
他——
老鞋匠
也不能使道路更平坦
于是桌底下
像停尸房

狼藉着
无法补救的破皮

他老了
他失去了青春
就像那些破皮
失去了光彩
他也是一双快要解体的旧鞋
被拖曳在
漫长而破烂的
生活道路上
这老鞋匠！

诗歌赏析

这首《老鞋匠》，刻画了一个辛勤而贫苦的劳动者形象，诗歌语言亲切质朴，情感真挚饱满，意境悲凉，格调怆然，具有动人心魄的强大力量，展现了诗人胸怀苍生、心忧天下的悲悯精神。诗中诉说老鞋匠“为了别人的脚/两手绷着青筋”“像医生/治好了损伤了皮骨的人们/却改变不了人们劳碌的命运”，这深刻地表达了老鞋匠命运的悲苦感与无奈感。“一针一用力/一锥一喘气”这一细节描写，至为感人，可谓点睛的妙笔，将老鞋匠那一生的劳苦都集中体现在这一针一锥上。“他老了/他失去了青春/就像那些破皮/失去了光彩”，而老鞋匠的一生都耗费在那“漫长而破烂的/生活道路上”，这是更加可悲的，老鞋匠的凄苦遭遇，不是一时如此，而是一世皆然。“这老鞋匠！”一声喟叹，吐露出来的是深深的绝望感。

给战斗者/田间

在没有灯光
没有热气的晚上
我们底敌人
来了，
从我们的
手里，
从我们的
怀抱里，
把无罪的伙伴，
关进强暴底栅栏。
他们身上
裸露着
伤疤，
他们永远
呼吸着
仇恨，
他们颤抖，
在大连，在满洲的
野营里，
让喝了酒的
吃了肉的
残忍的野兽，
用它底刀，
嬉戏着——

荒芜的
生命，
饥饿的
血……

作者简介

田间（1916~1985），原名童天鉴，著名诗人。1933年考入上海光华大学外文系。1934年加入中国左翼作家联盟，参加《文学丛报》《新诗歌》的编辑工作。1935 年任《每周诗歌》主编，创作并出版处女作《未明集》。1936年出版描写东北人民抗日斗争的短诗集《中国牧歌》和以红军长征为背景，写农民反抗斗争的长诗《中国·农村的故事》。1937年春到东京学日文。七七事变后，回上海写抗战诗歌。是年秋，去武汉，写成《给战斗者》。8月，加入中国共产党。年底，到敌后晋察冀边区当战地记者。1940年创作《名将录》。中华人民共和国成立后历任全国文联研究会主任、中央文学研究所秘书长兼研究员、河北省文联主席等。1985年病逝。

诗歌赏析

《给战斗者》是田间的成名作，是一首意绪沉重、充满悲怆感的战斗诗篇，诗歌以透彻的笔力刻写了敌人的凶残暴虐和同胞的刻骨仇恨，号召广大的中国人民拿起武器，奋勇抗击敌人的侵略，如同诗人自述——“召唤祖国和我自己，伴着民族的号角，一同行进。”（《写在〈给战斗者〉的末页》）诗中没有繁复的辞藻，淡却了语言的修辞色彩，以一种平实质朴的面貌来表达，而诗风劲健刚毅，音节铿锵有力，情感沉挚雄浑，格调激越昂扬，具有十足的感染力和号召力，达到了十分难得的艺术效果，表现出历史与艺术上的双重价值。

窗/陈敬容

一

你的窗
开向太阳，
开向四月的蓝天；
为何以重帘遮住，
让春风溜过如烟？

我将怎样寻找
那些寂寞的足迹，
在你静静的窗前；
我将怎样寻找
我失落的叹息？

让静夜星空
带给你我的怀想吧，
也带给你无忧的睡眠；
而我，如一个陌生客，
默默地走过你窗前。

二

空漠锁住了你的窗，
锁住了我的阳光，
重帘遮断了凝望；
留下晚风如故人，
幽咽在屋上。

远去了，你带着
照澈我阴影的
你的明灯；
我独自迷失于
无尽的黄昏。

我有不安的睡梦
与严寒的隆冬；
而我的窗
开向黑夜
开向无言的星空

作者简介

陈敬容（1917~1989），原籍四川乐山。1932年春读初中时开始学习写诗。1934年底只身离家前往北京，自学中外文学，并在北京大学和清华大学中文系旁听。这一时期开始发表诗歌和散文。第一首诗《十月》作于1935年春。1938年在成都参加中华全国文艺界抗敌协会。1946年出版第一本散文集《星雨集》，并到上海专门从事创作和翻译工作。1948年参与创办《中国新诗》月刊，任编委。1949年在华北大学学习，同年底开始从事政法工作。1956年任《世界文学》编辑，1973年退休。1978年起，重新执笔创作，10余年发表诗作近200首，散文和散文诗数十篇，并有新的译著问世。1981~1984年曾为《诗刊》编外国诗专栏。诗集《老去的是时间》获1986年全国优秀新诗集奖。

诗歌赏析

《窗》是一首哀怨委婉的抒情诗，表达了一种失落的悲伤情感。

诗人选取“窗”这样一种具有象征意味的意象，通过对窗的细腻描写，展示出女性特有的一种温和婉转的爱与愁。面对失落的爱情，诗人发问："你的窗/开向太阳，开向四月的蓝天；为何以重帘遮住，让春风溜过如烟？"这里诗人发问的对象从表面上看是一个具体的物象——窗，但暗喻的是封闭起来的、拒绝着爱情召唤的心灵，这样的咀嚼使"我"感到无限失落和悲伤："我将怎样寻找/那些寂寞的足迹，在你静静的窗前；我将怎样寻找/我失落的叹息？"面对被拒绝的爱情，诗人只能在无奈中独自叹息，独自承受着内心的痛苦，"默默地走过你窗前"。

在第二部分中，诗人将内心的痛苦升华，诗人不再对"窗"发问，而是转入对自己内心的描述："空漠锁住了你的窗，锁住了我的阳光，重帘遮断了凝望；留下晚风如故人，幽咽在屋上。"这些都是被拒绝的爱情带给诗人的内心痛苦，长久不能遣散，"远去了，你带着/照澈我阴影的/你的明灯；我独自迷失于/无尽的黄昏。"诗人使用这一系列平淡的事物，形象准确地传达出爱的创伤留下的无尽愁怨，作为甜蜜爱情的反面，作为被爱情中伤的心灵，"我有不安的睡梦/与严寒的隆冬；而我的窗/开向黑夜/开向无言的星空。"与诗的开头照应，应该说，做到了布局上的完整和情感上的有因有果。

力的前奏/陈敬容

歌者蓄满了声音
在一瞬的震颤中凝神

舞者为一个姿势
拼聚了一生的呼吸
天空的云、地上的海洋
在大风暴来到之前
有着可怕的寂静

全人类的热情汇合交融

在痛苦的挣扎里守候

一个共同的黎明

诗歌赏析

《力的前奏》写于1947年，诗人以高度凝练的象征手法表达了一个时代在发生巨大变化前的微妙状态。

整首诗分三节，只有短短的10行，但是一步一步地推进非常有力量。诗人先选取了“歌者”和“舞者”这两个个体意象作为象征，准确生动地描绘了他们在爆发力量之前的瞬间特征：“歌者蓄满了声音/在一瞬的震颤中凝神”“舞者为一个姿势/拼聚了一生的呼吸”，这些都是“力的前奏”，目的是寻求力量的强大爆发，他们共同的特征就是瞬间的静止。同样的道理，是人推进到“天空的云、地上的海洋”，它们的力量无比强大，在爆发出这强大的力量的“大风暴”到来之前，“有着可怕的寂静”。接着，诗人的笔触落到了真正要表达的核心：“全人类的热情汇合交融/在痛苦的挣扎里守候/一个共同的黎明”，同样，这个前夕也是非常寂静的。诗人通过这些形象化的描写，表达出革命胜利前夕的时代精神内涵，并预示了光明的新世界的到来。

这首诗的核心意蕴即具有鲜明的内容，同时又超越了时代的局限，传达着宇宙和自然界普遍的哲理，使得它具有了长久的阅读生命力，流传至今，深为读者喜欢。

假如你走来/陈敬容

假如你走来，

在一个微温的夜晚，

轻轻地走来，

叩我寂寥的门窗；

假如你走来，
不说一句话，
将你战栗的肩膀，
依靠白色的墙。

我将从沉思的坐椅中
静静地立起
在书页中寻出来
一朵萎去的花
插在你的衣襟上。

我也将给你一个缄默，
一个最深的凝望；
而当你又踽踽地走去，
我将哭泣——
是因为幸福，
不是悲伤。

诗歌赏析

《假如你走来》是一首诉说爱情的诗篇，诗中展现了女诗人那温馨的情感和洁美的情怀，还有那细腻的心灵、高贵的灵魂。“假如你走来，在一个微温的夜晚，轻轻地走来，叩我寂寥的门窗”，微温、轻轻和寂寥，描画出诗人那温婉而寂寞的心境，展现出一种绰约而朦胧的情感氛围。“假如你走来，不说一句话，将你战栗的肩膀，依靠白色的墙。”这种沉默、战栗，和洁白的颜色，显示着这份爱情的凝重、苦痛而纯洁的特质。“我将从沉思的坐椅中/静静地立起/在书页中寻出来/一朵萎去的花/插在你的衣襟上。”沉思与静静，表露着诗人心中的那种忧怆和平静，而那一朵萎去的花，说尽了这份爱情的悲凄。“我也将给你一个缄默，一个最深的凝望；而当你又踽踽地走去，我将哭泣——是因为幸福，不是悲伤。”那缄默中的最深的凝望，蕴含着最深挚而又最苦痛的爱情，那哭泣，不是悲伤，是幸福，可是其中蕴蓄的苦楚却远胜过一切的悲伤。这样一份最真实却又最虚幻的爱情，给人带来的是不可触及的幸福和永远深挚的忧伤。

在寒冷的腊月的夜里/穆旦

在寒冷的腊月的夜里，风扫着北方的平原，
北方的田野是枯干的，大麦和谷子已经推进村庄，
岁月尽竭了，牲口憩息了，村外的小河冻结了，
在古老的路上，在田野的纵横里闪着一盏灯光，
　　一副厚重的，多纹的脸，
　　他想什么？他做什么？
　在这亲切的，为吱哑的轮子压死的路上。

风向东吹，风向南吹，风在低矮的小街上旋转，
木格的窗子堆着沙土，我们在泥草的屋顶下安眠，
谁家的儿郎吓哭了，哇——呜——呜——从屋顶
　传过屋顶，
他就要长大了渐渐和我们一样地躺下，一样地打鼾，
　　从屋顶传过屋顶，风
　　这样大岁月这样悠久，
　我们不能够听见，我们不能够听见。

火熄了么？红的炭火拨灭了么？一个声音说，
我们的祖先是已经睡了，睡在离我们不远的地方，
所有的故事已经讲完了，只剩下了灰烬的遗留，

在我们没有安慰的梦里，在他们走来又走去以后，
在门口，那些用旧了的镰刀，
锄头，牛轭，石磨，大车，
静静地，正承接着雪花的飘落。

诗歌赏析

穆旦是20世纪40年代“中国新诗派”的首要代表人物，是中国现当代最为杰出的诗人之一，其诗作将中国传统的古典诗歌与西方现代主义诗歌完美地融合起来，在深厚的寓意和心灵的思辨中彰显了诗歌独特的张力，取得了极高的艺术成就，标志着中国现代诗歌的发展高度。这首《在寒冷的腊月的夜里》，诗句绵长，诗风浑厚，诗味酣永，展现着寒冷的冬季中国北方大地上的苍凉与悲壮，一种博大而深沉的情感笼罩着全诗，诗人心中对于祖国的挚爱与那份痛切的悲哀交织着在诗句间往复回旋。诗歌透过现实的表层而指向历史的深处与生活的永恒，投射着无比的思想锐力，这就是穆旦诗歌所具有的独特魅力。

赞 美/穆旦

走不尽的山峦和起伏，河流和草原，
数不尽的密密的村庄，鸡鸣和狗吠，
接连在原是荒凉的亚洲的土地上，
在野草的茫茫中呼啸着干燥的风，
在低压的暗云下唱着单调的东流的水，
在忧郁的森林里有无数埋藏的年代。
它们静静地和我拥抱：
说不尽的故事是说不尽的灾难，沉默的

是爱情，是在天空飞翔的鹰群，
是干枯的眼睛期待着泉涌的热泪，
当不移的灰色的行列在遥远的天际爬行；
我有太多的话语，太悠久的感情，
我要以荒凉的沙漠，坎坷的小路，骡子车，
我要以槽子船，漫山的野花，阴雨的天气，
我要以一切拥抱你，你，
我到处看见的人民呵，
在耻辱里生活的人民，佝偻的人民，
我要以带血的手和你们一一拥抱。
因为一个民族已经起来。

一个农夫，他粗糙的身躯移动在田野中，
他是一个女人的孩子，许多孩子的父亲，
多少朝代在他的身边升起又降落了
而把希望和失望压在他身上，
而他永远无言地跟在犁后旋转，
翻起同样的泥土溶解过他祖先的，
是同样的受难的形象凝固在路旁。
在大路上多少次愉快的歌声流过去了，
多少次跟来的是临到他的忧患；
在大路上人们演说，叫嚣，欢快，
然而他没有，他只放下了古代的锄头，
再一次相信名词，溶进了大众的爱，
坚定地，他看着自己溶进死亡里，
而这样的路是无限的悠长的
而他是不能够流泪的，

他没有流泪，因为一个民族已经起来。

在群山的包围里，在蔚蓝的天空下，
在春天和秋天经过他家园的时候，
在幽深的谷里隐着最含蓄的悲哀：
一个老妇期待着孩子，许多孩子期待着
饥饿，而又在饥饿里忍耐，
在路旁仍是那聚集着黑暗的茅屋，
一样的是不可知的恐惧，一样的是
大自然中那侵蚀着生活的泥土，
而他走去了从不回头诅咒。
为了他我要拥抱每一个人，
为了他我失去了拥抱的安慰，
因为他，我们是不能给以幸福的，
痛哭吧，让我们在他的身上痛哭吧，
因为一个民族已经起来。
一样的是这悠久的年代的风，
一样的是从这倾圮的屋檐下散开的
无尽的呻吟和寒冷，
它歌唱在一片枯槁的树顶上，
它吹过了荒芜的沼泽，芦苇和虫鸣，
一样的是这飞过的乌鸦的声音。
当我走过，站在路上踟蹰，
我踟蹰着为了多年耻辱的历史
仍在这广大的山河中等待，
等待着，我们无言的痛苦是太多了，
然而一个民族已经起来，

然而一个民族已经起来。

诗歌赏析

目睹苦难的中国大地和生活在这片大地上苦难的人民，一辈心怀热血的爱国诗人共同咏唱出一章章光彩永驻的不朽诗篇。身为这水深火热的一代，身为这力起抗争的民族诗人的一员，穆旦以自己坚贞的爱国情怀和精湛的艺术才能，为祖国和人民唱出了这样一首“赞美”的歌——“走不尽的山峦和起伏，河流和草原……”茫茫中华，遍诵悲歌——“我到处看见的人民呵，在耻辱里生活的人民，佝偻的人民，我要以带血的手和你们一一拥抱。”诗人以自己最深的情感与最真的思想呼喊出了一个时代的最强音——“因为一个民族已经起来。”在这雄浑的“赞美”的歌声中，蕴蓄着中华民族的希望和新生。

井/杜运燮

我是静默。几片草叶，
小小的天空飘几朵浮云，
便是我完整和谐的世界。

是你们在饥渴的时候，
离开了温暖，前来淘汲，
才瞥见你们满面的烦忧。

但我只好被摒弃于温暖
之外，满足于荒凉的寂寞：有孤独
才能保持永远澄澈的丰满。

你们只汲取我的表面，
剩下冷寂的心灵深处
让四方飘落的花叶腐烂。

你们也只能扰乱我的表面，
我的生命来自黑暗的地层，
那里我才与无边的宇宙相联。

你们可用垃圾来使我被遗弃，
但我将默默地承受一切，洗涤
它们，我将永远还是我自己：

静默，清澈，简单而虔诚，
绝不逃避，也不兴奋，
微雨来的时候，也苦笑几声。

诗歌赏析

《井》是一篇以人格化手法来表达的富有象征内涵的诗歌。诗的开篇以井的口吻来表述：“我是静默。几片草叶，小小的天空飘几朵浮云，便是我完整和谐的世界。”展现了井的与世无争、安恬自怡的闲适情怀。接下来井讲述道，人们在饥渴时候前来淘水，令其瞥见了人们满面的烦忧，而井只好被摒弃于温暖之外，在荒凉的寂寞中获得满足，“有孤独/才能保持永远澄澈的丰满”，这可以看作诗人心灵的自白，而接下来的诗句——“你们只汲取我的表面，剩下冷寂的心灵深处/让四方飘落的花叶腐烂”，表达出井底——诗人的心底所独具深沉的冷寂和悲落。“我的生命来自黑暗的地层，那里我才与无边的宇宙相联”，这是诗人对自己的生命和这个世界之相通相系的形象化说明。“你们可用垃圾来使我被遗弃，但我将默默地承受一切，洗涤/它们，我将永远是我自己：静默，清澈，简单而虔诚，绝不逃避，也不兴奋，微雨来的时候，也苦笑几声。”这是诗人洁净无染、磊落洒脱的心怀的自述。

距离/蔡其矫

在现实和梦想之间，
你是红叶焚烧的山峦，
是黄昏中交集的悲欢；
你是树影，是晚风，
是归来路上的黑暗。

在现实和梦想之间，
你是信守约言的鸿雁，
是路上不预期的遇见；
你是欢笑，是光亮，
是烟花怒放的夜晚。
在现实和梦想之间，
你是晶莹皎洁的雕像，
是幸福照临的深沉睡眠；
你是芬芳，是花朵，
是慷慨无私的大自然。

在现实和梦想之间，
你是来去无踪的怨嗔，
是阴雨天气的苦苦思念；
你是冷月，是远星，

是神秘莫测的深渊。

作者简介

蔡其矫（1918~2007），当代诗人。福建省晋江县园坂村人，幼年随家庭侨居印尼泗水。1936年参加学生爱国运动，开始创作反映抗日斗争的作品。1938年，到延安入鲁迅艺术学院文学系学习。1939年，到晋察冀边区，在华北联合大学文艺学院文学系任教。1948年后从事国内外政治和社会的研究工作。1953年到北京中央文学讲习所任教，后任该所教学研究室主任，参加中国作家协会。

诗歌赏析

这是一首感悟人生的哲理诗，诗人力图通过语言的形象描写，来表达“距离”这样一种抽象事物。诗人这里所说的距离并不是实际生活中具体的一段距离，而是指“在现实和梦想之间”的距离。这种距离忽近忽远，忽而幸福忽而痛苦，无法把握和琢磨。

全诗分为四节，每一节都表达了诗人对“距离”的不同感受。“你是红叶焚烧的山峦，是黄昏中交集的悲欢；你是树影，是晚风，是归来路上的黑暗。”这里的“距离”显示着一种人生为理想而经历的漫长努力和牺牲后的悲喜交加的感觉，是一种无法判定的美的价值。但是，更多的时候，这样的距离的存在是催人向上的，能使人感到生命的幸福和意义，“你是信守约言的鸿雁，是路上不预期的遇见；你是欢笑，是光亮，是烟花怒放的夜晚”。或者说是“晶莹皎洁的雕像，是幸福照临的深沉睡眠；你是芬芳，是花朵，是慷慨无私的大自然”。正因为这样的现实与理想之间的距离的存在，生命才如此丰富多彩，因此而生的笑和泪的交融丰富了人生的体验。但是，没有人不渴望理想的真正实现，而理想往往却很难实现，在这个时候，现实与理想之间的距离就不再使人感到美好：“你是来去无踪的怨嗔，是阴雨天气的苦苦思念；你是冷月，是远星，是神秘莫测的深渊。”正是这种现实与理想之间的距离忽远忽近、似乎可以触摸却又无法把握，使生命在求索的过程中产生出多彩的体验。这首诗在表达这一感受时显得隐晦而不确切，正是基于所表达对象的特点。

也许/蔡其矫

在生活的艰险道路上
我们有如太空中两颗星
沿着各自的轨道运行
却也迎面相逢几回，无言握别几回
没有人知道我们今后的命运如何
没有人知道我们是否会相互发现
时间的积雪，并不能冻坏
新生命的嫩芽，
绿色的梦，在每一个生冷的地方
都唤起青春。
在我们脚下，也许藏着长流的泉水
在我们心中，也许点亮不朽的灯
众树都未曾感到
众鸟也茫无所知
在生活中，我永远和你隔离
在灵魂里，我时时喊着你的名字

诗歌赏析

有一个人，在生活中偶然被你发现，你对她（他）寄予了深切的爱意，可是你们之间的命运却不可把握，这在于你的心中，将是一种怎样的感受呢？诗人指出了生活的艰险和相遇的不易，“没有人知道我们今后的命运如何/没有人知道我们是否会相互发现”，命运是这样的无法预知，而你我之间未来将会如何？“时间的积雪，并不能冻坏/新生命的嫩芽，绿色的梦，在每一个生冷的地方/都唤起青春。”心中的爱意，并不会随着时间的流逝而淡却、消无，而是会像一株绿色的新芽，在思念之雨露的滋润下坚韧地成长。“在生活中，我永远和你隔离/在灵魂里，我时时喊着你的名字。”生活中与灵魂里，这是一样人生的两重世界，相遇而不能相守，只留得心魂中永远的怀恋。

甘蔗林——青纱帐/郭小川

南方的甘蔗林哪，南方的甘蔗林！
你为什么这样香甜，又为什么那样严峻？
北方的青纱帐啊，北方的青纱帐！
你为什么那样遥远，又为什么这样亲近？

我们的青纱帐哟，跟甘蔗林一样地布满浓阴，
那随风摆动的长叶啊，也一样地鸣奏嘹亮的琴音；
我们的青纱帐哟，跟甘蔗林一样地脉脉情深，
那载着阳光的露珠啊，也一样地照亮大地的清晨。

肃杀的秋天毕竟过去了，繁华的夏日已经来临，
这香甜的甘蔗林哟，哪还有青纱帐里的艰辛！
时光象泉水一般涌啊，生活象海浪一般推进，
那遥远的青纱帐哟，哪曾有甘蔗林的芳芬！

我年青时代的战友啊，青纱帐里的亲人！
让我们到甘蔗林集合吧，重新会会昔日的风云；
我战争中的伙伴啊，一起在北方长大的弟兄们！
让我们到青纱帐去吧，喝令时间退回我们的青春。

可记得？我们曾经有过一个伟大的发现：
住在青纱帐里，高粱秸比甘蔗还要香甜；
可记得？我们曾经有过一个大胆的判断：
无论上海或北京，都不如这高粱地更叫人留恋。

可记得？我们曾经有过一种有趣的梦幻：
革命胜利以后，我们一道捋着白须、游遍江南；
可记得？我们曾经有过一点渺小的心愿：
到了社会主义时代，狠狠心每天抽它三支香烟。

可记得？我们曾经有过一个坚定的信念：
即使死了化为粪土，也能叫高粱长得杆粗粒圆；
可记得？我们曾经有过一次细致的计算：
只要青纱帐不到，共产主义肯定要在下代实现。

可记得？在分别时，我们定过这样的方案：
将来，哪里有严重的困难，我们就在哪里见面；
可记得？在胜利时，我们发过这样的誓言：
往后，生活不管甜苦，永远也不忘记昨天和明天。

我年青时代的战友啊，青纱帐里的亲人！
我们有的当了厂长、学者，有的作了编辑、将军，
能来甘蔗林里聚会吗？——不能又有什么要紧！
我知道，你们有能力驾驭任何险恶的风云。

我战争中的伙伴啊，一起在北方长大的弟兄们！
你们有的当了工人、教授，有的作了书记、农民，
能回到青纱帐去吗？——生活已经全新，

我知道，你们有勇气唤回自己的战斗的青春。

南方的甘蔗林哪，南方的甘蔗林！
你为什么这样香甜，又为什么那样严峻？
北方的青纱帐啊，北方的青纱帐！
你为什么那样遥远，又为什么这样亲近？

诗歌赏析

《甘蔗林——青纱帐》写于1962年，是一首感物抒怀的抒情诗。1962年前后，由于三年连续的自然灾害和工作的失误等原因，国家面临着严峻的考验。如何面对困难的考验，成了每一个中国人都要面对的一个极其严肃的问题，“战士诗人”郭小川就是在这样的情况下写出了这首赞美战斗的青春和坚强的革命意志的深情颂歌。诗人通过对过去战斗的岁月和现在的革命建设的反复回忆对比，生动形象地表达出一代中国人的革命乐观主义、艰苦奋斗和自我牺牲的精神，这种精神不仅革命战争年代需要，社会主义建设时期同样更需要，诗人正是通过这样的对比，深刻地体现出这两个时代的内在联系，歌颂了代代相传的革命传统和永葆青春的战斗精神。

《甘蔗林——青纱帐》的艺术构思新颖独特，诗人通过提问和联想，将艰苦的战争年代的胸怀理想、以苦为乐的革命生活展现在读者面前，使人们不由地想起过去的困难，反思眼前的困难，从而感到一种革命精神的心心相通的亲近，焕发出新的战胜困难的精神力量。诗人巧妙地选取抒情的象征物，非常恰当和富于诗意，从而增加了作为战斗颂歌的艺术美感，而不至于流于空洞。甘蔗林与青纱帐不仅在形象上是相似的，而且内在的精神也是相同的，诗人大量运用对仗、排比、反复等手法，状物言志，非常随意而舒展，语言如滔滔的河水，气势雄浑，感情浓烈，具有很强的艺术感染力。

月之故乡 /彭邦桢

天上一个月亮 水里一个月亮
天上的月亮在水里 水里的月亮在天上
低头看水里 抬头看天上
一个在水里一个在天上
看月亮 思故乡
一个在水里一个在天上

作者简介

彭邦桢（1919~2003），湖北黄陂人。1938年入陆军学校学习，毕业后任国民党军职，并于1949年随军去台湾。1953年，彭邦桢发表诗作《载着歌的船》，在诗坛引起了强烈反响，后来任《中国诗选》编辑，且创作日丰。1969年退役后，与诗友创办“诗宗社”，与纪弦、覃子豪、钟鼎文、方思等一起被称为台湾早期现代派的代表诗人。1973年，彭邦桢被选为第二届世界诗人大会中国代表团副团长。两年后与美国女诗人梅音·戴若结婚，夫妇共任世界诗人资料中心主席。此外，彭邦桢还获世界桂冠诗人奖。

作品赏析

《月之故乡》是台湾著名诗人彭邦桢广为人知的一首乡愁诗。这首诗的语言非常简洁明朗，可以说是纯到没有一点晦涩的杂质，使人想起李白的《静夜思》。非常难得的是用这样浅显晓畅的语言，诗人表达出的却是一种深深的浓郁的伤愁，而且不着痕迹。事实上，这首诗在艺术上非常讲究，整首诗形成一种对应的镜像效果：“天上一个月亮/水里一个月亮/天上的月亮在水里/水里的月亮在天上/低头看水里/抬头看天上/看月亮/思故乡”。从头到尾，都是相互对应的，正是这种多少带有一点古典的玄学意味的结构方式，使这首诗非常含蓄恰当地表现出了游子思乡的情绪，一种淡淡的孤独和哀愁。虽然说从意境上使人感到一种如梦如幻的朦胧美，但是诗中没有一点虚构的超现实的因素，天上的月亮是实物，是真实存在的，而水中的月亮作为影子也是客观存在的，这两个拉开极大的空间距离的月亮，却造成了一种虚化的、让人感到巨大孤独的情绪空间。诗歌的语言和意味上在具有古典诗歌的意蕴的同时，又具有着浓郁的民歌的味道。所以说，语言艺术上的民族性，也是这首诗成功并广泛流传的关键所在。

鹰 /郑敏

这些在人生里踌躇的人，
他应当学习冷静的鹰，
他的飞离并不是舍弃，
由于这世界不美和不真。

他只是更深更深地
在思虑里回旋，
只是更静更静地
用敏锐的眼睛搜寻。
距离使他认清了世界。
远处的山，近处的水
在他的翅翼下消失了区别。
当他决定了他的方向，
你看他毅然地带着渴望
从高空中矫捷下降。

诗歌赏析

郑敏的《鹰》是一首哲理诗，意在表达一种人生的哲学。作为诗歌，这样的人生道理便不能直接讲出来，而必须是通过形象的语言和生动的意象来表达。在这首诗里，诗人选择了鹰作为描述对象，进而表达她的人生哲学。在鹰的行动中，诗人发现了它的几点可供我们借鉴之处："他的飞离并不是舍弃，由于这世界不美和不真。"接着在第二节里，诗人解释了鹰"飞离"的动机和原因："他只是更深更深地/在思虑里回旋，只是更静更静地/用敏锐的眼睛搜寻"，这些都是人生过程中的必要，通过这样的行动，"距离使他认清了世界。远处的山，近处的水/在他的翅翼下消失了区别"。这就是鹰飞离大地，"在思虑里回旋"的意义所在，只有这样，鹰才能决定他的方向和目标，而"当他决定了他的方向，你看他毅然地带着渴望/从高空中矫捷下降"。这就是鹰给我们的启示。这首诗语言非常凝练，而且对鹰的描述呈现出一种冷峻的风格，很符合鹰的性格特征。诗人一步一步地将鹰的行为解析给我们，并从中生发出人生道理，显得自然而又意味深远。

航　海/绿原

人活着，
像航海。
你的恨，
你的风暴，
你的爱，
你的云彩。

作者简介

绿原，又名刘半九，1922年11月8日出生于湖北省黄陂县。1941年开始发表作品，同年进复旦大学外国文学系学习，与诗人邹荻帆、曾卓等合编《诗垦地》。1942年出版第一本诗集《童话》，1948年间在上海出版《又是一个起点》和《集合》两部诗集，1954年出版诗集《从一九四九年算起》。1962年在人民文学出版社担任德语文学的编辑工作，这个时期的他以刘半九为笔名译介了一些德国古典文艺理论。曾发表诗集《白色花》（与牛汉合著）、《人之诗》《人之诗续集》《另一支歌》和诗话集《葱与蜜》等。

诗歌赏析

《航海》是一首非常简短凝练的诗，全诗只有四行20个字，却以形象的比喻概括了人生的内涵。生活是博大的，而人生是漫长而充满着多种悲喜色彩的，往往变化无常，有时候平淡如水，风平浪静，有时候却狂风暴雨，波涛汹涌，正如同社会生活的深邃、广博和神秘。所以诗人说："人活着，像航海"，这个比喻非常地确切。这首诗之所以给人留下深刻的印象，不仅仅在于诗人形象地说出了人生的一些本质，说人生如"航海"，只说出了人的社会存在和定位，并没有揭示出人作为一种具有社会和自然的情感内容的特征性，而诗歌的后两行说："你的恨，你的风暴，你的爱，你的云彩"，这才写出了人生另一面的博大内容，有爱有恨，才能算是真正有着丰富内涵的人生。所以说，"恨"并不可怕，"恨"是"你的风暴"，"爱"更加夺目，爱是"你的云彩"，诗人通过这样形象的比喻，一方面写出了爱与恨作为两种不同的情感给人的不同感受，另一方面也显示出诗人面对人生的情感起伏跌宕所表现出的开阔和平静的心境。从整体来看，诗歌的前两句写出了人生活的客观处境以及世界对人的制约，后两句写出了人博大的内心世界对社会生活的反应和接受。

悬崖边的树/曾卓

不知道是什么奇异的风
将一棵树吹到了那边——
平原的尽头
临近深谷的悬崖上

它倾听远处森林的喧哗
和深谷中小溪的歌唱
它孤独地站在那里
显得寂寞而又倔强

它的弯曲的身体
留下了风的形状
它似乎即将倾跌进深谷里
却又像是要展翅飞翔……

作者简介

曾卓，原名曾庆冠，1922年生于湖北武汉，现代诗人、剧作家。他的文学活动开始于1939年，曾在《国民公报》副刊《文群》《新华日报》副刊、《文学月报》《诗创作》《诗》刊等进步报刊上发表诗歌、散文。1940年与友人组织“诗垦地”社，并编辑出版《诗垦地丛刊》，同年加入中华全国文艺界抗敌协会。大学期间出版过诗集《门》、儿童读物《小鲁滨逊的一天》、独幕剧《同病相怜》。大学毕业后不久，在武汉主编《大刚报》副刊《大江》。1952年至1955年期间，任《长江日报》副社长。1957年创作了儿童剧《谁打破了花瓶？》，1962年，写了歌颂共产主义战士江竹筠的话剧《江姐》。2002年4月10日，曾卓因病去世。

诗歌赏析

《悬崖边的树》写于1970年。在那样一个政治和生活处于非常时期的境况中，中国的知识分子被排挤孤立在政治和生活的边缘，承受着命运和苦难附加于他们的重轭，对于他们来说，逆境中的生活更加充满不可知的悬念。在诗中，诗人选取一棵树作为象征，来描述一代知识分子的命运，表现它的孤独寂寞的心灵、危险的处境，以及对生活、生命的坚定信念。

全诗分三节，在第一节中，诗人交代了这棵树突然而至的厄运：“不知道是什么奇异的风/将一棵树吹到了那边——/平原的尽头/临近深谷的悬崖上。”因为风的力量，这棵树不可避免地已经接近了生命最危险的境地，这是时代强加给一个人的命运，作者在那个非常的年代，用曲笔隐晦地表达了这样的遭遇。在第二节，诗人描述了这棵树厄运后的生存和精神状态：“它倾听着远处森林的喧哗/和深谷中小溪的歌唱/它孤独地站在那里/显得寂寞而又倔强。”诗人笔下的树接受了命运的安排，默默地抗拒着寂寞和孤独。在第三节，诗人写到了这棵树承担着命运重轭的状态：“它的弯曲的身体/留下了风的形状”，这样一个孤独的生命承受着命运难以抗拒的苦难，但同时也形成了自己的生命坚强的特征，对磨难的体验、抗争和生命内在感受的沉淀使它展示出一种奇特的风姿——“它似乎即将倾跌进深谷里/却又像是要展翅飞翔…… ”这首诗语言非常凝练，饱含着深刻的生命体验。

有赠/曾卓

我是从情感的沙漠上来的旅客，
我饥渴，劳累，困顿。
我远远地就看到你窗前的光亮，
它在招引我——我的生命的灯。

我轻轻地叩门，如同心跳。
你为我开门。
你默默地凝望着我，
（那闪耀着的是泪光么？）

你为我引路，掌着灯。

我怀着不安的心情走进你洁净的小屋，
我赤着脚走得很慢，很轻，
但每一步还是留下了灰土和血印。

你让我在舒适的靠椅上坐下。
你微显慌张地为我倒茶、送水。
我眯眼——因为不能习惯光亮，
也不能习惯你母亲般温存的眼睛。

我的行囊很小，
但我背负的东西却很重，很重，
你看我的头发斑白了，我的背脊佝偻了，
虽然我还年轻。

一捧水就可以解救我的口渴，
一口酒就使我醉了，
一点温暖就使我全身灼热，
那么，我能有力量承担你如此的好意和温情么？

我全身颤栗，当你的手轻轻地握着我的，
我忍不住啜泣，当你的泪水滴在我的手背。
你愿这样握着我的手走向人生的长途么？
你敢这样握着我的手穿过蔑视的人群么？

在一瞬间闪过了我的一生，
这神圣的时刻是结束也是开始，
一切过去的已经过去，终于过去了，
你给了我力量、勇气和信心。

你的含泪微笑着的眼睛是一座炼狱，
你的晶莹的泪光焚冶着我的灵魂，
我将在彩云般的烈焰中飞腾，
口中喷出痛苦而又欢乐的歌声……

诗歌赏析

这首诗以题赠的形式表现出诗人在那艰难岁月中所怀有的丰富而复杂的内心情感，其中既有渴望自由的痛苦，也有重见光明的喜悦；既有深深的喟叹，也有崇高的誓愿。不论哪一种情感，诗人都表现得细腻委婉，动人心曲。诗中所用的语言是平淡的，以平淡见浓烈而更显其真，更著其深。整篇诗歌，情调温和，节奏柔缓，情感表达与诗歌形式获得了完美的统一，令读者受到深深的情绪感染，同时也展现出诗人不凡的艺术功力。

苹果树下/闻捷

苹果树下那个小伙子，
你不要、不要再唱歌；
姑娘沿着水渠走来了，
年轻的心在胸中跳着。
她的心为什么跳啊？

为什么跳得失去节拍？……
春天，姑娘在果园劳作，
歌声轻轻从她耳边飘过，
枝头的花苞还没有开放，
小伙子就盼望它早结果。
奇怪的念头姑娘不懂得，

她说：别用歌声打扰我。

小伙子夏天在果园度过，
一边劳动一边把姑娘盯着，
果子才结得葡萄那么大，
小伙子就唱着赶快去采摘。
满腔的心思姑娘猜不着。
她说："别象影子一样缠着我。

淡红的果子压弯绿枝，
秋天是一个成熟季节，
姑娘整夜整夜地睡不着，
是不是挂念那树好苹果？
这些事小伙子应该明白，
她说：有句话你怎么不说？

……苹果树下那个小秋子，
你不要，不要再唱歌；
姑娘踏着草坪过来了，
她的笑容里藏着什么？……
说出那句真心的话吧！
种下的爱情已该收获。

作者简介

闻捷（1923~1971），江苏丹徒人，本名赵文节，少年时代曾在煤厂当学徒。抗日战争爆发后，在武汉进行救亡宣传。1940年到延安进入陕北公学学习，而后参加部队文工团。1943年开始创作，1945年担任《群众日报》编辑和记者组组长。1949年随军赴新疆，1950年出任新华社西北总社采访主任和新疆分社社长，1956年任《文艺报》记者和《人民日报》特约记者，1958年出任作家协会兰州分会副主席，1961年成为作家协会上海分会专业作家。闻捷以富有民歌风味的清新明丽的抒情短诗见长，诗作构思精巧，语言流畅，情感真挚，格调欢朗，具有鲜明的艺术特色。

诗歌赏析

将“爱情”与“劳动”结合起来进行表述，是20世纪50年代的诗歌风尚，就如同20世纪30年代一度盛行的“革命加恋爱”的小说一样，这种共同风尚的表达，令作品可以靠近时代的主旋律，但也极易落入雷同的窠臼，造成艺术价值的贬低。闻捷的这首《苹果树下》，表达的内容也是爱情与劳动，但是并不令人觉得俗腻，而是给人一种格外清新的美感。诗歌没有正面描写劳动收获的情况，而是将果园中果实的成长与小伙子和姑娘之间爱情的进步精妙地交融在一起，欢畅的格调中蕴含着浓郁的情感，加上优美的语言和轻盈的旋律，使得诗歌具有与众不同的艺术魅力。

华南虎/牛汉

在桂林
小小的动物园里
我见到一只老虎。

我挤在叽叽喳喳的人群中
隔着两道铁栅栏
向笼里的老虎
张望了许久许久，
但一直没有瞧见
老虎斑斓的面孔

和火焰似的眼睛。

笼里的老虎
背对胆怯而绝望的观众
安详地卧在一个角落，
有人用石块砸它
有人向它厉声呵斥
有人还苦苦劝诱
它都一概不理！

又长又粗的尾巴
悠悠地在拂动，
哦，老虎，笼中的老虎，
你是梦见了苍苍莽莽的山林吗？
是屈辱的心灵在抽搐吗？
还是想用尾巴鞭打那些可怜而又可笑的观众？

你的健壮的腿
直挺挺地向四方伸开，
我看见你的每个趾爪
全都是破碎的，
凝结着浓浓的鲜血，
你的趾爪
是被人捆绑着
活活地铰掉的吗？
还是由于悲愤
你用同样破碎的牙齿

（听说你的牙齿是被钢锯锯掉的）
把它们和着热血咬碎……

我看见铁笼里
灰灰的水泥墙壁上
有一道一道的血淋淋的沟壑
象闪电那般耀眼刺目！

我终于明白……
我羞愧地离开了动物园。

恍惚之中听见一声
石破天惊的咆哮，
有一个不羁的灵魂
掠过我的头顶
腾空而去，
我看见了火焰似的斑纹
火焰似的眼睛，
还有巨大而破碎的
滴血的趾爪！

作者简介

牛汉，生于1923年，山西定襄人，原名史承汉，后改名史成汉，抗日战争爆发后随父亲流亡到陕西。1940年开始发表诗作，1943年考入设在陕西城固的西北大学俄文专业，而后在西安从事编辑工作，1948年出版诗集《彩色的生活》。中华人民共和国成立后历任《空军卫士》报编辑、文化学校教务主任、人民文学出版社诗歌组组长、《中国作家》主编等职。牛汉的诗，融注着自己深刻的生命体验，兼有历史和生命的深度，不断地发现和开拓新的诗歌意境，不断提升诗歌生命力。

诗歌赏析

1973年，牛汉第一次到桂林，在动物园中见到一只特别的老虎，老虎那几只血淋淋的、破碎的爪子给牛汉留下了极为深刻的印象，于是有了这篇著名的诗作《华南虎》。《华南虎》是一篇深具象征意义的咏物诗，诗中刻画了一个被关在小小铁笼中内心充满悲愤的华南虎形象，华南虎很显然地象征着那些蒙受屈辱、遭受迫害的英雄人物，与华南虎的英武和傲然相对照，诗中同时表现了看客的残忍、渺小、可怜又可笑的卑劣形象，情感色彩浓烈的语言中体现出诗人内心强烈的爱憎。“是屈辱的心灵在抽搐吗？”诗人试问华南虎，可实际上却是在叩问着自己的心灵，那颗伟大的心灵在抽搐，这是对诗人所正在经历着的人间罪恶的至为严厉的谴责和无比悲痛的控诉。诗歌以其激壮而醒人的语词，将华南虎那悲惨凄苦的命运和那高傲不屈的精神表达得异常深刻，发人深省，展现出丰厚的思想内涵和杰出的艺术高度。

树的哲学/屠岸

我让信念
扎入地下
我让理想
升向蓝天
我——
愈是深深地扎下
愈是高高地伸展
愈是同泥土为伍

愈是有云彩作伴
根须牵着枝梢
勿让它
走向缥缈的梦幻
枝梢挽着根须
使得它
坚持清醒的实践
我于是有了
粗壮的树干
美丽的树冠
我于是长出了
累累果实
具有泥土的芳香
像云霞一样
彩色斑斓

作者简介

屠岸，1923年生，江苏常州人，原名蒋壁厚，翻译家、作家、编辑。中学毕业后考入上海交通大学铁道管理系。大学期间，加入秘密的读书会，参加进步的学生运动，并与朋友合办诗刊《野火》。1946年，屠岸开始写作，并翻译外国诗歌。1948年，惠特曼诗选集《鼓声》翻译出版。中华人民共和国成立后，屠岸翻译出版了《莎士比亚十四行诗集》《诗歌工作者在苏联》和南斯拉夫剧作家努西奇的名剧《大臣夫人》。1973年以后，屠岸任人民文学出版社现代文学编辑室副主任、主任、总编辑等职。

诗歌赏析

《树的哲学》是一首哲理诗，诗人用树的成长来比喻人生的努力与成功之间的内在关系。“我让信念/扎入地下/我让理想/升向蓝天/我——/愈是深深地扎下/愈是高高地伸展/愈是同泥土为伍/愈是有云彩作伴”，诗人在这里巧妙地使用两组反复的意象因果对照，形象地说明了“高”与“深”的内在关系，这种关系是相反相成，相互作用的，这是一个最基本的对于人生努力的要求。不仅如此，诗人还揭示了这些常理之外的道理：“根须牵着枝梢/勿让它/走向缥缈的梦幻/枝梢挽着根须/使得它/坚持清醒的实践/我于是有了/粗壮的树干/美丽的树冠/我于是长出了/累累果实/具有泥土的芳香/像云霞一样/色彩斑斓”，也就是说，诗人不仅仅是注意到了扎实的基础对于成功的重要，同时也注意到了理想与现实之间的联系，根须的意义一方面在于从泥土里吸收营养，一步步强壮，同时也提醒着理想不能脱离现实太远，流于空想，这样的一种理智的相互牵制，才能使得理想变成真正的现实，达到人生的辉煌。诗人借用树的成长来表达这样的道理，构思非常巧妙，细腻的循序渐进的描写不但使说理形象生动，而且逻辑严密，结构浑然一体。

三门峡——梳妆台 /贺敬之

望三门，三门开：“黄河之水天上来！”
神门险，鬼门窄，
人门以上百丈崖。
黄水劈门千声雷，
狂风万里走东海。

望三门，三门开：黄河东去不回来。
昆仑山高邙山矮，
禹王马蹄长青苔。
马去“门”开不见家，

门旁空留“梳妆台”。

梳妆台啊，千万载，梳妆台上何人在？
乌云遮明镜，
黄水吞金钗。
但见那：辈辈艄工洒泪去，
却不见：黄河女儿梳妆来。

梳妆来啊，梳妆来！——黄河女儿头发白。
挽断“白发三千丈”，
愁杀黄河万年灾！
登三门，向东海：
问我青春何时来？！

何时来啊，何时来？……
——盘古生我新一代！
举红旗，天地开，
史书万卷脚下踩。
大笔大字写新篇：
社会主义——我们来！

我们来呵，我们来，昆仑山惊邙山呆：
展我治黄河万里图，
先扎黄河腰中带——
神门平，鬼门削，
人门三声化尘埃！

望三门，门不在，明日要看水闸开。

责令李白改诗句：
“黄河之水‘手中’来！”
银河星光落天下，
清水清风走东海。

走东海，去又来，讨回黄河万年债！
黄河女儿容颜改，
为你重整梳妆台。
青天悬明镜，
湖水映光彩——
黄河女儿梳妆来！

梳妆来呵，梳妆来！百花任你戴，
春光任你采，
万里锦绣任你裁！
三门闸工正年少，
幸福闸门为你开。
并肩挽手唱高歌呵，
无限青春向未来！

诗歌赏析

《三门峡——梳妆台》是新时期诗歌创作中的优秀作品之一，诗人选取三门峡水利工程建设作为题材，歌颂了社会主义建设者的豪情壮志，具有强烈的英雄主义色彩。这首诗在创作上最大的特点是具有极强的音乐性，韵律整齐，朗朗上口，具有古典诗词的韵律美和民歌语言的通俗和流畅，悦耳动听的效果，体现了诗人非凡的语言驾驭能力，诗中大量运用对仗、化用、比兴、夸张等手法，使诗歌语言色调明快、丰富多彩。

第一二三四节，诗人生动形象地描绘了三门峡的自然风光、人文历史和灾难深重的过去："神门险，鬼门窄，人门以上百丈崖。黄河劈门千声雷，狂风万里走东海。""昆仑山高邙山矮，禹王马蹄长青苔，马去'门'开不见家，门旁空留'梳妆台'。"这些看起来如诗如画的自然风光却是广大劳动人民的灾难："乌云遮明镜，黄水吞金钗，但见那：辈辈艄工洒泪去，却不见：黄河儿女梳妆来。""愁杀黄河万年灾！"诗人在这里不但向读者交代了三门峡具体可感的形象，而且对下文的水利工程建设的描述是一个铺垫。从第五节到结尾，正是诗人写作的重点，诗人用饱含深情的笔触抒写了热火朝天、惊天动地的社会主义建设："盘古生我新一代！举红旗，天地开，史书万卷脚下踩。大笔大字写新篇：社会主义——我们来！""展我治黄万里图，先扎黄河腰中带——神门平，鬼门削，人门三声化尘埃！"经过治理的黄河换了新貌："银河星光落天下，清水清风走东海。""青天悬明镜，湖水映光彩——"诗人通过治理前后的正反对比，热情歌颂了社会主义新时代。

桂林山水歌/贺敬之

云中的神呵，雾中的仙，
神姿仙态桂林的山！

情一样深呵，梦一样美，
如情似梦漓江的水！

水几重呵，山几重？
水绕山环桂林城……

是山城呵，是水城？
都在青山绿水中……

呵!此山此水入胸怀，
此时此身何处来？

……黄河的浪涛塞外的风，
此来关山千万重。

马鞍上梦见沙盘上画：
“桂林山水甲天下”……

呵！是梦境呵，是仙境？
此时身在独秀峰！

心是醉呵，还是醒？
水迎山接入画屏！

画中画——漓江照我身千影
歌中歌——山山应我响回声……
招手相问老人山，
云照江山几万年？

——伏波山下还珠洞，
室珠久等叩门声……

鸡笼山一唱屏风开，
绿水白帆红旗来！

大地的愁容春雨洗，

请看穿山明镜里——

呵！桂林的山来漓江的水——
祖国的笑容这样美！

桂林山水入胸襟，
此情此景战士的心——

江山多娇人多情，
使我白发永不生！

对此江山人自豪，
使我青春永不老！

七星岩去赴神仙会，
招呼刘三姐呵打从天上回……

人间天上大路开，
要唱新歌随我来！

三姐的山歌十万八千箩，
战士呵，指点江山唱祖国……

红旗万梭织锦绣，
海北天南一望收！

塞外的风砂呵黄河的浪，

春光万里到故乡。

红旗下：少年英雄遍地生——
望不尽：千姿万态“独秀峰”！

——意满怀呵，情满胸，
恰似漓江春水浓！

呵！汗雨挥洒彩笔画：
桂林山水满天下！

诗歌赏析

举世闻名的桂林山水，吸引着多少诗人词客，留下了多少脍炙人口的诗篇。当代诗人贺敬之于20世纪五六十年代写成的《桂林山水歌》，比起同类题材，堪称不可多得的佳作。它既是一首优美的风景诗，又是一曲深情的祖国颂。

诗人笔下的桂林山水多美：“云中的神呵，雾中的仙，神姿仙态桂林的山！情一样深呵，梦一样美，如情似梦漓江的水!”诗一开头就把读者引向一幅令人神往的艺术境界。神姿仙态，如情似梦，山环水绕，让人陶醉。这样诗句既抓住桂林山水的自然特征，又富有浪漫主义的传奇色彩。

诗人没有一味单纯描摹桂林山水，而是借以抒发自己对自然景物的独特感受。诗人寄情山水，心潮起伏，进而抒发了一个革命战士对于祖国的深挚感情。景美情深，诗意浓郁。

诗的结尾更是神来之笔：“——意满怀呵，情满胸，恰似漓江春水浓！呵！汗雨挥洒彩笔画：桂林山水满天下！”这里“满天下”与“甲天下”，虽然只是对唐流传至今的民间俗谚的一字之改，却是推陈出新，启人深思的艺术范例。

寄冥/公刘

一

一场紫色斑疹伤寒，
新中国诗人夭亡过半；
假如您能多活七百岁，
我们就肯定死在同年。

从那时起我就冤魂不散，
长飘零于河汾之间；
你经过社会主义改造的家庙，
我竟厮守过一千八百余天！

据说大厅本是正殿，
为住人将碑廊横加隔扇；
整石料当然叫大办水利用了，
剩半截正好铺个棋盘。

庙门换作了玻璃橱窗，
石礅抹成了洋灰斜面；
由元而明，由明而清，
于今人民共和，谁说世道没变？！

尤其是这儿还住着“变”的证见，
我本人就从战士变为囚犯；

现在虽奉命来文化馆看门，
眼瞅着清闲又变为忧烦……

一想起昔日藏书千卷，
《中州集》便劫灰欲燃——
怎能忘当年忻州屠城，
蒙古兵曾杀人十万！

有一个念头更叫人浑身打颤，
我唯恐遇见成吉思汗，
如果成吉思汗抢走了我看的电话
全世界怕只好灭绝炊烟！

这时间我总要急步走下阶沿，
找门外那扪虱老汉将心事排遣；
为什么他自称是您的后代？
半信又半疑啊，可恼复可怜！

果真他和你老有着血缘？
可为何求一醉竟坐街讨钱？
诗人的素质固然难得继承，
权贵的爵禄怎么就该遗传？！

二

这家庙规模虽属一般，
到周末空荡荡倒也森然，
同志们纷纷骑车回家去了，

三两个好心的将我规谏：

莫等到天黑路断，
你早点把大门关严，
早点睡，早点入梦，
有动静可千万别管。

于是我想起了市井流言，
都说这院子不大平安，
每当更深夜静露湿栏杆，
都会有无形的双手挨门检点。

难道命运是我的后娘？
为什么我到处都遇凶险？
无神论者！可害怕鬼吹灯？
如今请面对超自然的考验！
我岂敢自夸如何如何勇敢，
说实话，有时也真忐忑不安；
当上房响起了苍老的咳嗽之声，
下房里又仿佛有女眷洗笔磨砚……

一霎时电灯通明，银光耀眼，
电灯下有谁们嘤嘤啜泣喁喁相劝？
我急忙披衣起床趿鞋出巡，
顺手还抄起一张握惯的铣。

待我蹑手蹑脚近前观看，

什么也没有！空留满腹疑团！
难道说这里有新的聊斋故事？
蒲松龄毕其生也不曾写完？

直等到太阳再一次镀亮金檐，
我也再一次到处仔细查勘，
既未有长而尖指甲的掐痕，
又不剩红而艳胭脂的泪斑。

如此的异象几次三番重演，
渐渐地我也就感到厌倦；
人世间的惊骇痛苦已经够我受了，
何必再过问那九泉下的辛酸！

三

不过，且慢，忽一日得了机缘，
我来在了您长眠的韩岩；
去看看百世犹存的野亭孤坟吧，
有牧童笑道：跟我走，你寻不见。

难道这竟是有名的五花坟？
衰草荒丘！断碑残片！
碗大的牛蹄印贮满脏水，
一颗颗羊粪蛋挤进眼帘。
藏书楼早已无影无踪，
都怨那几根梁柱惹人眼馋；
趁着“文化大革命”焚书坑儒，

正需要带头勇士破除封建！

元好问他到底算什么分子？
就凭这名字也该查查档案！
多少事包了饺子不得露馅，
难道“党和国家的机密”他也想管？！

您当然知道那时谁掌大权，
论文物早已经宣布了保护重点：
江青的草帽，林彪的扁担，
但都是接班人的玉玺宝券！

从此我倒禁不住昼思夜盼，
幻想能一睹您的真颜，
枣木杖敲遍这满地方砖，
颤巍巍一身皂青衫……

呵，先生，您可愿和我交谈？
如果灵犀相通，何须客套寒暄；
要不要听我背诵您的名篇？
哀生民于鞭扑，恨网罗之高悬！

为什么活着的要被活活整死？
为什么死去的也被死死 株连？
您见过女真奴隶主，蒙古天可汗，
那时候访鬼是否更比访友安全？！

其实，我何必向您倾诉艰难，
您的诗早已是我的胆胆；
这些话我猜想您当一笑置之，
正因为我们的祖先正是屈原！

作者简介

公刘，生于1927年，原名刘仁勇，又名刘耿直，另有笔名龙凤兮、扬戈等。江西南昌人。1948年在香港参加中共领导的全国联合会工作，在《华商报》《文汇报》《群众》《中国学生》等报刊发表作品。1949年参加中国人民解放军，次年随军进驻云南。1954年出版第一部诗集《边地短歌》；到1957年有诗集《神圣的岗位》《黎明的城》《在北方》，长诗《望夫云》以及与人合作整理的彝族长诗《阿诗玛》。1957年被错划为“右派”，基本中断了创作活动。70年代末平反后，又开始诗歌创作的新阶段，先后出版长诗《尹灵芝》，诗集《白花、红花》《离离原上草》《仙人掌》《母亲——长江》《刻骨铭心》《相思海》和《公刘诗选》，诗论集《诗与诚实》《诗路跋涉》等。其中《仙人掌》曾获中国作家协会第一届（1978~1982）全国优秀新诗奖。

公刘最早写关于云南边境的诗，善于把西南地区神奇美丽的自然风景与人民战士豪迈气质融于一体，有清新凝重的抒情风格，曾被誉为“一朵奇异的云”。1978年，公刘调到安徽省文联工作，任《安徽文学》编辑、安徽文学院院长，曾应邀出访美国、德国等国。除诗歌以外，还有短篇小说集《国境一条街》，电影剧本《阿诗玛》《望夫云》和一些杂文。

诗歌赏析

诗歌分为三部分，每一部分均为九节，每一节均为四句，形式上非常整齐。第一部分叙述元好问故居的变迁和诗人自己的不幸命运，在古今对比中表达了诗人对于当今之浊世的愤怒；第二部分描述诗人在元好问的故居所遇到的恐怖情景，内中蕴含着诗人对于那个特殊时代的情感体验；第三部分讲述元好问的坟墓所在地的变迁和诗人由此而发的议论，倾吐了诗人对于反动势力的强有力的叱问和鞭挞。全诗深刻地展现了诗人在那荒烟漫草、瓦釜雷鸣的黑暗年代所经历的心理轨迹，尤其引古入今，更是极大地增强了诗歌思想的厚度和情感的力量。

月流有声/灰娃

暂且活回自己　只光阴一寸　那时
松树后山崖下　有冬之魅正
谋算来年风雨　星子们却依旧
穿越虚空垂落下来　冬的安谧
悬在天体浑圆无限
一朵白莲于天际悄然游移　不觉地
涌入听觉广大而浓密的静默　在
耳边涨落　我听着
月亮在高空流转　听着万类
玄奥幽微不稍消歇　心
也随之去了远方　与一片流云
一同行进　虚静托起芬芳
竟是这般沉醉　于是才记起
我已把自己抛出太久
心室堆积的　是些飘零的黄叶
纷乱　枯干　而此刻我要
把这些芬芳这沉寂的深渊收集
永远留在心里　这是我
隐秘的奢望　再不要

再也不要和我的寂寞撕扯　让
梦的废墟　琴弦摇曳穿梭
梦的荒原　童音耸拔明澈——
云儿飘　星儿摇摇
海上起了风潮

爱唱歌的鸟　爱说话的人
都一起睡着了
那婴儿睡中的笑　幼鸽翻飞
都一起回到梦里

作者简介

灰娃，1927年生，原名理召，中国当代女诗人，祖籍陕西临潼，童年时期生活在西安，抗战爆发后，随家人逃难到农村，12岁时由姐姐和表姐送往延安，在“延安儿童艺术学园”学习，后到第二野战军工作。1948年因病往南京住院治疗，1951年转至北京西山疗养院。1955年进入北京大学俄文系学习，同时选修和旁听了中文系与西文系的部分课程。1961年被分配到“北京编辑社”做文字翻译，后来因病提前离休。1997年出版诗集《山鬼故家》，2000年其诗集获人民文学出版社50周年纪念之“专家提名奖”。

诗歌赏析

《月流有声》创作于灰娃的耄耋之年，而诗歌内容写的却是儿童时代，回到梦里，看那“婴儿睡中的笑”。灰娃的诗歌语言极其新颖，而且决不重复自己，年龄虽高，却绝无老残之气，诗歌语言依然美得令人心醉。“月流有声”，诗歌的题目就昭示着诗意的美，雅致的语言，清灵的气韵，非是俗躁之心所能为之。“把这些芬芳这沉寂的深渊收集/永远留在心里”“让/梦的废墟/琴弦摇曳穿梭/梦的荒原/童音耸拔明澈——/云儿飘/星儿摇摇/海上起了风潮”，悠久岁月的积淀，绽放出如此灵美的花朵，弹唱出那清绝如洗的歌，“都一起回到梦里”，诗中为我们展现的就是这样一个儿时的梦，那是一个美丽的梦，是一个温馨的梦，更是一个永远的梦。

众荷喧哗/洛夫

众荷喧哗

而你是挨我最近
最静，最最温婉的一朵
要看，就看荷去吧
我就喜欢看你撑着一把碧油伞
从水中升起

我向池心
轻轻扔过去一粒石子
你的脸
便哗然红了起来
惊起的
一只水鸟
如火焰般掠过对岸的柳枝
再靠近一些
只要再靠我近一点
便可听到
水珠在你掌心滴溜溜地转

你是喧哗的荷池中
一朵最最安静的
夕阳

蝉鸣依旧
依旧如你独立众荷中时的寂寂

我走了，走了一半又停住
等你
等你轻声唤我

诗歌赏析

这是一首状物言情的诗，诗人洛夫的高妙之处在于将他所描绘的那朵荷花从“众荷”中独立出来，并赋予它人的情态，一步一步予以精妙的刻画，以达到传神而清新宜人的、活灵活现的效果。诗的第一节，诗人完成了这个独立：“众荷喧哗/而你是挨我最近/最静，最最温婉的一朵/要看，就看荷去吧/我就喜欢看你撑着一把碧油伞/从水中升起”。我们注意到，诗人这里用到几个人所特有的动词：“挨”“撑”和“升”，在“温婉”等形容词的配合下，这朵特别的荷花就活了起来。在第二节里，诗人继续深入这朵荷花的“内心世界”，“我向池心/轻轻扔过去一粒石子/你的脸/便哗然红了起来”，原来荷花叶可以羞涩！“再靠近一些/只要再靠我近一点/便可听到/水珠在你掌心滴溜溜地转”，诗人不光写荷花的内心，也写自己的内心，这是一颗能听到水珠“在你掌心滴溜溜地转”的专注而细腻的心。诗人所描写的这朵荷花相比之下具有自己独立的品质：“你是喧哗的荷池中/一朵最最安静的/夕阳/蝉鸣依旧/依旧如你独立众荷中时的寂寂”，正因为这朵荷花别样的魅力，使诗人神往，所以，“我走了，走了一半又停住/等你/等你轻声唤我”。可以说，写到这里，诗人已经完全融入这种物我两忘的境界，读者也不觉被引入了这样的美妙意境中。

乡 愁/余光中

小时候
乡愁是一枚小小的邮票
我在这头
母亲在那头

长大后
乡愁是一张窄窄的船票
我在这头
新娘在那头
后来啊
乡愁是一方矮矮的坟墓
我在外头
母亲啊在里头

而现在
乡愁是一湾浅浅的海峡
我在这头
大陆在那头

作者简介

余光中，生于1928年，福建永春人，中国台湾当代著名诗人。出生在中国传统的重阳节，父亲是一名国民政府官员。抗战期间，举家搬到重庆。1947年诗人同时考取北京大学和金陵大学，由于不想离开母亲，诗人选择了后者。1949年转入厦门大学。1950年随全家前往台湾。1951年，诗人得到梁实秋的指点。1952年诗人从台大毕业，出版其第一部诗集《舟子的悲歌》，反响不大。次年，进部队担任编译官。1956年，诗人退役，开始在一些学校教书，同时主编《蓝星》等文学杂志；同年9月诗人与表妹范我存结婚。1958年、1966年，诗人两次前往美国。1974年，诗人前往香港教书，1981年和黄药眠、辛笛等诗人会晤，相互间作了亲切的交流。1992年，他终于盼到了自己日思夜想的一天，他与妻子一道回到家乡故土。诗人的作品除上面提到的外，还有《蓝色的羽毛》《白玉苦瓜》《隔水观音》及散文集《逍遥游》等。

诗歌赏析

乡愁，在中国的诗歌史上是成千上万首诗表现的主题。然而，将之作为一个长期写作的主题，在中国文学史上，余光中恐怕还是第一人。在他众多写乡愁的诗中，《乡愁》一诗毫无疑问是流传最广、最为委婉动人的一首。

那一寸见方的邮票承载了诗人小时候的依恋，在互通音信中诗人获得了母亲的安慰。一张窄窄的船票承载了诗人对爱人的相思和依偎；在来来往往中，诗人填补了感情的缺口，其中滋味自在不言中。一抔黄土割断了诗人和母亲的相见。诗人的心归往何处？那乡愁竟是不能圆的梦了！“这头”和“那头”终于走向了沉重的分离，诗人的心一下子沉入了深深的黑暗里。

诗人在这强烈的情感中转入对现在的叙述。现在，那湾浅浅的海峡，竟成了一个古老民族的深深伤痕，也是诗人心中的伤痕，是和诗人一样的千千万万中华子孙的伤痕。诗的意境在这里突然得到了升华。那乡愁已不仅仅是诗人心中的相思和苦闷，它还是千千万万中华儿女的相思和苦闷。诗歌由此具有了一种深层的象征意义。那母亲难道不是祖国的象征？那情人难道不是诗人的自喻？

诗人在大千世界之中，精练地提取了几个单纯的意象：邮票、船票、坟墓、海峡。这些意象和“这”“那”简单的词融合在一起，将彼此隔离的人、物、时间和空间紧紧联系在一起，若有若无的距离和联系，让那些整日在相思、别离和相聚间奔波的人们产生强烈的共鸣，给人们一种难以言表的哀愁和欢欣。正如诗人所言："纵的历史感，横的地域感。纵横相交而成十字路口的现实感。"诗歌以时间的次序为经，以两地的距离为纬，在平铺直叙中自有一种动人心魄的魅力，引起人们无限的哀愁，无尽的相思。

诗歌在艺术上呈现出结构上的整饬美和韵律上的音乐美：在均匀、整齐的句式中追求一种活泼、生机勃勃的表现形式；在恰当的意象组合中完美地运用了词语的音韵，使诗歌具有一种音乐般的节奏，回旋往复，一唱三叹。诗人就是用自己真实的感受，用音乐般的语言唱出了心中对祖国和祖先的深深眷恋之情。这种融合了中国传统审美特征的现代诗风在台湾引起了很大的反响。可以说，余光中的诗使得台湾诗坛的现代诗臻于成熟。

春天，遂想起/余光中

春天，遂想起
江南，唐诗里的江南，九岁时
采桑叶于其中，捉蜻蜓于其中
（可以从基隆港回去的）
江南
小杜的江南
苏小小的江南
遂想起多莲的湖，多菱的湖
多螃蟹的湖，多湖的江南
吴王和越王的小战场
（那场战争是够美的）
逃了西施

失踪了范蠡
失踪在酒旗招展的
（从松山飞三个小时就到的）
乾隆皇帝的江南

春天，遂想起遍地垂柳
的江南，想起
太湖滨一渔港，想起
那么多的表妹，走在柳堤
（我只能娶其中的一朵！）
走过柳堤，那许多的表妹
就那么任伊老了
任伊老了，在江南
（喷射云三小时的江南）
即使见面，她们也不会陪我
陪我去采莲，陪我去采菱
即使见面，见面在江南
在杏花春雨的江南
在江南的杏花村
（借问酒家何处）
何处有我的母亲
复活节，不复活的是我的母亲
一个江南小女孩变成的母亲
清明节，母亲在喊我，在圆通寺
喊我，在海峡这边
喊我，在海峡那边
喊，在江南，在江南

多寺的江南，多亭的
江南，多风筝的
江南啊，钟声里
的江南
（站在基隆港，想——想——
想回也回不去的）
多燕子的江南

诗歌赏析

这是余光中的一首乡愁诗歌，但是这首诗在乡愁的主题中又包含着多义。诗人在春天展开了对故乡江南的想象，在这想象里充满了博大古典人文色彩的诗情画意，诗人的乡愁在这里表现得非常具体而深入人心。因为现实中远离江南，所以，诗人想江南，写江南，开篇就从唐诗开始写起，从唐诗的意境里进入记忆或想象中的江南，“小杜的江南”“苏小小的江南”、多莲、多菱、多螃蟹多湖泊的江南、多传说的江南，有吴越战争、有西施和范蠡、有风中酒旗飘飘的江南，这样的江南是非常形象具体和引人入胜的。说完了江南的历史人文景观，诗人开始写到生活的、风俗的江南，垂柳和走过柳堤的表妹，在烟雨红颜中苍老，使人生出淡淡的伤感和哀愁，在杏花春雨中，时光在流逝，人在渐渐老去，离开的已经离开，但是诗人却不能接近。于是，在最后一节，诗人直接抒发自己的愿望和心绪：“喊我，在海峡这边/喊我，在海峡那边/喊，在江南，在江南。”在这里，乡愁的情绪积聚并升华成为生命的呼喊，引起读者的强烈共鸣。这首乡愁诗的人文底色非常博大，正因为这博大和具体，使这样的感情没有流于空泛，而是深深地印在读者的心底。诗人用括号里的句子传达着这样的一个意思：从客观现实的条件上来讲，诗人是随时可以很方便地到达江南，在那里畅游，但是，“想——想——想回也回不去的”，直接点明了发人深省的遗憾。

等你，在雨中 /余光中

等你，在雨中，在造虹的雨中
蝉声沉落，蛙声升起
一池的红莲如红焰，在雨中

你来不来都一样，竟感觉
每朵莲都像你
尤其隔着黄昏，隔着这样的细雨

永恒，刹那，刹那，永恒
等你，在时间之外
在时间之内，等你，在刹那，在永恒

如果你的手在我手里，此刻
如果你的清芬
在我的鼻孔，我会说，小情人

喏，这只手应该采莲，在吴宫
这只手应该
摇一柄桂浆，在木兰舟中

一颗星悬在科学馆的飞檐
耳坠子一般地悬着
瑞士表说都七点了，忽然你走来

步雨后的红莲，翩翩，你走来
像一首小令
从一则爱情的典故里你走来

从姜白石的词里，有韵地，你走来

诗歌赏析

《等你，在雨中》是一首爱情诗。从构思上来讲，这首诗堪称精妙，诗人在“等你”，但是他又说“你来不来都一样”，那么诗人的理由在哪里呢？首先，“等你”本身是一件甜蜜幸福的事情，况且又是在一个非常美妙的画境之中。应该说，诗人笔下的这个美景只需要佳人出现就可以达到完美了，但是佳人毕竟还没有出现，而诗人竟认为“你来不来都一样”，因为诗人感到“每朵莲都像你/尤其隔着黄昏，隔着这样的细雨”。不仅如此，诗人在第三节里这样写：“永恒，刹那，刹那，永恒/等你，在时间之外/在时间之内，等你，在刹那，在永恒。”对诗人而言，他们的爱是永恒的，而等，只是刹那，所以，来与不来，情人都给诗人以美的愉悦和欢喜，这种美妙的感受使诗人如痴如醉，以至于物我两忘。当梦幻和想象中的她真的来了时，诗人感到她是一朵红莲、一首小令或者一则爱情典故里的主人公，或者“从姜白石的词里，有韵地，你走来”。情景交融，亦真亦幻，跨越内心与外在世界的界限，是本诗最大的妙处所在。

雨　雪 /金克木

我喜欢下雨下雪，
因为雨雪是你的名字。

我喜欢雨和雨中的小花伞，

我们可以把脸在伞下藏着；
我可以仔细地比比雨丝和你的头发，
我可以大胆一点偷看你的眼睛。

我喜欢有一阵微风迎面走来，
于是你笑了笑把伞转向前面；
我喜欢假装数伞上的花纹，
却偷看伞的红光映上你的脸；
于是我们把脚步放得更慢，更慢，
慢慢地听迎面来的细语的雨点。

我喜欢春天的江南，江南的春天；
我喜欢微雨的黄昏，黄昏的微雨；
我喜欢微雨中小小的红花纸伞；
我喜欢下雨，因为我喜欢你。
但我更喜欢晶莹的白雪，
愿意作雪下柔软的泥。

诗歌赏析

读《雨雪》很容易让人想起戴望舒的《雨巷》。《雨巷》写春雨中的油纸伞，写在雨巷的徘徊和期待、惆怅和愁怨，风格抑郁低沉。金克木是戴望舒当年的诗友，金克木的《雨雪》也写春雨，也写油纸伞，然而明丽清新，欢快活泼，稚气可掬，在这里没有一丝愁绪，心无纤尘，玲珑剔透。这在20世纪30年代象征主义诗风兴起的潮流中，是很少有的。

我们看到的金克木的这首诗，与象征主义的忧郁毫无关涉。《雨雪》一诗明丽得如同五四时期汪静之等湖畔诗人的情诗，这首诗唤起了人们对少年时代天真美好的记忆，这也许是诗人已经从忧郁里走出来了，也许是诗人读透了叔本华与柏格森，因此能够洒脱地回到少年时代的自我。因此这首诗在当时的诗坛上，是属于别一种境界，别有一番情趣的。

青年时代，情窦初开，正好是临近初恋而又情意朦胧的时节，在这个时期，朦胧的初恋既神秘又美好。每个细微的动作，每一个无意的眼神都带来无穷的遐想与意味。本诗中写在伞的遮盖下，看你的秀发，看你纯净的眼神，看你的微笑，看你脸上青春的红晕，看你摆弄小花伞，放慢脚步谛听雨打纸伞的轻快絮语。这一系列的动作与细节，惟妙惟肖地写尽了青少年纯洁无瑕的心态与纯真的情感。

诗的构思精巧而又自然。诗从喜欢下雨下雪破题——“因为雨雪是你的名字”——很自然地进入了情境。接下来，以小花伞作为中心意象，以两节文字作为铺垫，充分地抒写伞下的情趣。第四节前四句把诗境开扩了一些，把镜头拉开了一些，仿佛要作结尾的样子。等读到最后二句，我们才记起诗题里那个“雪”字，于是，一个突兀的转折，诗意深化了：雨是我所喜欢的，因为在雨中我喜欢上了你，但我更喜欢雪，喜欢你向我作更深入的感情渗透，我渴望是雪下的泥，把你的晶莹一滴滴地全部渗透进我的温柔里。

本诗主情以诗人“我”的形象出现，从我的感官、我的视野，来描写对对方的好感和爱恋，而且多次用“我喜欢”“我们可以”“我可以”等词语，强调主观的感情。这种看似不成熟的笔法特别适合表达少年时代纯真的初恋。

麦坚利堡/罗门

超过伟大的
是人类对伟大已感到茫然

战争坐在此哭谁

它的笑声 曾使七万个灵魂陷落在比睡眠还深的地带

太阳已冷 星月已冷 太平洋的浪被炮火煮开也都冷了
史密斯 威廉斯 烟花节光荣伸不出手来接你们回家
你们的名字运回故乡 比入冬的海水还冷
在死亡的喧噪里 你们的无救 上帝的手呢

血已把伟大的纪念冲洗了出来
战争都哭了 伟大它为什么不笑
七万朵十字花 围成园 排成林 绕成百合的村
在风中不动 在雨里也不动
沉默给马尼拉海湾看 苍白给游客们的照相机看
史密斯 威廉斯 在死亡紊乱的镜面上 我只想知道
那里是你们童幼时眼睛常去玩的地方
那地方藏有春日的录音带与彩色的幻灯片

麦坚利堡 鸟都不叫了 树叶也怕动
凡是声音都会使这里的静默受击出血
空间与时间绝缘 时间逃离钟表
这里比灰暗的天地线还少说话 永恒无声
美丽的无音房 死者的花园 活人的风景区
神来过 敬仰来过 汽车与都市也都来过
而史密斯 威廉斯 你们是不来也不去了
静止如取下摆心的表面 看不清岁月的脸
在日光的夜里 星灭的晚上
你们的盲睛不分季节地睡着
睡醒了一个死不透的世界
睡熟了麦坚利堡绿得格外忧郁的草场

死神将圣品挤满在嘶喊的大理石上
给升满的星条旗看 给不朽看 给云看
麦坚利堡是浪花已塑成碑林的陆上太平洋
一幅悲天泣地的大浮雕 挂入死亡最黑的背景
七万个故事焚毁于白色不安的颤栗
史密斯 威廉斯 当落日烧红野芒果林子昏暮
神都将急急离去 星也落尽
你们是那里也不去了
太平洋阴森的海底是没有门的

诗歌赏析

麦坚利堡位于菲律宾的马尼拉城郊，是美国为纪念在太平洋战争中捐躯的美国烈士而修建的一座大型墓园，太平洋战争中牺牲的7万烈士里2.5万埋葬在麦坚利堡。这个墓园中的每一座墓碑上所刻写的只有烈士的姓名、生卒时间和军籍号码，而没有标注职务和军衔，每一个烈士完全是平等的，诗中的“史密斯”和“威廉斯”是美国的最为普通的两个名字，代表着所有的牺牲的战士。诗歌气势恢廓，凝聚了一种强大的精神力量，表现了世界大战这一20世纪人类最大的悲剧性主题，展现出诗人面对麦坚利堡这座宏伟的墓园时，内心所产生的强烈震撼和诗人对于人类历史轨迹和当代社会发展所进行的严肃思考，而这首诗，也成为耸立在现代诗歌的历史上一座丰碑。

周总理，你在哪里？ /柯岩

周总理，我们的好总理，
你在哪里呵，你在哪里？
你可知道，我们想念你，

——你的人民想念你！

我们对着高山喊：
周总理——
山谷回音
“他刚离去，他刚离去，
革命征途千万里，
他大步前进不停息。”

我们对着大地喊：
周总理——
大地轰鸣：
“他刚离去，他刚离去，
你不见那沉甸甸的谷穗上，
还闪着他辛勤的汗滴……”

我们对着森林喊：
周总理——
松涛阵阵：
“他刚离去，他刚离去，
宿营地去上篝火红呵，
伐木工人正在回忆他亲切的笑语。”

我们对着大海喊：
周总理——
海浪声声：
“他刚离去，他刚离去，

你不见海防战士身上，
他亲手给披的大衣……”

我们找遍整个世界，
呵，总理，
你在革命需要的每一个地方，
辽阔大地，
到处是你深深的足迹。

我们回到祖国的心脏，
我们在天安门前深情地呼唤：
周——总——理
广场回答：
“呵，轻些呵，轻些，
他正在中南海接见外宾，
他正在政治局出席会议……”

总理呵，我们的好总理！
你就在这里呵，就在这里。
——在这里，在这里，
在这里…………
你永远和我们在一起
——在一起，在一起，
在一起…………

你永远居住在太阳升起的地方，
你永远居住在人民心里。

你的人民世世代代想念你！

想念你呵，想念你。

想–念–你……

作者简介

柯岩，生于1929年，女，满族，当代诗人，原名冯恺，籍贯广东南湾，生于河南郑州。1948年考入苏州社会教育学院戏剧系，次年苏州解放后到北京青年艺术剧院工作，开始发表作品。1956年调儿童艺术剧院从事专业创作，同年加入中国共产党。曾任《诗刊》编委、副主编，《儿童文学》编委，中国文联委员，作协理事，报告文学学会副会长。主要从事儿童诗创作。兼创作剧本、小说、报告文学等。著有诗集《周总理，你在哪里？》《春天的消息》，以及儿童诗集《大红花》《我对雷锋叔叔说》等。

柯岩1978年以后创作了《船长》《奇异的书简》《癌症≠死亡》《美的追求者》《特邀代表》等报告文学，反映了现实生活中的一些问题。它们既着力光明的歌颂，又不回避光明下的阴影；既描绘出主人公事业的成功，也写出他们的苦恼、忧虑，并在诗情中揉以哲理。

以儿童文学起家的柯岩，在报告文学作品中常常自觉不自觉地以儿童的纯真目光和心灵去感受世界，因此，纯真的童心和女作家常有的细腻情感，构成了她作品的鲜明特色。

诗歌赏析

《周总理，你在哪里?》是在粉碎“四人帮”后，周恩来总理逝世一周年之际，诗人为缅怀、追悼周总理而作的一首诗篇。最初在北京《诗刊》举办的诗歌朗诵会上朗诵，受到热烈欢迎，不久被谱成歌曲广为流传。

诗的主旋律十分鲜明，通过反复呼唤寻找周总理，以及祖国大地的声声回响，表达人民对敬爱的周总理的无限怀念和无比崇敬的深情。人痛极了欲呼唤，思极了会产生冥想，这首诗于是便把人们这种哀极、思极的感情通过想象中的不断呼唤，不断寻找的方式予以表达。

第一幅是万里征途雄伟的长卷画。它概括了总理为革命日夜操劳，对革命赤胆忠心的光辉一生。诗人借山谷回音颂扬总理的丰功伟绩，颂扬总理为祖国为共产主义事业战斗一生的崇高品质。

第二三四幅是一个个特写的镜头。“闪”着的是汗滴，是总理为人民的不朽精神，从沉甸甸的谷穗上“闪”着的汗滴，我们仿佛看到了这位伟大人物与农民一起耕耘，播种幸福。诗人选取了生活中几个典型性的细节，创作了有声有色、有情有景、情景交融的画面。情寓其中，意蓄其内，展现了总理的音容笑貌和高大形象，赞颂了总理与人民血肉相连的品质，令人深思，引人遐想。

作者抓住了“寻找”这根线索进行艺术构思，把到高山找，到大海找，到森林找，到大地找，到祖国的心脏找，到整个世界找等丰富的材料有机地连缀起来，形成浑然一体的诗歌。从时间讲，涉及过去、现在、将来；从空间讲，自祖国心脏到整个世界。然后又紧扣“找”的线索收回来，回到天安门中南海，收放自如。

想象在这首诗的构成中起着重要作用，它不仅是诗中大量拟人形象描写的凭借，而且也是表达主题、强化感情、结构全篇的主要依据。诗中，作者把人民对于总理的深情怀念，通过想象中人民在四极八荒把周总理寻找这一构思来体现；而在这八荒四极的空间描写时，作者又把它具体化、人格化，把它化为能和人民心灵相通的高山、大地、森林、海洋等拟人化的形象，让它们与人民一起悲泣，同人民一起和唱。因而诗的形象感染力极强，富有绘画美和音乐美，使人读后仿佛眼前出现一幅幅轮廓鲜明、色调和谐的图画，仿佛耳畔响起一支旋律动人的乐曲。

去年冬天/白桦

去年冬天，

去年的冬天。
是已经过去了吗？
我说的正是去年冬天。
还是尚未到来呢？
是的，我说的是去年的冬天。

朦朦月光下的雪地，
只有纯净和平坦；
一张什么也没写的白纸，
一张渴望韵律和情愫的诗笺。
我们写下了平行的四行，
脚印儿深蓝、深蓝……

默默无语的雪花，
漫不经心地飘散。
我们没有回顾，
没有回顾的时间。
风雪抹掉了我们的即兴诗，
剩下的又是纯净和平坦。

甚至也没想到回顾，
我们在向未来伸延……
蛹为了再生一双飞翔的翅膀，
正在地层下编结自缚的茧。
我们迈开富有弹性的腿，
去丈量无限的空间！

老树孕育着花蕾，
痛苦地扭动、长吁短叹。
冻得磕牙，
我们的节奏自然是快板。
沉重的竹枝，
臃肿的电线。

寒风把棉袄抖得薄如纸，
希望又补给了我们足够的温暖。
积雪很快化成了水，
水早已被风舔干。
纯净和平坦也消失了，
一场银色的梦幻……

没有永远的平行，
误差把我们的距离拉远。
我们在地球的两侧，
分别画了长似一年的弧线。
默默无语的雪花，
又在用冷漠的吻寻找着我的泪眼。

我们收获了几颗果实？
花朵经历了多么严峻的考验！
我像中学生那样坚信，
两条弧线必然会有一个交点。
我们曾把各自的爱的秘密，
毫无保留地进行了交换。

宇宙无论有多么大，
我们都会把同一块土地眷恋！
我爱她，因为我离她太近，
你爱她，因为你离她太远。
太近，有太多太多幸福的忧虑，
太远，有太多太多痛苦的思念。

幸好有忧虑和思念可以充实自己，
百无聊赖地活着不如长眠。
我相信你也和我同样不幸，
唯恐有哪怕一分钟的失恋……
“但愿人长久，
千里共蝉娟。”
生于斯，爱于斯！
怀着一个美好的、古典的祝愿。
人是长久的吗？
我们会不约而同地回答：当然！
在长久、长久的苦痛之中，
我们咀嚼着长久、长久的甜……

去年冬天，
去年的冬天。
是已经过去了吗？
我说的正是去年冬天。
还是尚未到来呢？
是的，我说的是去年的冬天。

作者简介

白桦，生于1930年，原名陈佑华，河南信阳人，当代诗人、剧作家、小说家。1947年参加革命。1950年后开始发表作品。著有诗集《金沙江的怀念》《白桦的诗》《我在爱与被爱时的歌》等，重要诗作有《春潮在望》《轻！重！》《孔雀》等。白桦的其他作品还有话剧《吴王金戈越王剑》、电影《今夜星光灿烂》、小说集《白桦小说选》等。

诗歌赏析

《去年冬天》是一首饱含着生命体验的抒情诗，诗中反复用“去年冬天”，表现了对生命流失和命运多变、岁月成长的无限感慨。诗歌开篇即通过多次的重复来强调“去年冬天”，这是一段被诗人深刻记忆着的时光，“是已经过去了吗”？“还是尚未到来呢”？为什么会有这样自相矛盾的表达？这里恰好表达的是诗人对生命中美好时光的留恋和期盼。接下来诗人写到了“去年冬天”的情形：“朦胧月光下的雪地，只有纯净和平坦；一张什么也没写的白纸，一张渴望韵律和情愫的诗笺。”在这片纯洁的所在，“我们写下了平行的四行，脚印儿深蓝、深蓝……”这是纯净的童话世界里诞生的友情和爱，所以它是那么的漫不经心而又使人刻骨铭心。“风雪抹掉了我们的即兴诗，剩下的又是纯净和平坦”。这样美好的青春年华里诞生的珍贵友情，却因为我们急于“向未来延伸”而没有回顾，也“没有回顾的时间”。此后，生命却经历了严酷的考验，“老树孕育着花蕾，痛苦地扭动、长吁短叹”，“纯净和平坦也消失了”，“误差把我们的距离拉远”，从此，“我们”天各一方，只有相互思念，感知着宇宙天地的广大、距离的遥远、命运的幻化多变。“去年冬天”的美好记忆使诗人“在长久、长久的痛苦之中”“咀嚼着长久、长久的甜”。这首诗语言朴素流畅，感情非常真实，能深深唤起读者的共鸣。

东京之夜/白桦

在这里，爱情不需要果实，
把姻缘交给十字街头的风；
当青春如霓虹灯般盛开的时候，
决不吝惜色彩和光芒。
在轻易抛掷的同时，
也可以轻易得到。
有了实实在在的一见钟情，
何必虚无缥缈的百年重托。
最真诚的相爱，
是最真诚的忘却。
没有庄严的相约就没有痛苦的相思，
自由自在的，自然的飘零。
最后，默默地伫立在鲜艳的晚霞里，
任每一片黄叶悄然飘落……

诗歌赏析

1986年，白桦访问日本，创作了一组题为《岛国之秋》的十四行诗，《东京之夜》是其中的一首。“在这里，爱情不需要果实，把姻缘交给十字街头的风”，诗人观察到当代社会人们爱情观的演变，新的一代，对待爱情，由曾经的无比郑重而变为当前的视若游戏。“在轻易抛掷的同时，也可以轻易得到。”爱情变得如此廉价，如此的轻易和随便，往昔的那种神圣感于今荡然无存。“有了实实在在的一见钟情，何必虚无缥缈的百年重托。”终身大事，沦为数日风流。“最真诚的相爱，是最真诚的忘却”，相爱与忘却仅一纸之隔。“没有庄严的相约就没有痛苦的相思”，诗人显然是对这种爱情观持否定态度的，因为这种所谓的爱情最后结果只能是“自由自在的，自然的飘零。最后，默默地伫立在鲜艳的晚霞里，任每一片黄叶悄然飘落……”如同诗的开头所说，这样的爱情不会收获到成熟的果实。

秋歌——给暖暖/痖弦

落叶完成了最后的颤抖
荻花在湖沼的蓝晴里消失
七月的砧声远了
暖暖

雁子们也不在辽敻的秋空
写它们美丽的十四行诗了
暖暖

马蹄留下踏残的落花
在南国小小的山径
歌人留下破碎的琴韵
在北方幽幽的寺院

秋天，秋天什么也没留下
只留下一个暖暖
只留下一个暖暖
一切便都留下了

作者简介

痖弦，1932生于河南省南阳县（今南阳市宛城区），本名王庆鳞，1949年8月在湖南参加国民党军队，不久随军撤至台湾，后进国民党政工干校的影剧系学习，1953年毕业后分配到国民党海军工作，1961年任晨光广播电台台长，1966年以少校军衔退伍，1969年任台湾“中国青年写作协会”总干事，1974年兼任华欣文化事业中心总编辑及《中华文艺》总编辑，1975年任幼狮文化公司期刊总编辑，1977年出任台湾《联合报》副刊主编。其间痖弦曾应邀参加爱荷华大学国际创作中心，并进入威斯康星大学学习。痖弦是当代台湾最为重要的诗人之一，他的诗歌执着于形象的表现和意境的营造，语言典雅凝练，风格质朴亲切，给人一种欣悦和温婉的感受。

诗歌赏析

《秋歌》是题赠“暖暖”的一首诗，诗中数次出现这个名字，但是“暖暖”的具体身份诗中并没有明确地表达出来，可是这并不妨碍读者对诗歌的欣赏，并且这种暧昧还在某种意义上打开了更为广阔的阅读空间。落叶，荻花，砧声，飞雁，残花，山径，琴韵，寺院，诗人绘制了一幅非常具有古典情韵的秋景图，而图画上的每一种景物，都留下了诗人那种略带忧伤而复以幽婉的微妙情感。秋天什么也没留下，只留下一个暖暖；只留下一个暖暖，一切便都留下了。秋天与暖暖之间，暖暖与诗人之间，含蓄着诗歌潜藏于内里的深层意蕴，耐人思索，余味不尽。

当我成为背影时/邵燕祥

当我成为背影时
不必动情 不必心惊
只须悄悄地挥一挥手
如送一片云 一阵风

如送落日不再升起
如送不知何往的流星
人人都将成为背影
天地间一切都是过程
当我成为背影时
不要惜别 不要依恋
只须无言地目送一瞬
望断那隐去的孤帆远影
望断那明灭的灯火阑珊
所有的盛宴曲终人散
告别时何须相约再见
当我成为背影时
不用忧伤 不用叹息
请看我步履如此从容
不用问我到哪里去
不用问早年青春如梦
不用问路上雨雪霏霏
难忘的有一天也会忘记
日月长照 而人生如寄
当我连背影也匆匆消逝
遗忘吧 一切不值得悲哀
岁月的尘埃 落下又飞起
童心不再 青春不再
欢乐与揪心的时光不再
希望与失望的交织不再
不再回首叮咛：勿忘我
那歌儿 那花朵 都不会重来

作者简介

邵燕祥，1933年出生于北平。1946年4月曾在报纸上发表杂文《由口舌说起》，由此开始了文艺创作。在上学期间，他写下了不少杂文、诗歌和散文式的小说。1949年初，邵燕祥到北京电台工作。1951年出版的《歌唱北京城》和1955年的《到远方去》为邵燕祥赢得了最初声誉。1980年之后，邵燕祥的《在远方》《献给历史的情歌》《如花怒放》《迟开的花》等八部诗集和诗选出版发行，诗评集《赠给十八岁的诗人》《晨昏随笔》，杂文集《蜜和刺》《忧乐百篇》等也相继问世。邵燕祥现为中国作协理事和主席团委员，中国笔会中心会员。

诗歌赏析

《当我成为背影时》是一首彻悟生命的诗，诗人邵燕祥一辈子经历坎坷，当进入人生的暮年，再回首往事，对人生的理解可以说是到了一种完全超脱的境界。正因如此，诗人才能写出如此精辟的总结致辞："人人都将成为背影/天地间一切都是过程。"如此看来，在短短的人生几十年，我们计较得确实太多，我们的眷恋有些过分，看淡人生并不是容易的，这需要一个过程，而这个过程或许就是一生。生命的消逝意味着什么？诗人说："如送一片云/一阵风/如送落日不再升起/如送不知何往的流星"，生命永不回头，所以，那些被我们紧紧抓住不放的，最终看来是可笑的，不可理喻的，"所有的盛宴曲终人散/告别时何须相约再见"，正因为人生是这样一个来去都没有理由的奇迹，所以，诗人说"不用问我到哪里去/不用问早年青春如梦/不用问路上雨雪霏霏/难忘的有一天也会忘记/日月长照/而人生如寄"。在生命的终点，一些都将化为乌有："岁月的尘埃/落下又飞起/童心不再/青春不再/欢乐与揪心的时光不再/希望与失望的交织不再/不再回首叮咛：勿忘我/那歌儿/那花儿/都不会重来。"当然，这并不是诗人消极悲观的表现，当生命已经接近终点，诗人用一生的体验告诉我们千万遍的，一听再听的道理，人生应当是一个自在的过程，享受这个过程，坦荡地来，能认识其中有价值的和没有价值的，这样，最终也能坦荡地去。这种坦荡，诗人用了若干词句来表达："不必动情，不必心惊""不要惜别，不要依恋""不用忧伤，不用叹息""一切不值得悲哀"。

错误/郑愁予

我打江南走过
那等在季节里的容颜如莲花的开落
东风不来，三月的柳絮不飞
你的心如小小的寂寞的城
恰若青石的街道向晚
跫音不响，三月的春帷不揭
你的心是小小的窗扉紧掩

我达达的马蹄是美丽的错误
我不是归人，是个过客……

作者简介

郑愁予，生于1933年，原名郑文滔，河北人，中国台湾当代诗人。其父为国民党军官，青少年时期随父亲奔走于战场中。1949年郑愁予去台湾，1955年服役。1958年毕业于台湾中兴大学商学院，在基隆港务局任职。诗人从15岁就开始发表诗歌，1956年参与创立现代派诗社，任《现代派》刊物编辑。1968年到美国爱荷华大学学习，毕业获硕士学位并留校任讲师。后任耶鲁大学教授。1965年，郑愁予停止写作，到20世纪80年代才重操诗笔。有诗集《梦土上》《衣钵》《寂寞的人坐着看花》等。郑愁予有"中国的中国诗人”称号，其诗风深受宋词风格的影响。

诗歌赏析

郑愁予的诗和他的名字一样，轻巧又带着深深的愁怨，婉转而藏着一份诉说的衷情。

在诗的开头，诗人说：“我打江南走过。”简单的“江南”二字，一下子就将人们带入充满诗情画意的境地——那蒙蒙的烟雨，那翠绿的河岸和灵秀的山水，当然还有深闺和那思念的人儿。然而，诗人心中的江南是消瘦的江南，留下的风景已经变换了数旬，已经如莲花，在开开落落之间只剩下了一支干枯的荷梗。

这是怎样的季节呢？该是春季吧，早春，一切都在焦急的等待中。东风滞留在遥远的地方，柳絮在柔柔的柳枝中沉沉睡去，不管人间的等待和梦。在这样的季节里，在江南那小小的城市的阁楼中，妇人的心扉紧闭，如幽深的青石小巷，笼罩在氤氲的暮色中，寂寞中伴着深深的愁思。

一切都静静的，连一个足音都没有。春天或许已经来了，那绿树和鲜花已经在绚烂地开着了。然而，没有心灵盼望的足音，春天等于没来，春色仍藏在深深的帷幕中。“你”的心扉如同那深深庭院的一扇窗扉，紧紧地关着一颗寂寞的心，含着深深的愁怨。南宋著名词人蒋捷的词道：“黄花深巷，红叶低窗，凄凉一片秋声。”但这首诗里说的不是黄花秋声，红叶低窗，是绿柳早春，青石深巷；不是凄凉在心，是相思，是悠悠的哀愁和寂寞。

这时，“我”的足音，清脆的马蹄声在江南的青石板路上嗒嗒而过。这“美丽的错误”更生动新颖地写出了思妇的怀人心情，写出了那心中的寂寞和盼望。然而，这“美丽的错误”使妇人陷入了更深的寂寞中。诗人只是一个过客。诗人走过，留给妇人一份落寞和怀念。正如李清照的词所说的：“此情无计可消除”“一种相思，两处闲愁”。

诗歌意境幽婉而朦胧。诗歌的表现手法纯熟，句式整饬，语调轻快，富于节奏感。开头和结尾的两句都使用了短句，这恰恰是对过客的描写：匆匆而来，匆匆而去，来不及停下就消逝在岁月的长河里。中间的句子都是用长句，采用轻俏的词语，如柔柔的柳枝。那是在写妇人，悠悠的，如女主人的相思和怀念。诗中的意象都是诗歌手法的表现，比喻也用得恰到好处。

边界酒店/郑愁予

秋天的疆土，分界在同一个夕阳下
接壤处，默立些黄菊花
而他打远道来，清醒著喝酒
窗外是异国

多想跨出去，一步即成乡愁
那美丽的乡愁，伸手可触及
或者，就饮醉了也好
（他是热心的纳税人）
或者，将歌声吐出
便不只是立著像那雏菊
只凭边界立看

诗歌赏析

郑愁予的诗歌总是含着一种幽婉的古典韵味，语言精练，诗意极美，美中携带着一缕惆怅，撩惹着人们心中情感的涟漪。边界是一个奇异的地理位置，窗内是我乡，窗外是异国，那凭界而立的黄菊花，是身在他乡的游子的身影，秋的夕阳下，正是乡愁最浓时。“多想跨出去，一步即成乡愁/那美丽的乡愁，伸手可触及”，这样美丽绝伦的诗句，令人见识了什么是诗人的想象，什么是精湛的诗意。即使这仅仅一步的乡愁，却也如酒般的浓酽，醉着人，令眷眷的游子心中默默地翘望，故园何方，归程何处？

《青春万岁》序诗/王蒙

所有的日子，所有的日子都来吧，
让我编织你们，用青春的金线，
和幸福的璎珞，编织你们。
有那小船上的歌笑，月下校园的欢舞，
细雨蒙蒙里踏青，初雪的早晨行军，
还有热烈的争论，跃动的、温暖的心……
是转眼过去了的日子，也是充满遐想的日子，
纷纷的心愿迷离，像春天的雨，
我们有时间，有力量，有燃烧的信念，
我们渴望生活，渴望在天上飞。
是单纯的日子，也是多变的日子，
浩大的世界，样样叫我们好惊奇，
从来都兴高采烈，从来不淡漠，
眼泪，欢笑，深思，全是第一次。
所有的日子都去吧，都去吧，
在生活中我快乐地向前，
多沉重的担子我不会发软，
多严峻的战斗我不会丢脸；
有一天，擦完了枪，擦完了机器，擦完了汗，
我想念你们，招呼你们，
并且怀着骄傲，注视你们。

诗歌赏析

《青春万岁》是著名作家王蒙的早期作品。这首诗选自长篇小说《青春万岁》，是一首赞美青春的诗，非常具有时代的特征和精神风貌。当时中

华人民共和国刚刚成立，到处都是一片朝气蓬勃、欣欣向荣的景象，青年人都热情地到建设新中国的热潮中去奉献自己的青春。王蒙在诗中将对青春的赞美和对新中国的赞美巧妙地融合在一起，形象生动，亲切自然，催人奋进。

诗人在开篇就发出热情的号召："所有的日子，所有的日子都来吧，让我编织你们，用青春的金线，和幸福的璎珞，编织你们。"诗人的呼唤为全诗奠定了高昂明快的情感基调，并且表达了内心富于激情的渴望。接下来，诗人展开了对美好青春的细致描述："有那小船上的歌笑，月下校园的欢舞，细雨蒙蒙里踏青，初雪的早晨行军，还有热烈的争论，跃动的、温暖的心……"这些美好的时光也要渐渐地远去了，但是我们的青春才刚刚开始，"是转眼过去了的日子，也是充满遐想的日子，纷纷的心愿迷离，像春天的雨"，这些都是青春的美好事物，是活跃的生命，所以"我们有时间，有力量，有燃烧的信念，我们渴望生活，渴望在天上飞"。青春是放飞梦想的日子，同样也是实现梦想的起点，青春是单纯的，也是丰富的，生命刚打开了新的一页，充满着神秘的吸引力。"是单纯的日子，也是多变的日子，浩大的世界，样样叫我们好惊奇，从来都兴高采烈，从来不淡漠，眼泪，欢笑，深思，全都是第一次。"最后一节与第一节照应，诗人说："所有的日子都去吧，都去吧"，在未来的生活里，青年们有新的工作，新的任务，新的战斗，要用青春的心迎接它。

下篇

世界最美的诗歌

希 腊

给所爱/萨福

他就像天神一样快乐逍遥，
他能够一双眼睛盯着你瞧，
他能够坐着听你絮语叨叨，
好比音乐。

听见你笑声，我心儿就会跳，
跳动得就像恐怖在心里滋扰；
只要看你一眼，我立刻失掉
言语的能力；
舌头变得不灵；噬人的感情
像火焰一样烧遍了我的全身，
我周围一片漆黑；耳朵里雷鸣；
头脑轰轰。

我周身淌着冷汗；一阵阵微颤
透过我的四肢；我的容颜
比冬天草儿还白；眼睛里只看见
死和发疯。

作者简介

萨福（约公元前610~前580？），古希腊杰出的女诗人，出生于一个贵族家庭，自幼过着精致优雅的生活，而丰厚的家资给萨福提供了生活选择的自由，令萨福可以专心从事自己所喜爱的文艺事业。萨福著有诗歌九卷之多，但是由于保藏不当，加之宗教的压制与焚毁，绝少有留传至今的完整篇章，大多都是残篇，然而从中我们仍可以看出一位优秀的抒情诗人其诗歌中独具的风采。萨福的诗多描写女子的爱情，将抒发的对象由神转向人，采用第一人称来表达个人的哀乐，又灵活地运用暗喻的手法，情致优美而凄婉，风格细腻而热烈，充满了女性情感的芬芳，且体现出平民的气质和民主的精神，这些都具有领时代风气之先的开创意义。萨福还创造了以每节四行、三长一短为特点的清脆明快的“萨福体”。这些艺术上的非凡成就给萨福带来了显赫的声誉，在她开办女子学校期间，许多贵族之家都慕名把女儿送来拜她为师，人们甚至还将萨福的头像铸在了银币上以表达对她的崇奉和爱戴。

诗歌赏析

《给所爱》讲述的是萨福的女弟子阿那克托里亚将要结婚而新郎来迎接时的情景。诗的第一节描述了新郎在新娘面前经由视觉和听觉所感受到的无比的欢乐，而后三节则描写诗人自身在即将分别的弟子面前所产生的那种情深至极、依依难舍的感受。一个是迎娶新娘，一个是与弟子分别；一个是即将享有婚姻生活的幸福，一个则是将要忍受深情相别的苦痛，“像天神一样快乐逍遥”和“眼睛里只看见/死和发疯”形成截然相反的强烈对比，将新郎和诗人在这一特别时刻的两种迥然有别的心情抒发到了极致。诗中采用多种比喻，加之坦荡的内心表白，使得热烈的情感扑面而来，令人心怀涌荡，阅之难忘。

蜡 烛/卡瓦菲

我们未来的日子就像一排

点燃的小蜡烛伫立在我们面前——
金黄、温暖、而又活跃的小蜡烛。

逝去的日子留在我们后面，
一行燃尽的衰悼的蜡烛；
最接近的蜡烛还在冒烟，
冷却的蜡烛，溶化又弯曲。
我不想看着它们，它们的形态使我悲哀，
追忆它们最初的光芒也使我悲哀。
我向前看着我点燃的蜡烛。

我不想转过身去，以免我触目而战栗——
那一行昏暗的蜡烛多么迅速地变长，
那燃尽的蜡烛多么迅速地繁殖。

作者简介

卡瓦菲（1863~1933），现代希腊诗歌的创始人之一，生于埃及亚历山大的一个富裕的希腊家庭，而亚历山大也成为卡瓦菲一生的主要居住地。他的早期诗歌带有浪漫主义色彩，但在1896年，卡瓦菲完全否定了自己以前的作品，转向了现实主义的风格。卡瓦菲对于创作持有严肃的态度，一生只发表了200多首诗，而且都是短诗。在思想上，卡瓦菲是个怀疑主义者，常常对基督教和爱国主义、异性爱情等传统道德范畴表示嘲弄和否定。卡瓦菲的诗歌多抒发个人的情感而又时时展现着一种哲理，在题材上多涉及人们所熟悉的历史神话。他的诗有着独特的艺术风格，著名的希腊诗人埃利蒂斯称赞卡瓦菲“与艾略特并驾齐驱，从诗歌中消除了所有华而不实的东西，达到了结构简练和词语精确的完善境界”。

诗歌赏析

在诗歌中展示哲理是卡瓦菲的特长，在《蜡烛》这首诗中，卡瓦菲采用了蜡烛这一贴切的象喻来表达自己对于时间的过去与将来，对于人生的既逝与将有的深切而入微、温暖而又哀凄的敏锐感受。前面点燃着的小蜡烛金黄，温暖，而又活跃，后面燃灭的蜡烛则冷却，溶化，而又弯曲。前面欣欣燃着的蜡烛向人们昭示喜悦和希望，后面冷冷寂灭的蜡烛则引发人们的悲凉与哀悼。“追忆它们最初的光芒也使我悲哀”，回忆总是给人带来浓重的感伤，因为它面对的是业已逝去的、自己不复持有的生命组成，于是只有“向前看着我点燃的蜡烛”，尽管“我不想转过身去”，却阻止不了“那一行昏暗的蜡烛多么迅速地变长”“那燃尽的蜡烛多么迅速地繁殖”。这就是永不停息的人生的时光之流，亦是迅驰着的人的生命之流。它将人的生命引向终结，却也催迫着人们去思索该为自我这有限而迅然的生命之途赋予何种意义。

南风/塞菲利斯

海连接着西面的山脉，
南风从左边吹来，让我们发狂，
这阵风要剥开我们的皮肤。
我们的房子在松树与皂荚树之间。
大窗。巨大的桌子
可以写信，这些月来
我们写给你的信，填满了
我们之间的空隙。

清晨的星星，当你低垂下眼睑
我们的时间和季节

比伤口上涂的油
还甜，比口盖上的凉水
还要欣悦，比天鹅的羽毛
还要安然。你用空空的手
掌握着我们的生命
受过流亡的折磨后，
夜里我们站在白墙边
你的声音像温火的希望
传来，而风在我们的神经边
磨着尖利的剃刀。

我们每个人都对你写着同样的事情
每个人都在别人面前沉默，
每个人分别注视着同样的世界
注视着山脉上的
光和影，还有你。
谁会心里充满悲伤？
昨天下了一场暴雨，今天
天又阴郁。我们的思念
像昨天雨后的松针
堆在我们的门槛，如思想
建起松针的塔
瞬息就会崩溃。

耸立在我们面前的山岭，
把你藏在里面
但你躲不开礁岩的南风

这些被断送的村落中

谁会理会我们的遗忘的誓言

谁会接受我们在这个秋末的奉献？

作者简介

塞菲利斯（1900~1971），生于小亚细亚的斯弥尔城，14岁时随家迁至雅典，青年时代曾求学于巴黎和伦敦，受到西欧现代主义诗歌，特别是后期象征主义的影响。1922年，斯弥尔城被并入土耳其，这使塞菲利斯大受震动。塞菲利斯的一生中，充满了对希腊的爱和乡愁。这种深挚的情感也融入了他的诗歌中，由此产生了一批辉煌的诗篇，塞菲利斯也因之获得1963年的诺贝尔文学奖。第二次世界大战期间，塞菲利斯随政府流亡国外，这一时期，“流亡”也成为他的创作主题，塞菲利斯使用象征性的隐喻及多种艺术手法于诗歌中，有力地谴责了战争与毁灭，表达了深切的人道主义关怀。战后，塞菲利斯被任命为驻外大使，忙于外交活动，创作数量不多，却不乏精品。塞菲利斯的出现代表着希腊文学的复兴，20世纪30年代到60年代，塞菲利斯在希腊诗坛独领风骚，成就卓越，他的诗歌被认为是现代诗歌发展史上的一个新的转折点。

诗歌赏析

在“南风”的触发中，诗人感受到的是“发狂”，要“剥开”“皮肤”，那风，像“尖利的剃刀”，词语之中时时透射着一种犀利，让人感到有一股热血在偾张着。从诗人的话语中我们可以发现，这首诗的主题正是流亡与乡愁，诗中抒发的情感充满着甜蜜和痛楚的强烈冲撞，只因为那一种不可辞却的恨怨与哀愁。诗人流亡海外，却时时心望故乡，在强烈的思念和浓郁的悲伤之中，倾诉着一个流离他乡、故国难归的赤子心怀。那遥遥的故乡，虽然有大海把你阻隔，有山岭把你隐藏，可是你却隔不掉、躲不开那礁岩的南风，那不可阻绝的南风正是从诗人的心底吹来，那是携带着诗人的神经和寄托着诗人之思念的南风。

孤 寂/塞菲利斯

在我们之外，众物死去。

夜晚，无论你在何处散步，你听见
你听见细语般的声响，来自
你从未漫步的街道
你从未探访的房屋
你从未启开的窗户
你从未啜饮的河流
你从未扬帆的航船。

在我们之外，我们从未所知的树群死去
风穿过悠然消失的森林
动物死于无端的病因，飞鸟死于寂静的沉默
由于渐渐地遗弃，躯体慢慢地死去
与我们散开的衣裳一起葬于沉箱。
我们从未触摸的双手死于寂寞的孤独，
我们从未瞧见的梦幻死于无光的暗淡。
在我们之外，开始了死亡的孤寂。

诗歌赏析

“在我们之外，众物死去。”诗作开篇醒人，这单兀的一句自成一节，随后转而叙说“你”所“从未”经遇的那一切，第三节又将口吻转回“我们”这里，讲述的内容却依然是“我们”所“从未所知”“从未触摸”“从未瞧见”过的一切。“我们从未触摸的双手死于寂寞的孤独，我们从未瞧见的梦幻死于无光的暗淡。”这两句尤其警人。最末一句，“在我们之外，开始了死亡的孤寂”。悄悄回到了开篇，既是诗歌形式上的收束，也是诗歌意义上的总结。一切皆因我们所从未知道而死去，一切皆因我们所从未行动而失去了意义。诗人用多样的象征来表述了这样一个深刻的主题：一切于孤寂中死亡，一切死亡于孤寂。而这肃杀了万物的孤寂，正是源于人们消极的内心。读者也自然会联想到诗人在这种咒语的背后，是在昭示着什么，那是对于觉醒的呼唤，是对于追求的鼓舞。

单身汉之夜/里索斯

单身汉的房间里家具那么凄楚。
桌子是一头四足冻僵的牲畜，
椅子是一个在大雪覆盖的森林中迷路的孩子
沙发变成了被狂风吹倒在庭院里的又一棵秃秃的树。
然而用不了多久，在这里
一种圆形的、半透明的沉寂就会形成，
犹如渔船上玻璃底面的鱼舱，
而你痛苦地弯下腰伸入其中，
透过玻璃盯着透明发亮的大海深处
那些水晶，那些深绿色的裂缝，
那些奇异的海生植物，
死死地盯着玫瑰色的、冷漠而巨大的海鱼以及它们宽阔而华贵的动作
而你竟不知它们是在埋伏或在搜索，是在隐蔽或在做梦。
因为它们的眼睛睁得太大看起来仿佛紧闭。

归根结蒂这并不重要
难道还不够么，——它们的动作美丽而静止？

作者简介

里索斯（1909~1990），是当代希腊最为广泛阅读的大诗人，而且他的不少诗歌被谱曲传唱，影响越出国界。里索斯的诗歌笼罩着一种神秘而又忧郁的情绪氛围，这与他企图将现代诗风引人希腊传统的哀歌形式的创作尝试有关，而也许更多的是出于里索斯个人的悲惨遭际。里索斯命途多舛，母亲和兄弟都死于肺结核，父亲又染上了癫狂症，里索斯自身也因患肺结核而在疗养院中居住了数年，其后又因为参加“民族解放阵线”而被捕，在集中营中被关押了四年的时间。但是这些生活中的严重不幸并没有摧垮和削弱里索斯的意志，从他出版的五十多部诗集中我们可以看到他的创作力之旺盛。里索斯曾多次被列为诺贝尔文学奖的候选人，并且于1977年获得列宁奖金。

诗歌赏析

诗的首句指出了描写的空间——单身汉的房间，而“凄楚”一词则点明了全诗的格调。接下来的几行采取了奇特的比喻对单身汉房间里的家具进行形容，令那桌子、椅子和沙发无一不深深染上了单身汉的神韵，显出了冰冷、孤寂而又迷茫的感情色彩。表面上每一句的内容各有所指，实际上却每一句说的都是单身汉。诗人极为巧妙地运用了转喻的手法，寥寥数行，将一个凄凉、落寞而又怅惘的单身汉的心理表露得活灵活现。而接下来的比喻则尤为玄妙，将单身汉的内心感受进行了独特的外化，在一种朦胧、隐约，又奇异、陌生的情境中，单身汉的心情被渲染得淋漓尽致。而诗的结尾则更为含蓄，简捷的转折起到了对前面的情节进行深化的作用，而同时也留下了耐人寻味的余韵。

畅饮科林思的阳光/埃利蒂斯

畅饮科林思的阳光

细察大理石的遗迹
迈过葡萄园的海洋
用我的渔叉瞄准
逃开我的天赐的鱼儿
我发现了几片太阳的赞歌记颂的树叶
还有那欲望欢欣鼓舞急于要开拓的
充满生机的大地

我喝水，切开果实
双手伸进风的叶丛
柠檬树催快夏日的花粉
青鸟洞穿了我的梦
于是我离去了，两眼充满
无限的凝视——世界又回到复到
最初的、心灵渴求的美

诗歌赏析

科林思是希腊南部的一座古城，隐含着诗人对于古朴的充满自然之美的生活的向往。在首句中，诗人运用了通感的手法，表达了一种如饮如沐般的欢畅，而下面的一系列活动紧承首句，叙说一个如此满蕴着自然之美好的地方给自己带来的纵情的欢乐。诗的第二节继续写诗人与大自然的亲切接触，而由“柠檬树催快夏日的花粉”“青鸟洞穿了我的梦”这两句来过渡，引出诗人在一番别样的欢乐之后满怀着依恋离去。末句点出诗人那“最初的、心灵渴求的美”，将诗人的美好心灵与明朗美丽的大自然融合在一起。全诗洋溢着清澈和明丽，令人阅读起来如同饮一泓清洌甘甜的山泉。

我们整天在田野散步 /埃利蒂斯

我们整天在田野散步
同我们的女人、孩子和狗
我们游戏、唱歌
喝饮那源远流长照样清新的水
在下午我们静坐片刻
深深望进对方的眼睛
一只蝴蝶自胸中飞起
它的洁净胜过
我们梦尖上的白色小枝
我们知道它再不会消失
它已经完全不记得前身曾是蠕虫缓缓爬行

在夜晚我们生起一堆火
围着火我们唱：
火啊可爱的火啊不要怜悯火柴
火啊可爱的火啊不要变成灰
火啊可爱的火啊燃烧我们
为我们诉说生命。
是我们诉说生命，我们牵着她的手
我们望进她的眼睛也被她回望
如果这是让我们陶醉的一个有吸引力的人。
我们认识
如果这是令我们痛苦的不幸，我们受过
是我们诉说生命，我们向前去

并向生命候鸟说声再会
我们继承美好的祖先。

诗歌赏析

这首诗同前面的一首《畅饮科林思的阳光》一样，充满着自然之美的欢畅，也体现了超现实主义崇尚原始、回归自然的思想宗旨。整首诗是完全的自然色调，没有一丝现代色彩的侵染，正如诗中所说：“源远流长照样清新的水”。诗的情感明朗而纯粹，毫不做作，亦无所掩饰，原始，朴实，却是无忧无虑，一切源自天机，人与人之间只有深深望进对方的眼睛，而即使瞧着火的眼睛，“也被她回望”。这种充溢着淳朴的情感而又与自然和谐相处亲密无间的生活世界无疑会勾起当代人们的倾心和神往。诗人是在进行着一种召唤，也怀着这样一种深深的瞩望：“我们继承美好的祖先”之后，应当拥有和塑造我们美好的生活。

我不再知道有夜/埃利蒂斯

我不再知道有夜，这死的可怕虚无
一列星的船队停泊在我心的海港
啊启明星，哨兵，你可以闪耀
在海岛上面天蓝色微风旁边
在它的岩礁顶上梦想我宣布黎明
我的双眼倾注你扬帆
并拥抱我真心的星：我不再知道有夜
我不再知道那拒绝我的世界的众多名目
我清楚地辨认贝壳、树叶和星星
在天的路上我的怨恨已属多余
除非有一个梦再窥视我

当我带泪走在不朽的海边上
啊启明星，在你金色火焰的弧光下
我不再知道有夜，夜只是夜罢了

诗歌赏析

这首诗委婉地表达了诗人对于光明的向往与歌颂和对黑暗的否定与拒绝。“我不再知道有夜”，这既是对于夜的抗拒，也是对于夜的藐视。而这“夜”所象征的正是首句所点明的：“这死的可怕虚无”。诗人以“船队”和“启明星”来表达自己内心真诚而又深挚的追寻和期愿。“倾注”和“拥抱”这种热情的字眼充分地表露出诗人的瞩望之殷切、情感之厚重。诗的中间，对主题句进行重复：“我不再知道有夜”，既是对开篇题旨的照应，又引出后面思绪和情感的倾述。结尾一行再次以主题句相回应，使诗歌形成了一个闭合的结构。最后一句“夜只是夜罢了”，表明诗人内心的愤懑已经获得解脱，经过这一番心灵的探寻和情感的抒发，心境已经变得豁然。

观　察/萨托里斯

偷窃阳光的贼
他们从没有见过嫩绿的新枝
他们从没有触碰过燃烧的嘴唇
他们不知道天空的色彩
在上了锁的黑暗房间里
他们不知道自己是否将死去
他们暗中潜伏
戴着黑色的面具背着沉甸甸的望远镜
藏着虱子的脏口袋揣着星星
他们手里拿着胆小鬼的石块

为了光亮他们潜伏在别的行星上

让他们死去吧

让我们判断春天根据春天的快乐
根据每一枚花朵的色彩
根据第一只手的爱抚
根据每一个吻的颤栗

作者简介

萨托里斯，生于1919年，希腊当代创作相当丰富的诗人，诗歌创作的初期崇奉超现实主义，后来进入创作成熟期，形成了自己的风格，在诗作中倾向于追求一种具有简洁特色的抒情性和戏剧性。萨托里斯认为诗歌“是一面自我的镜子，而我所看到的一切都是通过手中的另一面镜子反映出来的。我将这两面镜子都摔得粉碎，然后再将碎片拼成我的俄尔甫斯神像，真正的诗——我的生命——就反映在这两面镜子中”。

诗歌赏析

这是一首具有超现实主义特点的诗歌，诗中体现了梦幻与非理性的色彩，诗的内容表达极其隐晦，不易进行清晰化的解读。诗的第一个句子，“偷窃阳光的贼”，就令读者莫知其解，而后面的一系列跳跃性极大的排比句也是难以寻出确切的意指，但是似乎一个统一的形象却在逐渐地呈现出来。而接下来诗人跳开一步，掷出了有力的吼声——“让他们死去吧”。通过前面诗人对于“他们”充满厌恶感的描述，加上这句毫不留情的诅咒，或许我们可以将“他们”理解为卑怯、猥琐、懈怠、麻木、无知等生活中的一切消极负面因素的动作化了的喻指。而在对“他们”的诅咒之后，则紧承对“我们”的肯定和颂扬，格调完全扭转到了另一面，句句含带着欢欣和快意。从中可以体悟到诗人爱憎鲜明的生活态度。

古罗马 意大利

牧 歌（其四）/维吉尔

让我们唱些雄壮些的歌调，西西里的女神，
荆榛和低微的柽柳并不能感动所有的人，
要是还歌唱山林，也让它和都护名号相称。
现在到了库玛谶语里所谓最后的日子，
伟大的世纪的运行又要重新开始，
处女星已经回来，又回到沙屯的统治，
从高高的天上新的一代已经降临，
在他生时，黑铁时代就已经终停，
在整个世界又出现黄金的新人。
圣洁的露吉娜，你的阿波罗今已为主。
这个光荣的时代要开始，正当你为都护，
波里奥啊，伟大的岁月正在运行初度。
在你的领导下，我们的罪恶的残余痕迹
都要消除，大地从长期的恐怖中获得解脱。
他将过神的生活，英雄们和天神他都会看见，
他自己也将要被人看见在他们中间，
他要统治着祖先圣德所致太平的世界。
孩子，为了你那大地不用人力来栽，
首先要长出那蔓延的常春藤和狐指草，

还有那埃及豆和那含笑的莨苕；
充满了奶的羊群将会得自己回家，
巨大的狮子牲口也不必再害怕，
你的摇篮也要开放花朵来将你抚抱，
蛇虺将都死亡，不再有骗人的毒草，
东方的豆蔻也将在各地生得很好。
当你长大能读英雄颂歌和祖先事迹，
当你开始能够了解道德的意义，
那田野将要逐渐为柔穗所染黄，
紫熟的葡萄将悬挂在野生的荆棘上，
坚实的栎树也将流出甘露琼浆。
但是往日的罪恶的遗迹那时还有余存，
人还要乘船破浪，用高墙围起城镇，
人也还要把田地犁成一道道深沟，
还要有提菲斯，还要有阿戈的巨舟，
载去英雄的精锐，还要有新的战争，
还要有英雄阿喀琉斯作特洛伊的远征。
但当坚实的年代使你长大成人的时候，
航海的人将离开海，那枯木的船艘
将不再运货，土地将供应一切东西，
葡萄将不需镰刀，田畴将不需锄犁，
那时健壮的农夫将从耕牛上把轭拿开；
羊毛也不要染上种种假造的颜色，
草原上的羊群自己就会得改变色彩，
或者变成柔和的深紫，或鲜艳的黄蓝，
吃草的幼羔也会得自己带上朱斑。
现在司命神女根据命运的不变意志，

对她们的织梭说："奔驰吧，伟大的日子。"
时间就要到了，走向伟大的荣誉，
天神的骄子啊，你，上帝的苗裔，
看呀，那摇摆的世界负着苍穹，
看大地和海洋和深远的天空，
看万物怎样为未来的岁月欢唱，
我希望我生命的终尾可以延长，
有足够的精力来传述你的功绩，
色雷斯的俄耳甫的诗歌也不能相比，
林努斯也比不过，即使有他父母在旁，
嘉流贝帮助前者，后者美容的阿波罗帮忙，
甚至山神以阿卡狄为评判和我竞赛，
就是山神以阿卡狄为评判也要失败；
小孩子呀，你要开始以笑认你的生母。
（十个月的长时间曾使母亲疲乏受苦），
开始笑吧，孩子，要不以笑容对你的双亲，
就不配与天神同餐，与神女同寝。

作者简介

普布里乌斯·维吉尔·马洛（公元前70~前19），古罗马诗人。幼年时的农村生活对维吉尔以后的文学创作产生了很大影响。在家乡受过基础教育后，维吉尔去了南意大利，攻读哲学及数学、医学，回到家乡后开始从事诗歌创作。当他的成名作品《牧歌》取得成功后，受到了恺撒大帝甥孙屋大维的赞赏和维护。维吉尔晚年创作了大型史诗《埃涅阿斯纪》。

诗歌赏析

古罗马诗人维吉尔生于阿尔卑斯山南高卢曼图亚附近的安得斯村，在家乡受过基础教育后，去罗马和南意大利攻读哲学及数学、医学，约公元前44年回到故乡，一面务农，一面从事诗歌创作，他是古罗马奥古斯都时期最重要的诗人，乡村的田园生活是他创作田园诗的重要依据。牧歌（一称田园诗）始见于公元前3世纪时的亚历山大诗歌，代表诗人是特奥克里托斯，约在公元前1世纪传入罗马。维吉尔第一部公开发表的诗集《牧歌》共收诗10首，其中的各首诗具体写作年代不详。维吉尔的牧歌主要是虚构一些牧人的生活和爱情，通过对话或对唱，抒发田园之乐，有时也涉及一些政治问题。在牧歌中，诗人描述的是人与神和谐共处的美好的家园，这里风光优美，生活和平而宁静，人们安居乐业，生活富足。这些，都是神灵的庇佑，所以诗人的歌唱从对神的赞美开始："伟大的世纪的运行又要重新开始，处女星已经回来，又回到沙屯的统治，从高高的天上新的一代已经降临，在他生时，黑铁时代就已经终停，在整个世界又出现黄金的新人。"诗人所热情歌颂的正是这样的新人和新的时代，一个新的正在运行的纪元，人们生活在天赐的乐园里，一切好的东西都在旺盛地生长，一切坏的东西都就此死亡。维吉尔的语言非常壮观优美，极富民族特色和音乐性，在情绪上舒缓起伏，韵律优美动人，内涵博大而深远："天神的骄子啊，你，上帝的苗裔，看呀，那摇摆的世界负着苍穹，看大地和海洋和深远的天空，看万物怎样为未来的岁月欢唱。"所有这些诗句都是非博大的学识、高贵的气质和天赋的才华所不能得的。

纪念碑/贺拉斯

我建造了一座纪念碑，它比青铜

更坚牢，比王家的金字塔更巍峨，

无论是风雨的侵蚀，北风的肆虐，

或是光阴的不尽流逝，岁月的

滚滚轮回都不能把它摧毁。
我不会完全死去，我的许多部分
将会逃脱死亡的洗劫而继续存在，
人们的称誉使我永远充满生机，
只要卡皮托利的祭祀和贞尼
仍去献祭。我将会一直被人怀念，
在狂暴的奥菲杜斯河喧闹的地方，
在惜水的道努斯统治的乡人之间。

出身低微的我首先给意大利音韵
引来伊奥尼亚格律，诗歌的女神啊，
请接受由你襄助而得来的这一荣誉，
慈祥地给我戴上得尔福月桂花冠。

作者简介

贺拉斯（公元前65~前8），古罗马文艺理论家和诗人。他的父亲虽是一个被释放的奴隶，却给贺拉斯提供了力所能及的教育，贺拉斯亦曾到罗马和雅典求学。公元前44年，贺拉斯参加了共和派的军队，在战争惨败后财产遭到了没收，贺拉斯被迫在贫穷中进行诗歌创作。后来贺拉斯结识著名诗人维吉尔，被维吉尔引荐到奥古斯都的亲信马凯纳斯的门下，贺拉斯因此受赠一座庄园，从此改变了生活状况。贺拉斯认为诗歌的作用应当是秉承神的旨意来指导人生，他最早地提出了“寓教于乐”的主张，将文艺的教育功能与审美功能结合起来。在创作中，贺拉斯注重诗歌结构的整体效果，提倡创新，但是要求创新的尺度不要超过“习惯”的接受范畴。贺拉斯的诗歌创作内容丰富，涵盖了爱情诗、田园诗、讽刺诗、政论诗等多种题材，而以抒情诗为主，在描写个人经历、抒发个人情怀的同时，也广阔地展示了诗人所生活的那个时代和社会。贺拉斯还根据自身丰富的创作实践，写出了影响深远的文艺理论名作《诗艺》。

诗歌赏析

贺拉斯对自己的艺术才能满怀自信，在这首主题严肃的颂歌体诗中，他不仅将自己的文字比作纪念碑，而且也将其与青铜和王家的金字塔相比，比之“更坚牢”“更巍峨”，因为“人们的称誉使我永远充满生机”。贺拉斯也确实做到了这一点，他的诗作流越千古仍闪耀着熠人的光辉，贺拉斯是不朽的，他自己亲手建立起来的“纪念碑”将永远巍然屹立。贺拉斯出身社会底层，通过优秀的创作才能而改变了自身的地位，贺拉斯因此也对自己的诗作充满了骄傲之情。19世纪的尼采曾对贺拉斯给予了这样的赞誉：“在我第一次接触贺拉斯的时候，我忘掉了世上其他的一切。至今我在任何诗人那里都未曾感受到初读贺拉斯的抒情诗时那种精微深湛的喜悦……这种文字的镶嵌细工，其中每个字无论声响、位置还是内容都向左右迸发出力量，且震荡于全篇之中；这种最低限量使用的符号，却达到符号之最高的表现力。”这充分说明了贺拉斯的诗歌所取得的高度艺术成就。

谁能从女人群中见到我的女郎/但丁

谁能从女人群中见到我的女郎，
他就能完美地享受一切福分，
任何女人只要在她的身旁，
就能沾她之光而感谢天恩。
她的美艳魅力无穷，不同凡响，
别的女人不但不存嫉妒之心，
反而使她们变得贤淑温良，
还对人们怀着信任和深情。

她露脸处，人们都恭顺谦虚，

她不但自己一个儿惹人喜爱
而且使每个同伴都受人青睐。
她的举止显出多么娴雅的风度，
谁不能把这点牢牢记在心怀，
就不配伸手把爱情之花采摘。

作者简介

但丁·阿利基埃里（1265~1321），意大利伟大的诗人、文学家、文艺复兴的先驱，被恩格斯誉为“中世纪的最后一位诗人，同时又是新时代的最初一位诗人”。

但丁出身于佛罗伦萨一个没落贵族家庭，1302年，被罗马教廷的反动势力放逐，最后死于拉韦纳。但丁一生著作甚丰，《神曲》是其代表作。除《神曲》外，《新生》《论俗语》《飨宴》及《诗集》等也是不朽的名作。但丁的很多作品都大胆地谴责了教皇和教士的专横贪婪，反映了中世纪后期意大利的社会矛盾，表露了人文主义思想，具有很高的研究价值。

诗歌赏析

贝雅特丽齐（《神曲》中的重要出场人物之一，曾经是但丁的恋人）的身上寄予了但丁一生的美的颂赞，而但丁也在这真情历历的诗篇中唱响了一个新时代即将来临的赞歌。但丁以其卓越的艺术才华，总结了一个时代，又开启了另一新的时代。在这两段诗中，但丁对“我的女郎”的赞美达到了一种极致。“谁能从女人群中见到我的女郎，他就能完美地享受一切福分。”这两句诗写的正是但丁自身的真切感受。平常的人们可能体验不到那种极限一般的感受，但是却可以从诗中对那种升华到了最高点的爱情来进行一种深情而美好的想往。但丁对“我的女郎”之赞美的特别之处在于，她不仅自身美艳无限，魅力无穷，而且光彩映人，惠及友众，使所有见到她的人都会变得贤淑和善，由此道出了女郎之美对人心之感化的神奇力量。这当然有但丁艺术上的夸张成分，但是读者却不得不对那种具有膺服人心之神魅的，人间至真至善的美与爱表示由衷的钦赞！

爱的印迹/彼特拉克

假如，天真的心灵，一往情深，
柔和的温馨，礼貌地克制的欲望，
美好的意愿，闪射着圣火的光芒，
黑暗的曲径上不断延伸的旅行；

假如，额头上显露出一种思忖，
无力的话语，破碎的叹息悠长，
被恐惧和羞涩困扰；假如，脸庞
不如苍白的紫罗兰，不见红润；

假如，对他人关切胜过自己，
假如，永远沉溺于叹息和哀伤，
假如，咀嚼着痛苦、愤怒和悲戚，

假如，燃烧在远处，冰冻在近旁，——
那末，这就是我刻骨的爱的印迹，
姑娘呵，看你的过失，我的绝望！

（屠岸 译）

作者简介

彼特拉克（1304~1374），意大利诗人、学者，欧洲文艺复兴的先驱，与但丁和薄伽丘并称为佛罗伦萨文艺复兴前期的三杰。

彼特拉克自幼随父亲流亡法国，在普罗旺斯地区旅居多年，在父亲意志的影响下，先后在法国和意大利学习法律，并且做过神甫。在出入于宫廷、教会之间，彼特拉克提出以“人的思想”代替“神的思想”，由此被誉为

“人文主义之父”。后来彼特拉克出于自身的喜好和志趣，专心从事文艺活动。

彼特拉克在情感上有着与但丁相似的遭遇。1327年，彼特拉克初遇少女劳拉，两人一见钟情，但是两人并没有能够结合，后来劳拉嫁给一位骑士，并且于青春之年死于瘟疫。

彼特拉克为劳拉写了许多情诗，与但丁不同的是，彼特拉克并没有将对美的悲悼转向赞颂，而是久久地沉浸于悲伤之中，这也为他的诗作赋予了有别于但丁的另一种挚切哀婉的色彩。

彼特拉克对欧洲抒情诗歌的发展和十四行诗体的成熟做出了卓越的贡献，有“桂冠诗人”的称号。

诗歌赏析

这是一首倾注了诗人深切情感的十四行诗。诗中的话语柔和而又缠绵，寄托着诗人无尽的情思，忧伤，悲戚，乃至绝望。这一片赤诚的爱情，生发于天真的心地，无比地纯洁和美好，只是这种爱不能够实现，而只能化作诗人心中破碎的叹息和默默的悲戚。在情感的燃烧与现实的冰冻之间，这刻骨的爱，灼人心曲，令人闻之垂泪，思之断肠。这是对爱情火热的讴歌，从彼特拉克那里，已寻不到对于神的赞许，而表达的完全是人的情感世界，抒发的是对至美之人情的颂歌。

我形单影只/彼特拉克

我形单影只，思绪万千，
在最荒凉的野地漫步徘徊。
我满怀戒备，小心避开，
一切印有人的足迹的地点。
我找不到其他屏障遮掩，

能把我和群集的人们隔开。
因为人们透过我忧愁的神态，
一眼就能看穿我内心的烈焰。
如今啊，尽管我避人耳目，
海岸和山地，森林和流水，
对我生命的真旨已无不洞悉。

但我却找不到如此荒野的路，
使得爱神也不能把我追随，
并整日里与我辩论不息。

（飞白 译）

诗歌赏析

诗的第一节，展露了一个满腹思绪的茕茕孑立的孤独者形象。“我满怀戒备”，要“小心避开，一切印有人的足迹的地点”。诗人因何要如此执意地避开人群？第二节继续写着“我”努力的回避，而“我”要寻找这种遮蔽，正是“因为人们透过我忧愁的神态”“一眼就能看穿内心的烈焰”。下面的一节，诗人更进一步地指出，“尽管我避人耳目”，但是这“海岸和山地，森林和流水”“对我生命的真旨已无不洞悉”，在最后一节的表述中，“我”努力的结果是终究找不到避开爱神的办法。到此，诗篇的题旨已经完全明朗，原来诗人所苦苦追寻的逃避，正是那逃不脱的爱神的袭扰。每一个陷入爱情的人，不论他做什么样的遮掩，却都是会被人们透过那外在的神态看穿。在深受情感的折磨中，轻扬着恼人的忧愁，这不仅是诗人一己的感受，也是处于如此爱情旋涡中的一类人所共有的表达。彼特拉克在对自我心态与情感进行详致描摹和抒发的同时，也开创了人文主义艺术兴起的新纪元。

波浪在喃喃细语 /塔索

波浪在喃喃细语，树丛
里的枝叶飘荡在晨风中。
绿油油的树枝上，
迷人的鸟儿柔声歌唱。
嫣然含笑的是东方，
它已出现了熹微的曙光；
曙光反射在海洋上，
天色一片晴朗。
薄霜在田野上撒下了珍珠
也为高山披上金服。
晨曦多么美艳动人！
你的使者是清风，
你也为清风带来了芳香。
它使每一颗干涸的心重见光芒。

（钱鸿嘉 译）

诗歌赏析

这是一首绝美的抒情诗，描写了清晨海边的风光，清朗、明媚，一切如画般美丽，如歌般动人，给人以无比的舒畅和怡悦。这就是最美的自然，而能够尽情领略这自然之美好的，只能是同样灵澈而清湛的心灵。美好的自然景色，“使每一颗干涸的心重见光芒”，这是自然对人心的陶冶和涤荡。而反过来，人的心灵不也正是可以为大自然赋予这美好的灵韵吗？正所谓情景相映，内外互生，自然的美景，也可以看作是诗人心灵—— 一切纯真的心灵之美好的外在写照。

无 限/莱奥帕尔迪

这荒僻的山冈
对于我总是那么亲切，
篱笆遮住我的目光
使我难以望尽遥远的地平线。
我安坐在山冈
从篱笆上眺望无限的空间，
坠落超脱尘世的寂静
与无比深沉的安宁；
在这里，我的心几乎惶惶不安。
倾听草木间轻风喁喁细诉，
幽微的风声衬托无限的寂静；
我于是想起了永恒，
同那逝去的季节，
生气盎然的岁月，它的乐音。
我的思绪就这样
沉落在这无穷无尽的天宇；
在这无限的海洋中沉没
该是多么甜蜜。

（吕同六 译）

作者简介

莱奥帕尔迪（1798~1837），意大利19世纪的浪漫主义诗人、散文家，生于一个家道中落的贵族家庭，自幼苦读，过度的劳累使他的健康遭受了严重的摧残，痛苦的眼疾致使莱奥帕尔迪几乎失明，而疾病的折磨也终导致了莱奥帕尔迪的英年早逝。莱奥帕尔迪的诗作，饱含着浓烈的爱国主义激情，充满追求民族独立和自由的精神，又因为目睹民族复兴运动所遭遇的严重挫折而带有忧伤和悲观的情调。1829年，莱奥帕尔迪健康状况恶化，他的诗歌中更是充满了极度的黯淡和幽哀。在他晚期的诗作中，反映了莱奥帕尔迪痛苦之下的凝虑和沉思，风格尤显忧重沉郁，传达出一种震撼人心的矛盾和感怀的情绪。莱奥帕尔迪继承了意大利文艺复兴抒情诗的优美传统，诗歌语言清丽朴素，格律自由多变，形象鲜明生动，情感细腻饱满。莱奥帕尔迪开创了意大利自由抒情体诗的先河，他的诗作以其杰出的艺术成就深深地影响了意大利现代诗歌的发展。

诗歌赏析

这首短诗作于1819年，是莱奥帕尔迪备受称誉、流传最广的一首诗，迄今已被译成数十种文字，有上百种译文。在这首诗中，诗人抒发了对自然之无限与永恒的感悟，而在这种感悟中也处处表达了自己对于自然的亲密之情和对于生活的热爱之心。诗歌语言清丽而幽微，情感细腻而充沛，体现着莱奥帕尔迪典型的风格。该诗产生于诗人创作的早期，还未染上而后那种越来越悲郁的色彩，在这首诗中，隐隐展露的只是诗人于恬淡的生活之中那一缕轻渺的愁绪。

初衷/卡尔杜齐

瞧，从冬天懒散的怀抱里
　　春天又一次升起：
裸露在冰冷的空气中
　　哆嗦着，犹如忍受着痛疾，
看，拉拉奇，那闪闪发光的，
　　可是太阳眼里的泪滴？

花儿从雪床中醒来，
　　怀着极大的惊惶：
急切的目光朝向天空，
　　然而，比惊惶更多的是渴望，
哦，拉拉奇，一些美好的回忆，
　　确实在那里闪着异光。

盖着皑皑的冬雪，
　　他们沉睡在甜梦里，
睡梦中看到了露珠晶莹的黎明，
　　看到了夏日阳光普照大地，
还有你那明亮的眼睛，哦，拉拉奇，
　　难道这梦不是一种预示？

今天我的心在梦中酣睡，
　　悠悠遐思飞向哪里？
紧挨着你美丽的脸庞，春天和我，
　　站在一起微笑；然而，拉拉奇，
哪里来的这么多眼泪？
难道春天也感到了暮年的悲凄？

（郑利平 译）

诗歌赏析

记忆总是给人带来别样的温馨，而美好的记忆尤其让人陶醉，三如诗中所说，“一些美好的回忆”“在那里闪着异光”。身在暮年的卡尔杜齐对往昔芳华时节的美丽爱情投以深情的一瞥，记忆的海洋里诞现了那感人至深的一幕。冬去春来，乍暖还寒，花儿跃雪，露儿晶莹，晴光普照，遐思飞扬，“拉拉奇”“拉拉奇”，那一声声真切的呼唤，似近犹远，若真如幻。一切的一切，都只存在于诗人那梦的田园，忆的庭院。跟踪着那记忆的旋律，诗作一行行羞涩地展现，在那优美的语言和严整的格律之间，全篇回荡着诗人的一往深情。在诗的末尾，“难道春天也感到了暮年的悲凄？”将记忆和现实相连通，而又道出了一声慨切的悲叹。

古老的挽歌 /卡尔杜齐

你曾伸过婴儿般小手的
那株树木
鲜艳的红花盛开着的
绿色的石榴树

在那荒芜静寂的果园里
刚才又披上一抹新绿
六月给它恢复了
光和热
你，我那受尽摧残的
枯树之花
你，我那无用的生命的
最后独一无二的花

你在冷冰冰的土地里
你在漆黑的土地里
太阳不能再使你欢愉
爱情也不能唤醒你

（钱鸿嘉 译）

诗歌赏析

这是一首以挽歌为主题的诗作，诗的前两节出现的“鲜艳的红花”和“绿色的石榴树”与那“光和热”，和后面两节的“枯树之花”“无厌的生命”，“冷冰冰”和“漆黑的土地”，形成了鲜明的对比，在这种对映与比照中，诗人唱出了一首悲凄的挽歌，“最后”与“独一无二”更加深加重了这挽歌的悲情，以至于连“太阳也不能再使你欢愉”，连“爱情也不能唤醒你”，表达的情感近乎哀绝。诗人采用一系列色调明烈的事物作象征，将这种思幽怀古的悲悼之情进行了一番透彻的抒发，取得了非同寻常的艺术效果。

夏日谣曲/邓南遮

微风拍着羽翅，
在柔嫩的沙子上
飒飒地写下迷离的文字。

微风向洁白的河堤
吐出低低切切的絮语，
盈盈秋波传递。
太阳落进了西山，
无限的音籁，阴影与光彩
自由嬉戏在你的温存的两腮。

海滩的宽阔、干枯的脸庞，
好像漾出了你的惝恍
奇妙的浅笑，万千模样。

（吕同六 译）

作者简介

邓南遮（1863~1938），19世纪下半叶和20世纪上半叶意大利杰出的诗人、小说家和戏剧家，出生于意大利中部佩斯卡拉的一个富裕家庭，早年生活挥霍。1881年，邓南遮进入罗马大学文学系学习，广泛结交了新闻界和文艺界的名流。1916年，邓南遮在第一次世界大战中驾驶飞机执行一次军事任务时受伤，导致一只眼睛失明。墨索里尼执政后，邓南遮与其建立私交，并于1937年出任意大利科学院院长。邓南遮自幼喜好文艺，当自己的第一部诗集《初春》于1879年问世的时候，他还是一个中学生。邓南遮的诗作深受法国高蹈派诗歌和象征主义诗歌的影响，并且模仿过卡尔杜齐，早期宗法现实主义，后来则有唯美主义和颓废主义的倾向。他的诗歌文笔柔美，手法新颖，多表现直觉的意象，有个人独到的创造，特别是他对自然景观所进行的描写，达到了物我合一的境界。邓南遮的创作深深地影响了意大利现代的文学和语言。

诗歌赏析

这是邓南遮的一首著名的抒情诗，其语言之雅致，音韵之优美，堪称典范。阅读这首诗，就如同欣赏一幅清美的图画，就好像聆听一支动人的乐曲，令人心境格外地清朗，精神极其地怡悦。诗人妙用比喻，将拂于微风之下，沐于夕阳之中的夏日海滩的旖旎风光描画得无限美丽，五光十色，千声万籁，无不楚楚动人，尽态极妍。诗歌的语词清雅而富有灵气，韵式整齐而兼具灵活，显示了邓南遮描绘自然风光的卓越本领和抒情的非凡才能，也让人实实在在地感受到邓南遮的诗歌已经达到了一种艺术上的极致境界。

时间与空间/马里内蒂

啊，时间！

我要向你发起攻击，
斩断你的翅翼，
窒息你的时针哮喘的声音！
时间，空间，
你们是世界的唯一主宰
我向你们宣战，
向你们反叛！

啊，空间！
你用这布满
山峦、田野和城市的
弯弯曲曲的地平线，
像绞索一般
套住我的脖颈，
从绞索
到颤动的脖颈的空隙，
就是你赐给我的全部自由！
我命令你，空间，
立即松开绞索，
松开，再松开，
直到它断裂！

你，可诅咒的时间，
也快快松开
罪恶的绞索，
停止
扼杀我的行动，

抛弃
控制和窒息我的生命的勾当。

时间！空间！
如果我在十秒的瞬间
横越这辽阔的地球，
哈哈，你们必定脸色蜡黄，
你们千年强权统治的基石
将在你们脚下
发出索索颤抖的哭泣。

你们，听着，
我的发动机
有着惊人的速度。
你们理应知道，
所有的公里并不一般长，
有的公里三百公尺，
有的——八百公尺；
有的钟点迅如闪电
有的钟点酣睡沉沉。
一切都缺乏秩序和精确！
我，一个强者，
能够使一个钟点
具有一个星期的生命，
或者，把钟点
像柠檬一般
紧紧捏在坚硬的手心里，

挤出一刻钟的
乳汁！

时间！空间！
你们将被力量所突破！
让时间、空间
向隅而泣吧！

（吕同六 译）

作者简介

费里波·托马索·马里内蒂（1876~1944），意大利未来主义运动的创始人，同时也是未来主义诗人。出生于埃及，青年时代在巴黎学习。1898年，马里内蒂发表自由诗《老海员》，从此开始了文学创作。第一次世界大战期间，马里内蒂鼓吹帝国主义战争，并参与法西斯党的活动，但最终因感到失望而退出。他的文艺理论和作品影响了很多作家，如英国小说家劳伦斯、法国诗人阿波利奈尔、美国诗人庞德和苏联诗人马雅可夫斯基等。《在赛车上》是马里内蒂未来主义诗歌的典型作品。

诗歌赏析

意大利未来主义的创始人、理论家和诗人马里内蒂早年曾深受法国现代派诗歌，尤其是象征主义诗歌的影响，到后来他强调诗歌技巧的革新、倡导写作“自由诗”，只遵循一定的逻辑或音乐的节奏，而不受固定的韵律模式的约束。未来主义诗歌的主体多歌颂现代城市生活和工业文明，强调一种急促的节奏，对科技带来的生活变化给与热切的赞美和崇拜。《时间与空间》充分体现了上述特点，从语言风格上来看，诗人的文笔狂放，节奏非常急促，正如工业的节奏一般，从主题上来看，诗人表明要战胜的是时间和空间，这两个都是物理的概念，也可以说是自然的本质。诗人用激情的语调所表达的是其战胜和控制宇宙自然的野心：“啊，时间！我要向你发起攻击，斩断你的翅翼，窒息你的时针哮喘的声音”“我向你们宣战，向你们反叛”“我命令你，空间，立即松开绞索，松开，再松开，直到它断裂！”而诗人在热烈地赞扬工业文明的时候这样说：“如果我在十秒的瞬间/横越这辽阔的地球，哈哈，你们必定脸色蜡黄，你们千年强权统治的基石/将在你们的脚下/发出索索颤抖的哭泣”“你们，听着，我的发动机/有着惊人的速度。你们理应知道，所有的公里并不一般长，有的公里三百公尺，有的——八百公尺；有的钟点迅如闪电/有的钟点酣睡沉沉。”作为未来派的核心一员，马里内蒂对现代工业文明确实抱有一种狂热的态度，这与人们发现科技进步的惊人力量以及其创造的种种奇迹不无关系。

秋天的花园/坎帕纳

永别了，魅影重重的花园，
饰有绿色花环的
无声的桂冠，
秋天的土地！
远方的生活，
向荒凉不毛的山坡，
用粗犷嘈杂的声音呼喊，
山坡在落日的余辉下
染上刺眼的红光。
生活又向垂死的夕阳呼喊，
夕阳使花坛沾上了血液。
令人肠断的号角声。
隐约可闻，河流
在镶金的沙滩上
消失；在一片寂静中，

一些白色的雕像
在桥头转角处巍然屹立——
过去的一切都成为陈迹。
远处，静寂像一支
温柔而庄严合唱曲
喘息着，高高地
飘上我的阳台；
在桂冠的气味里，在桂冠
苦涩而枯朽的气味里
在夕阳掩映下的
不朽的雕像中间，
她的倩影
却在我面前出现。

（钱鸿嘉 译）

作者简介

坎帕纳（1885~1932），意大利诗人，生于佛罗伦萨附近的马拉迪，少年时曾求学于都灵，1903年进入博洛尼亚大学学习化学，并且在读大学时期开始写诗。坎帕纳喜好旅行，曾遍游欧洲和南美洲。坎帕纳有神经质的倾向，性格怪僻，遭际坎坷，曾身陷囹圄，并且因患有精神疾病两度进入精神病院。1918年直到去世之间的十几年里，坎帕纳一直住在疯人院。坎帕纳是意大利“隐逸派”诗歌的先驱，诗歌的内容多为抒发个人瞬间的感受，描写片断的自然风光，表达潜隐微妙的情绪。他的诗歌在风格和形式方面都实现了对于传统样式的突破，对意大利现代诗歌的发展与革新起到了重要作用。

诗歌赏析

这是一首描写沐浴在“落日的余晖”之中的秋天的花园之景象的诗篇，描绘的情景并不特别，但是表达的方式却尤为新颖别致。诗人将自己在夕阳时分因由秋季花园静物的触发而瞬间生发的独特感受，借用一系列粗砺的景象和声音展现出来，同时用了多样巧妙的比喻，获得了十足的艺术效果。“刺眼的红光”“垂死的夕阳”“镀金的沙滩”“白色的雕像”，都是一幅幅会给人带来一种震撼式感受的画面，而“夕阳使花坛沾上了血液”这一比喻给人的感觉尤其鲜明，会给人一种由视觉到心理的强烈触动。诗人幽隐的心怀似露还藏，全都掩映在那“魅影重重的花园”之中。

我是谁/帕拉采斯基

我，或许是一名诗人？
不，当然不是。
我的心灵之笔
仅仅描写一个奇怪的字眼——
“疯狂”。

我，也许是一名画家？
不，也不是。
我的心灵的画布
仅仅反映一种色彩——
“忧愁”。

那么，我是一名音乐家？
同样不是。
我心灵的键盘
仅仅只弹奏一个音符——
“悲哀”。

我……究竟是谁？
我把一片放大镜
置于我的心灵前
请世人把他细细地
察看。

我是谁？
——我的心灵驱使的小丑。

作者简介

阿尔多·帕拉采斯基（1885~1974），意大利左翼未来主义著名诗人，他的代表作《我是谁》是未来主义诗歌中最具影响力的作品。

诗歌赏析

帕拉采斯基是意大利早期未来派的重要代表人物，他的早期创作接近微暗派，主要是用讽刺戏谑的笔调表现对平庸生活的反感和厌恶。未来主义者多赞颂现代生活和机械工业的力量，而帕拉采斯基却有所不同，他对这种工业文明下的生活抱有一种特别的警惕，《我是谁》正是这种警惕的表现。人自有了独立意识之后，就有了“我”这个概念，之后自我慢慢形成，但是要问“我是谁”，往往使人感到痛苦。在童年和少年的时候，人往往离现实社会比较远，因此有许多对自己的美好设计，可是当长大成人之后，尤其进入社会，就发现了自我与社会的巨大冲突，面对各种矛盾压力，人就会渐渐变化，到最后有一天忘记“我是谁”。现代人往往在庸庸碌碌中不能停下脚步，一生都在巨大的压力下奔波，当有一天一梦醒来，照着镜子再看看自己，可能陌生到不再认识。在这首诗中，诗人给自己设定了三种身份，诗人、画家和音乐家，发现在不同的身份下，自己的“心灵之笔”反映出的都是“疯狂”“忧愁”和“悲哀”，于是“我把一片放大镜/置于我的心灵前/请世人把他细细地/察看”。这种清醒的自我意识下，诗人扪心自问“我是谁”，最终反映出的，可以说是现代人的一种普遍的悲哀。好在诗人还能发现自己是“我的心灵驱使的小丑”。这种灵魂的关照实际上就是自我的再一次觉醒。

生活之恶/蒙塔莱

我时时遭遇
生活之恶的侵袭：
它似乎喉管扼断的溪流
暗自啜泣，
似乎炎炎烈日下
枯黄萎缩的败叶，
又似乎鸟儿受到致命打击
奄奄一息。
我不晓得别的拯救
除去清醒的冷漠：
它似乎一尊雕像
正午时分酣睡朦胧，
一朵白云
悬挂清明的蓝天，
一只大鹰
悠悠地翱翔于苍穹。

（吕同六 译）

作者简介

蒙塔莱（1896~1981），意大利隐逸派诗歌的代表人物。出生于热那亚海滨小镇的一个中产阶级家庭。1917年，诗人应征入伍，被派往前线服役两年。退役后，他开始攻读哲学，并从事诗歌创作。1925年，诗人的第一部诗集《乌贼骨》出版，轰动诗坛，诗人也因此跻身意大利优秀诗人的行列。1929年，诗人的诗集《守岸人的石屋》荣获安·费多尔文学奖。1938年，诗人因不肯加入法西斯党，被解除维苏克斯图书馆馆长一职。第二次世界大战中，诗人流亡瑞士，参加反法西斯的活动。战后，诗人担任米兰《晚邮报》文学主编。1967年，意大利总统授予他“终身参议员”的称号，但诗人的一生一直超然于一切党派之外。1975年，诗人荣获了诺贝尔文学奖。诗人的作品，除上面提到的以外，还有《萨图拉》《1971年到1972年的诗作》等。

诗歌赏析

蒙塔莱生逢一个不幸的时代。当诗人还没有好好享受美好的少年时光和家乡的恬静美丽时，世界就陷入混乱之中。先是第一次世界大战，接着是经济危机，还有法西斯的抬头、第二次世界大战的痛苦经历等。

诗人说：“我时时遭遇/生活之恶的侵袭。”诗人以“溪流”“败叶”“鸟儿”自比。溪流被喉管扼断，暗自啜泣；败叶遭受烈日的折磨，枯黄萎缩；鸟儿受到致命打击，奄奄一息，字里行间透露出诗人浓浓的悲观、哀伤情绪。

面对残酷现实，诗人要奋起拯救——拯救自己，拯救生活。用什么来拯救呢？冷漠，清醒的冷漠！这是诗人的生命意志，一种个性的真实，也该是人类的生命意志和人类的真实。诗人凛然地站立在旷野上，想给人们指引一种拯救的办法。诗人用“雕像”“白云”“大鹰”等意象来比喻拯救和指引的主体。雕像是肃穆的，在酣睡的静中有美的尊严。白云是自由的，那蓝天既是它的自由之乡，也是它的心灵表现，清明而纯净。大鹰在无边无际的苍穹翱翔，悠悠于世间。

这首诗充分反映了诗人的诗歌创作风格和诗人的美学倾向。诗人用自然、率直、真切的笔调写出了对世界和生活的深刻理解，以及自己的心灵追求。诗人追求诗歌的音乐美，主张诗歌要有音乐般的节奏，给人以和谐优美的韵律感。这首诗歌上下两段意象数相同，形式对称，行文流畅。在美学倾向上，诗人对生活有敏锐的洞察力，对人类的理性精神有着强烈的自信，同时又能保持独行于世的态度和高洁的心灵，很有田园诗的味道。

这首诗是诗人的代表作，其内容和风格都体现了隐逸派诗歌的风格特点，安慰和拯救了当时那些受伤的心灵。因此，诗人获得了“生活之恶的歌手”的称号，被公认为隐逸派诗歌的大师。

我的祖国意大利/夸西莫多

已逝的流年愈是久远，
愈是贴近诗人的心田。
在那里，波兰的田野，库特诺的平原，
焚烧尸骨的丘陵
腾起黑色的烟云；
在那里，铁丝网把犹太人活活隔离，
鲜血在破烂的垃圾上横流，
被枪杀的死难者戴着锁链
用双手扒开了掩埋他们的堑壕；
在那里，靠近郁郁葱葱的山毛榉林，
竟是布痕布尔德，
它的罪恶的煤气炉；
在那里，斯大林格勒和明斯克
深陷在腥臭的雪地和泥泞里。
诗人永生永世不能忘记。
啊，失败的懦夫们，
愿他们获得仁慈的宽宥，

什么都可能发生，
但绝不能拿死者做交易。
记住，窜犯疆土的敌人，
我的祖国是意大利。
我要把心中的歌献给它的人民，
献给它被大海的怒涛淹没的哭泣，
母亲们深切的悲恸，
我要把我的歌献给
意大利的生命。

作者简介

夸西莫多（1901~1968），意大利现代著名诗人，隐逸派诗人的代表人物之一。夸西莫多出生在西西里岛的一个文化小城，父亲为铁路员工。诗人读大学时学习土木工程建筑，但他非常向往文学。由于家境贫困，夸西莫多中途辍学，从事绘图员、技师等工作。1926年，夸西莫多在劳工部找到了一份固定的工作，担任测绘员。1930年，夸西莫多的第一部诗集《水与土》问世，奠定了他在意大利诗坛的地位。1938年，夸西莫多离开建筑部门，担任《时报》的文学编辑，1939年因从事反法西斯活动被解聘。1941年，夸西莫多成为米兰威尔第音乐学院的一名文学教授。1948~1964年，夸西莫多先后在《火车头》《时报》等报刊主持专栏。1959年，夸西莫多荣获诺贝尔文学奖。1968年，夸西莫多因脑溢血突然发作去世。

诗歌赏析

夸西莫多与蒙塔莱、翁加雷蒂同为隐逸派诗歌的重要代表，被并称为当代意大利最杰出的诗人。夸西莫多1930年出版第一本诗集《水与土》之后一举成名。此后，他陆续发表了诗集《消逝的笛音》《厄拉托与阿波罗》《瞬息间是夜晚》，鲜明地表现出隐逸派诗歌的特征。从反法西斯抵抗运动开始，夸西莫多的诗歌创作进入了一个新的境界。此后，他的抒情诗开始注入大量“社会诗”的内涵，个人的忧郁和感喟渐渐化为对整个社会和人类命运的深沉思索和对黑暗势力的鞭笞。其中最出色的诗歌有《日复一日》等。《我的祖国意大利》就是诗人这一时期典型的具有社会内容的诗歌作品。显而易见，诗中饱含着对法西斯的强烈谴责和批判，在这首诗中，大量的意象都在凸现法西斯给欧洲带来的巨大灾难和创伤：“在那里，波兰的田野，库特诺的平原，焚烧尸骨的丘陵/腾起黑色的烟云；在那里，铁丝网把犹太人活活隔离，鲜血在破烂的垃圾上横流，被枪杀的死难者戴着锁链/用双手扒开了掩埋他们的堑壕；在那里，靠近郁郁葱葱的山毛榉林，竟是布痕布尔德，它的罪恶的煤气炉；在那里，斯大林格勒和明斯克/深陷在腥臭的雪地和泥泞里。”应该说，诗人笔下的这些悲惨的画面正是对法西斯最直接的控诉。不仅如此，诗人在愤怒之下的悲悯呼吁：“什么都可能发生，但绝不能拿死者做交易。”我们知道，意大利同样是饱受法西斯灾难的国家，诗人因此为祖国的悲哀深深地痛苦：“我要把心中的歌献给它的人民，献给它被大海的怒涛淹没的哭泣，母亲们深切的悲恸，我要把我的歌献给/意大利的生命。”应该说，夸西莫多后期的诗歌比早期的要明白直接许多。

古老的冬天/夸西莫多

在半明不暗的火光中，
你那纤巧的双手我渴望一见，
它们散发橡木和玫瑰的味儿，
也有死亡的气息。古老的冬天。

鸟儿寻找谷粒，
转眼间披上雪花，
于是就有这样的话：

少许阳光，一个天使的光圈，
还有雾，还有树，
还有我们——清晨空气的产物。

诗歌赏析

夸西莫多喜欢在诗中运用立意新颖的思维来构造独出心裁的语句，将意象直接诉诸人的感官，令读者通过尽情的联想来体验这种鲜明的艺术形象和独特的艺术手法。这首《古老的冬天》也展现了夸西莫多诗歌的这一特色。诗歌语言由于跳跃性极强，事象之间几乎难以寻到什么关联，因此产生了晦涩的意味，仿佛作者不是在与读者进行着对话，而是自己在独语着，在令读者难以寻解的同时，一种特别的艺术韵味也就随之转达了出来。“古老的冬天”，含着一种肃杀的气氛，“火光”是“半明不暗的”，美好的事物“也有死亡的气息”，“雪花”披盖了一切，“少许阳光”显得格外夺目，而太阳就是“一个天使的光圈”。在隐晦的语言中，跳跃着新生与毁灭的搏击，蕴藏着生命与死亡的颉颃。

晨星/帕韦塞

孤独的人儿起来了
大海依然一片浑沌
几颗星星在天空闪烁。
海岸送来缕缕温馨，
使呼吸充溢甜蜜。
这是什么也不会发生的时刻。
连嘴角的烟斗也已熄灭。
拍打海岸的波涛奏出一支夜曲。
孤独的人儿点燃了篝火，

凝视着火焰把大地映红。
大海很快也像大地一样火光闪耀。
没有什么更痛苦的滋味
倘使清晨什么也不会发生。

没有什么更痛苦的滋味
倘使一切徒劳无益。
一颗浅绿色的星辰
疲乏地悬在破晓的天空。
孤独的人儿想做些什么，
大区一个穷僻的城镇。
挨着篝火取暖，
凝望依然昏黯的大海
篝火跳跃的彩斑。
从白雪覆盖的阴郁的群山
的梦中醒来。
时间的停滞是多么的冷酷，
对于什么也不期待的人。

值得让太阳从大海升起
让漫长的一天开始么？
明天又将是一个透明而温暖的清晨
又将像今天一样什么也不会发生。
孤独的人儿只想睡眠。
当最后一颗星辰在天空熄灭，
他慢慢地点燃嘴角的烟斗。

作者简介

帕韦塞（1908~1950），意大利诗人和小说家，早年丧父，经受了母亲的严厉管教。1932年，帕韦塞毕业于都灵大学文学系，而后致力于惠特曼、斯坦贝克、乔伊斯、福克纳等英语作家作品的翻译工作，由此给意大利的新现实主义文学运动带来了很大影响。意大利法西斯统治时期，帕韦塞在夜校和私立学校担任英语教师，后来又到一家出版社做期刊编辑，因与地下共产党的联系，杂志遭到查封，帕韦塞本人也被流放三年。流放归来，他的恋人已与别人结婚，帕韦塞因此感到极度的绝望。这种情感上的创伤深刻地影响了帕韦塞的后半生，1950年，42岁的他在一片孤独和苦闷中自杀身亡。帕韦塞的作品中也充满了孤独、苦闷和绝望的情节，具有浓厚的悲观主义色彩。意大利享誉世界的小说家卡尔维诺曾说过："阅读帕韦塞，是那么纯真、切身，个中伤痛是如此折磨人！"

诗歌赏析

《晨星》这首诗抒发的是一个孤独的人在晨晓的海边所生出的内心情绪，全篇反复出现的主题词就是"孤独的人儿"，而诗中那种孤独的、无以排解的苦闷也被反复地渲染，诗人成功地描绘出了一幅萧瑟凄清的内心画面。诗篇以"孤独的人儿起来了"这一时刻和状态来展开情感的抒发。这"孤独的人儿"体验到的是什么？"这是什么也不会发生的时刻""没有什么更痛苦的滋味""倘使一切徒劳无益"，诗人在无所期待的孤寂和颓伤之中感到"时间的停滞是多么的冷酷""明天又将是一个透明而温暖的清晨"，但是却"又将像今天一样什么也不会发生"。起来的孤独的人儿有什么可做？"孤独的人儿只想睡眠"。诗歌以"起来"开始，却是以"只想睡眠"来结束，表达了诗人对于这世上的所有都已感到厌倦，世间发生的一切对诗人来说都已无所谓。而"当最后一颗星辰在天空熄灭"，是否意味着诗人的生命之火也行将停熄呢？

另一种恐惧/塞雷尼

深夜时分
有一个声音
从街头的屋子下面
向我叫唤
被叫唤的就是我
这没有什么可怕
是风儿短暂的复苏
是逃亡的雨

在唤我的名字时
列举我的错处
谴责我的过去
甜蜜的声音解除了我的武器
却又武装我同我自己作对

作者简介

塞雷尼（1913~1983），意大利后期隐逸派的著名诗人，出生在意大利北部的伦巴第地区，早年在米兰大学学习，毕业后从事教师和编辑工作，并且为隐逸派诗歌的刊物撰稿。第二次世界大战期间，塞雷尼被征入伍，赶赴希腊、西西里等地作战，曾为美军所俘。被释后塞雷尼返回米兰担任教师，后来出任米兰蒙达多里出版社主编，与此同时，塞雷尼进行了大量的诗歌创作与诗歌翻译活动。塞雷尼与知名的隐逸派诗人夸西莫多等人有过交往，早期诗歌富有隐逸派诗歌的特点，以象征和隐喻的方式表达内心幽妙细微的感受，语言精审，韵律优美，后期诗歌的视野则变得开阔，在一定程度上展现了意大利的社会现状，反映了社会的表面繁荣之下人们内心的创伤。塞雷尼的诗歌具有国际影响，他于1982年荣获意大利文学最高奖“维阿雷乔奖”，而且曾多次被列为诺贝尔文学奖的候选人，遗憾的是一直未能入选。

诗歌赏析

“深夜时分/有一个声音/从街头的屋子下面/向我叫唤”，而且“被叫唤的就是我”。这是一种会令人感到恐怖的经历，但是诗人却说，“这没有什么可怕”，在诗人看来，那“是风儿短暂的复苏”“是逃亡的雨”，是完全无可恐惧的。那么诗人所言的“另一种恐惧”指的是什么呢？是“在唤我的名字时”，一同“列举我的错处”“谴责我的过去”。“我”需要一种“甜蜜的声音”来“解除”“我的武装”，但是对“我的武装”进行解除的同时“却又武装我”“同我自己作对”。诗人通过这种矛盾的表述来表达自我内心的矛盾。这是一个隐藏着内心创伤的“我”，这创伤由“我”过去的错误造成，事情已经过去，可是“我”却变得小心翼翼，疑神疑鬼，深恐被别人呼唤，而想要把自己在这个世界上隐藏，然而令“我”真正恐惧的并不是别人的呼唤，却是害怕自己过去的错被别人提起，自己回避着他人，不敢去面对，正是要避免自己脆弱之心的创伤不再被触痛，而给自己留下一点生活的勇气。但是，即使别人会原谅自己曾经的过错，可是自己又怎能做到将自己宽恕呢？真正与自己作对而无可解脱的，其实正是自己本人啊。

思想/多勃里凯

我们的每一个思想
都是大海的泡沫
浓密，顽强，蓬勃；
用盐的莹润结晶

描画爱的历程：
请别升起来，太阳，
莫要消融我们的路径；
可恶的黑暗，
温情地
把我们永远相连。

作者简介

多勃里凯，生于1938年，意大利当代著名诗人、剧作家和文艺评论家。20世纪60年代末的时候，意大利有一些青年诗人逐渐形成了一个自称被正统文化“中心”排斥的“边缘诗人”团体，即“新先锋派”。多勃里凯就是其中的一员。他的诗集主要有《封闭的圆圈》《冰室》《流放的日子》等。

诗歌赏析

世界上的每一个人都在生活着，但是不同的人对于生活的感受是不同的。诗人就是对生活有着特别感受，并且能够以诗歌的独特形式表达出来的一类人。诗人在敏锐地触摸生活的同时，经由自己独特的感受，从生活的海洋中提炼出那莹润的结晶，这结晶就是以诗人丰厚的生活情感为基础而产生和升华了的思想。多勃里凯的这首诗，就是对人们思想的一种形象化的表达，“我们的每一个思想”，像“大海的泡沫”一般“浓密，顽强，蓬勃”，这是思想的强大力量，而用以“描画爱的历程”更是要“用盐的莹润结晶”，爱之于我们的思想，就像盐分之于海洋，是不可缺少的成分。

西班牙　葡萄牙

液体元素/贡戈拉

啊，液体元素的清澄的光荣，
奔流之银的甜蜜的小溪！
你的水蜿蜒着流经草地，
以缓缓的脚步轻柔地淙淙！

由于她——她叫我发烧又发冷，
在你安静温柔的流动里
照她的影，而爱神的画笔
描绘出她雪白艳红的芳容，

你就走你的路吧，别松辔，
用透明的马勒、波动的缓绳
驾驭好你的水流的轻快，

因为，可不该把这么多美
带给海中三叉戟的主人，
藏进他深而暧昧的胸怀。

作者简介

贡戈拉（1561~1627），西班牙黄金世纪最负盛名的诗人，生于科尔多瓦的一个贵族家庭，15岁进入萨拉曼卡大学学习神学，其后长期从事神职工作，1626年退居故乡科尔多瓦。贡戈拉的诗作大体可分为两类，一类是以歌谣、谣曲、十行诗和十四行诗这些体裁为主的短诗，内容上多为讽刺诗，少部分为抒情诗，还有一些古典神话题材的诗作，其中歌谣和十四行诗的成就最高，很好地展现了贡戈拉诗歌幽默活泼的风格；另一类是以叙事诗和寓言诗为主的长诗，在这些长诗中，贡戈拉广泛运用大胆的比喻、奇特的想象、夸张的词汇和冷僻的典故，但是句式匀称、结构优美、语词典雅、风格隽永，由此开创了“贡戈拉主义”这一文学流派。“贡戈拉主义”又被称为“夸饰主义”，在词源上有精心培育的意思，其典型特征是诗作精美而晦涩难懂。贡戈拉的诗才，经由塞万提斯发现，而后广为流传，影响深远。

诗歌赏析

这首诗以清澈可人的溪水来映照爱人的美丽温柔，由衷地歌赞了青春的美好。诗的第一节将溪水充分地拟人化，描画得颇富动感，声音潺潺，步履缓缓，展现了一个柔美万分的动人形象。诗的第二节开始写诗人的内心感受，“发烧又发冷”，虽然矛盾，却充分表达了在爱人面前诗人内心的无比激动。诗人没有直接描写爱人的美貌，却是讲“爱神的画笔/描绘出她雪白艳红的芳容”，这种艺术表达更是将对爱人的赞美推高到了一个新的层次，而诗人接下来则劝勉爱人珍惜这美好的容颜，并且借助水神来再发一声叹赞之情。从这首诗中我们可以很好地体验到这种轻快活泼的语言和幽默婉转的风格，可以品验到贡戈拉的十四行诗所取得的非凡的艺术成就。

我凝视着祖国的城墙/克维多

我凝视着祖国的城墙

它们一度那么坚固，但流逝的时光
已经使它们疲惫崩碎
它们的勇气也已逐渐失丧

我走到田野，冰雪消融，河流奔淌
太阳正畅饮溪水
牛群向树林哞哞怨诉
树荫偷走了白昼的亮光
我走进屋里，我见到它已是
古老住宅的褪色废墟
我的手杖已更弯曲而不那么结实坚强

我试试剑锋，它已向岁月投降
我发现目光所及的东西
无不在提醒我死亡就在身旁

作者简介

克维多（1580~1645），西班牙诗人、作家，生于马德里的一个宫廷贵族家庭，自幼在宫廷中长大，曾在阿尔卡拉–德埃纳雷斯大学学习艺术，后来又进入巴利亚多利德大学学习神学。毕业后，克维多任职于宫廷，同时从事写作活动，在文学创作之外，还写有政治、宗教、哲学等多方面的著作。克维多博闻广识，通晓文学、法学、哲学、神学、数学和天文学等多方面的学问，而且掌握拉丁语、希腊语、阿拉伯语、希伯来语、法语、意大利语等多种语言。如此丰富的学识造就了克维多极高的艺术才华，阿根廷的著名作家博尔赫斯曾说过这样的话："要欣赏克维多，必须得是现在的或潜在的文学家；反言之，没有一个具有文学才能的人会不欣赏克维多。" 克维多的诗作题材广泛，语言丰富，大量使用新的词汇和民间语言，并且善用夸张的比喻和漫画式的描写。在诗的格律和体裁上克维多也有新的创造，并且开创了与“贡戈拉主义”相对的“警句主义”。

诗歌赏析

《我凝视着祖国的城墙》是一首十四行体诗，分作四节，每一节开头由诗人的一种动作而引起，由此呈现了一条清晰的线索。“我凝视着祖国的城墙”，但是它们曾经的坚固已不在，“流逝的时光”“使它们疲惫崩碎”；“我走到田野”，看到的是“树荫偷走了白昼的亮光”；“我走进屋里”，古老的住宅已经褪色乃至化为废墟，手杖也已变得弯曲；“我试试剑锋”，它却也已经“向岁月投降”。最后，诗人发现，目光所及的一切，“无不在提醒我死亡就在身旁”。诗人的发现是令人震惊的，但是这并不是什么新奇的发现，而是人所共知的一种客观事实，只是在平常时候人们会将其忽略而已。光影如梭，星移斗转，日日年年，分分秒秒，一切都在经遇着变化，而这变化无一不是将世上的一切引向死亡。这不仅是人的无可逃脱的宿命，而也是一切存在所要遭受的必然。人的生命只能在这种面向死亡的有限之中来把握，正可谓及时当勉励，岁月不待人。

卡斯蒂利亚/乌纳穆诺

卡斯蒂利亚的大地，你把我升起。
在你手的粗糙不平的掌心，
升向温暖你又凉爽你的天空
你的主人。

强健的大地，清瘦的大地，开阔的大地
无数的心和无数的胳膊的母亲，
现在你还披着往昔荣华的

古老色彩。
你的赤裸裸的原野四周
与天空凹穹的蔚蓝草地相接，
你的身上，有太阳的摇篮，有坟墓，
也有圣殿。

你的四周的广袤都是顶点，
在你身上我觉得上升到了天空，
在这里，你的荒原上，呼吸到的
是峰巅的空气。

作者简介

乌纳穆诺（1864~1936），西班牙著名的诗人、作家和哲学家，西班牙文学史上著名的流派“九八年一代”的代表人物之一，该流派在社会变革和思想动荡的背景下，为国事奔走疾呼，力图挽救危局。乌纳穆诺是西班牙少数民族巴斯克人，出生在一个中等商人家庭，毕业于马德里大学哲学系和文学系，长期任教于萨拉曼卡大学并且出任该校校长。因反对独裁统治，乌纳穆诺在1924年被流放，后来逃亡法国。1931年西班牙共和国成立后，乌纳穆诺当选为立宪议会议员和科学院院士。乌纳穆诺在诗歌、小说和戏剧方面均有建树，《迷雾》和《生命的悲剧意识》是他的代表作品。乌纳穆诺的创作广泛涉及人类生活的各个领域，充满了对人的生存意义的深刻探索，同时又具有机智幽默的品质，具有特殊的艺术魅力。

诗歌赏析

“卡斯蒂利亚”可以看作是西班牙的代称，而在这首诗中，卡斯蒂利亚主要是一个地名，但是它与西班牙的国家和历史具有不可分割的关系。这也是充分体现了乌纳穆诺爱国主义精神的一篇诗作。因为有浓厚的国家观念和深沉的历史意识的支撑，诗歌就不再是单纯的景色描写。诗歌的背景简单，但是却融入了诗人复杂的情感和厚重的思想，体现了诗意与哲思的融合，这也显露了乌纳穆诺作为哲学家和诗人的双重才能。诗人从对卡斯蒂利亚大地的观察而引出民族的历史记忆，雄阔的原野和浩茫的苍穹见证着西班牙民族世世代代拼搏奋斗的风风雨雨，也承载着诗人内心中对于祖国和人民澎湃的深情。

地平线/马查多

热带的夏季挥舞着长矛，
明朗的黄昏大得像烦闷一样。
一千个影子肃穆列队于原野
复制出我沉重的梦中幻象。

日落的壮丽是紫红的镜子，
火焰的玻璃，它把平原的
沉重的梦向古老的无限投去……

我听得我的脚步如马刺振响，
远远地反弹于血染的西方，
以及更远处的纯洁的晨曲。

作者简介

马查多（1875~1939），西班牙现代的第一个大诗人，也是西班牙著名文学流派“九八年一代”的主将。他出生于一个文化氛围浓厚的知识分子家庭，父亲和哥哥都是作家。马查多早年在西班牙自由教育学院学习，在马德里获得博士学位后又赴巴黎学习，曾长期担任中学法语教师。1927年，马查多当选为西班牙皇家语言科学院院士。佛朗哥夺取政权后，马查多被迫流亡法国。他的诗作主题为：土地、风光和祖国，早期作品有现代主义色彩，诗风晦涩。著名的诗集《孤寂、长廊及其他》是典型的现代主义作品。后来，马查多的诗风发生了显著变化，作品中增强了现实感，开始关注社会政治生活和西班牙国家的命运。《卡斯蒂利亚的田野》和《战争的诗篇》是马查多具有现实主义风格的代表作品。马查多一生孤独，诗歌多表现自我内心对于生活的沉思和对于生命的求索，具有柏格森生命哲学和存在主义哲学的因素，内涵深邃，描写细腻，但又不事雕琢，风格非常具有个性色彩。

诗歌赏析

这是一首描写日落景观的诗，诗的首句点名了地区和季节，但是却运用了一个奇特的比喻，“热带的夏季挥舞着长矛”，神思之来，出人意料，却十分生动地表达出热带夏季带给人们的那种烦闷的感受。诗中接下来的部分两次写到“梦”，而且都带着沉重，这就由外界事物的描写转向了诗人内心的表达。而将那“沉重的梦向古老的无限投去”，化虚为实，更加真实了那梦的沉重感。诗的最后，诗人再次将目光投向那“血染的西方”，而诗人的心，更是已经滑向了更远处的晨光。简短的诗篇中，梦幻与现实交融相映，互为写照，巧妙地传达了诗人内心的幽思。

我不再归去/希梅内斯

我已不再归去。
晴朗的夜晚温凉悄然，
凄凉的明月清辉下，
世界早已入睡。

我的躯体已不在那里，
而清凉的微风，
从敞开的窗户吹进来，
探问我的魂魄何在。

我久已不在此地，
不知是否有人还会把我记起，
也许在一片柔情和泪水中，
有人会亲切地回想起我的过去。

但是还会有鲜花和星光
叹息和希望，
和那大街上
浓密的树下情人的笑语。

还会响起钢琴的声音
就像这寂静的夜晚常有的情景，
可在我住过的窗口，
不再会有人默默地倾听。

作者简介

希梅内斯（1881~1958），西班牙现代著名诗人，西班牙抒情诗新黄金时代的开拓者。童年的孤独和少年时在耶稣会学校长达11年的住校生活，使诗人的心里隐藏了极大的忧伤。1896年，按照父亲的意愿，希梅内斯前往塞维利亚学习法律和绘画，但是他很快就转向了文学创作。1900年，诗人和拉美现代主义诗歌创始人卢文·达里奥相识，被其诗歌深深吸引。同年，诗人发表诗集《白睡莲》《紫罗兰的灵魂》，因过于感伤，饱受评论界指责。1912年，希梅内斯回到马德里，做编辑工作，直到1916年去美。在美国期间，希梅内斯结识了波多黎各的女翻译家塞诺维亚——他后来一直钟

爱的妻子。在马德里，希梅内斯选拔了大批的青年诗人，成为“二七年一代”的宗师。1956年，希梅内斯获得诺贝尔文学奖。其代表作主要有《底层空间》《一个新婚诗人的日记》《空间》等。

诗歌赏析

《我不再归去》是西班牙著名抒情诗人希梅内斯的名诗，曾被人们广为传诵。

这是一首绝妙的抒情诗。诗的开头为读者描绘了一个静谧温馨的夜世界。一个晴朗的夜，明月当空，洒下清冷的光辉，凉风轻拂，世界沉入梦乡。此时，在世界的某个角落，一个孤独的灵魂敞开了自己的心扉，吐露着心底的秘密和思念。诗由环境入手，再用躯体的不在写“我的不归”，确证我的不再归去。然而，这一切又都和诗中的情景——夜、风、鲜花、星光等是那样地背离，难道这不是诗人的回忆？难道彼处不是诗人声称不再归去的地方？诗人不再归去的，是躯体；而他的心绪去了，在那个或许是“家”的地方停栖和流连。

诗人何以要强调“我不再归去”，强调“我的躯体已不在那里”？诗人是怕自己的归去会带来震动，带给人们惊吓。

诗人怕惊吓到怎样的情景呢？那情景，有鲜花和星光，有深情的叹息和对未来的向往，有浓密的树下情人的笑语。这花前月下的风景、这生活的真切，不仅是过去，不仅是现在，就是在未来仍会延续，在诗人要回归的地方。那静谧的的夜里传出幽婉曼妙的音乐，从那高雅心灵的深处升起，唤醒某些孤独的心灵。

全诗构思精巧，语言清丽，委婉动人。每一行诗句都明白易懂，诗歌的情思主要是通过诗人主观心灵的追思成像来完成的。诗人在西班牙传统的抒情诗中加入现代象征主义的手法。那月夜、微风、鲜花等客观事物都是诗人情感的象征，带有诗人主观的痕迹。诗人的思绪不断在彼处和此地间往返，使得夹带情感的景物绵延不断，似乎都在一处。过去、现在、未来这种时间意象的流动也开始同时出现。那流动震颤的音乐，是诗人心底情感澎湃起伏的表现。诗人就使用这种意象的流动表现了心灵，用美的形式、艺术的表达为读者展示了一个美丽的生活情景，也带给读者美好的遐想。

秋，岛屿/纪廉

笔直的侧影
把迟疑的海浪
逼入遗忘里

线条的爱！
葡萄藤被剥去
过于丰满的
外衣

一小篮的
欢尔洋溢的果串
盖着充沛待发的梦的
一种均衡
喜悦里的文采
惊异里的智慧
在散落的繁华里
小小一枝桠

甜甜的儿语？
空的枝头

拒绝的鸟儿
潜藏的音乐

噢，华彩！如此之多的
鸟鸣在叶子之间
如此之多，叶子一刻间
全然转黄

微风连合着
天空与白杨
而整个空间
无尽的跳动

愉悦的午后的
古昔之光
不会逝去
它是我的，它是我的
快，快，给我
最好的马上鞍
路因我的倔强
展开……

作者简介

纪廉（1893~1984），西班牙诗人，1938年开始侨居美国，1958年回到欧洲。纪廉的诗歌在一种精确的表达中洋溢着欢乐的情感，体现了诗人对于自我与世界之间和谐的追求。他的代表作品有《赞歌集》《呐喊集》《布礼集》《我们的空气》等。纪廉的诗歌表达了他的抽象人道主义思想和对于普通劳动者的歌颂，而且诗中包含了大量的箴言警句。在诗歌创作观念上，纪廉主张诗的“纯粹”，他将自己的诗称为“圣歌”。因为杰出的诗歌成就，纪廉多次获得各种国际文学奖，并且于1976年获得西班牙政府授予的塞万提斯文学奖。

诗歌赏析

这首诗歌语言十分简练，开篇仅仅提供了两个概括性极强的名词——“秋，岛屿”，并且不带任何修饰，任由读者驰骋自己的联想，而一句“笔直的侧影/把迟疑的海浪/逼入遗忘里”，是多么地发人深思。我们稍一疏忽，岁月就将我们身边的世界带入遗忘，这是一种多么残忍的现实。接下来的四节分别写了葡萄和鸟儿，简要地渲染了秋的季节，“散落的繁华”“叶子一刻间/全然转黄”，这是多么有力的表达，秋的色彩、诗人的思绪溢满了诗篇。诗的最后一节写道，“古昔之光/不会逝去”，表达了诗人内心之中对于无情岁月的反抗，以及对于那蓬勃生活的热烈追求。

索里亚的屋顶/迪埃戈

索里亚的屋顶，
异想天开的孩子气的屋顶，
仿佛怪癖的泥瓦诗人之手
随意而且凭着记忆盖成。

栉比鳞次的波浪起伏的
屋顶是多么美丽，用来梦想；
所有的烟囱都是祈祷的姿势
犹如巨塔上贫寒的修士。

这是从一个故事里学到的屋顶，就像
孩子们和祈祷的人知道的伯利垣；
养老院，烟花院，修道院的屋顶，
带着顶楼的房子的屋顶，
屋顶。

作者简介

迪埃戈（1896~1987），西班牙诗人和文艺评论家。1925年，迪埃戈荣获西班牙国家文学奖，后于1948年入选为西班牙皇家语言学院院士。1961年，迪埃戈又获得“马奇诗歌奖”。1979年，他与阿根廷著名作家博尔赫斯共同获得塞万提斯文学奖。其诗集主要有《新娘的谣曲》《索里亚》《泡沫教科书》《月照沙漠》《不走远，便死亡》《樱桃树下的棕榈树》等，他还著有文艺评论集《圣胡安·德拉·克鲁斯诗歌中的音乐性与节奏》《塞万提斯与诗歌》等。

诗歌赏析

索里亚是西班牙的一个小镇，人口稀少，但是有着欧洲古老的宗教建筑，蕴含着一种历史的厚重感。全诗以“索里亚的屋顶”为主题，构造了多种比喻。“屋顶”在西方是一种承载着宗教和艺术情感的事物，诗人也由此对“屋顶”充满了敬畏和赞颂之情。“仿佛怪癖的泥瓦诗人之手/随意而且凭着记忆盖成”，这一句指出了“屋顶”的建筑者集泥瓦匠和诗人的两种身份于一体，很形象地说明了带有宗教象征色彩的“屋顶”作为一种建筑艺术的同时也熔铸了诗人的灵感。迪埃戈在这首诗中向读者呈现了一种超验的感受，令人们在诗境之中来捕捉那种对于崇高与神秘事物的敬仰之情。

青 春/阿莱桑德雷

你轻柔地来而复去，
从一条路
到另一条路。你出现，
尔后又不见。
从一座桥到另一座桥。
——脚步短促，
欢乐的光辉已经黯然。

青年也许是我，
正望着河水逝去，
在如镜的水面，你的行踪
流淌，消失。

作者简介

阿莱桑德雷（1898~1984），西班牙现当代著名诗人。生于风景秀美的海滨小城马拉加。1911年随全家迁往马德里。1913年入大学学习法律和商业，毕业后从事商业工作，时常为金融报纸撰稿。18岁时开始尝试写诗。1925年，一场突如其来的肾结核病使得阿莱桑德雷放弃了工作， 开始了漫长的病榻生活， 从此他决心从事诗歌写作。1926年，阿莱桑德雷发表处女作，1928年发表第一部诗集《轮廓》，逐渐获得人们的认可，成为“二七年一代”的重要成员。1933年，阿莱桑德雷获得西班牙皇家学院的国家文学奖。1944年，阿莱桑德雷的诗集《天堂的影子》引起轰动，使其成为青年一代的先驱，声望日隆，其创作也更加成熟。1977年，阿莱桑德雷获得诺贝尔文学奖，西班牙全国欢呼雀跃，甚至有人预言：西班牙文学的第二个黄金时代就要到来了。阿莱桑德雷的作品除上面提到的外，还有《毁灭与爱情》《心的历史》《毕加索》《知识的对白》《终极的诗》等。

诗歌赏析

这首诗显示了诗人诗歌创作的一贯主题和风格：用诗句来追问生命的意义及其内在价值，诗句低回婉转，平淡的言语中潜藏着深深的缠绵悱恻，浅易的吟唱却蕴含着极大的震撼力。

这首诗写的是青春。青春是一个很多人都会思考的人生课题，青春每个人都会经历，而且又都会失去。朱自清的《匆匆》和泰戈尔的《青春》两篇文章，都表达了对时光和青春易逝的叹惜、对人生的依恋。阿莱桑德雷在对青春的思索中，获得了一个流动的青春意象，获得了一份美丽的人生感受和启示。青春如同由一段段的旅程、一座座桥组成，人们在前行的途中和青春相遇，然后又与青春匆匆地别离。就在这样的匆匆之中，在这样一个个的瞬间，青春带给了人们欢欣和愉悦。当青春离去时，那欢愉随即也就黯淡下来。

诗中的青年其实就是诗人自己。望着那河水不断地流去，诗人心中生出无限的感慨，同时也获得了一份美丽的感悟和深刻的启示。青春在那样的一瞬间，在智慧的心灵中化为一首歌，也许导演出一部丰富的人生戏剧。青春如同那明镜般的流水，映现着深厚的生命内涵。“逝者如斯夫”，那滔滔东逝水带给人们多少启示和警诫呀！

诗歌不仅在内容和语言上表现了诗人创作的一贯思路和主题，而且在形式和风格上也代表了诗人的创作风格和特色。诗歌采用自由体，优美的词语不拘一格地排列在一起，承接自然，轻盈灵动。诗人使用普通的意象和平凡的比喻，用一种恰当独特的方式放在一起，使诗歌具有很丰富的隐喻义，意象也不再普通。正是这些深刻地启示着人们，引发人们对生命的思考。

归来的爱仍旧是旧时模样/阿尔维蒂

你那时硕大、金黄，
坚实、炽烈、汹涌的浪沫。
你像是从太阳中心
迸发出的物体，
被一个巨浪抛上沙滩地。

那时你通体是火
海滩在你周围燃烧。
浪潮向你推来
海藻、软体动物和石块，
都化为闪闪发亮的玻璃。
你通体是火、电光、搏动的热浪。
如果是手，那只手毫无顾忌。
如果是嘴唇，嘴唇像是盲目的火炭，
呼啸着在空中迸溅。
炽热的时间，燃尽的梦幻。

那时我投身于你的浪沫。

作者简介

阿尔维蒂（1902~1999），西班牙诗人，生于安达卢西亚，早年在马德里从事立体派绘画，后来转向诗歌创作。阿尔维蒂的诗歌形式和题材广泛，艺术手法多样，深受现代主义影响，具有超现实主义的风格。1925年，阿尔维蒂凭借处女作《陆地上的水手》获得西班牙国家文学奖。1931年到

1932年，阿尔维蒂游历欧洲，他的诗歌开始向现实主义转变。在西班牙内战中，阿尔维蒂与西班牙进步作家组成马德里知识分子反法西斯联盟。内战结束后，阿尔维蒂流亡法国和阿根廷。1983年，阿尔维蒂获得塞万提斯文学奖。

诗歌赏析

阿尔维蒂早期的诗作普遍拥有超现实主义风格，《归来的爱仍旧是旧时模样》就是一首典型的超现实主义的诗歌。诗歌并不着意于现实的刻画，而是着力夸张诗人的主观感受，意象充满炽热的意味，比喻具有壮烈的色彩。“硕大”“金黄”“坚实”“炽烈”“汹涌”，每一个形容词都惹人张狂。诗的第二节中，“你通体是火”两次出现，极力夸张这种情感的灼热。“炽热的时间，燃尽的梦幻”充斥着大胆的浪漫格调。诗的第三节以一句话来作结，“那时我投身于你的浪沫”。如标题所言，“归来的爱仍旧是旧时模样”，诗人的那种爱的情感如痴如狂，时间流转，并未丝毫改变炽热的模样。

爱在我们之间升起/埃尔南德斯

爱在我们之间升起
像月亮在两棵棕榈之间——
它们从未拥抱。

两个身体亲密的絮语
汇成一片沙沙的波涛，
但沙嘎的是受折磨的声音，
劈唇化作了石雕。

肉体温起互相缠绕的渴望，
连骨髓都被照亮而燃烧，
但伸出去求爱的手臂
却在自身之中枯凋。

爱——月亮——在我们间传递，
而又吞噬销蚀分隔的身体，
我们是两个幽灵，远远相望
而互相寻找。

作者简介

埃尔南德斯（1910~1942），西班牙诗人和剧作家，出生于阿利干特的一个农民家庭，童年时放过羊、卖过羊奶，只接受过初等教育，凭借刻苦的自学，阅读了大量西班牙古典诗人的作品，培养出自己优秀的文学能力。埃尔南德斯最初在故乡刊物上发表作品。1934年，埃尔南德斯来到马德里，出版了他的第一个剧本。西班牙内战开始后，他参加了共和派的军队，赴前线作战，同时创作了大量的诗歌和剧本，进行宣传和鼓动工作。内战结束后埃尔南德斯被捕，被判无期徒刑。在狱中，埃尔南德斯遭受了残虐的折磨，不久因为肺病加重而失去生命。他的离世和洛尔加的被杀，使西班牙失去了两个最有才华的青年诗人，导致西班牙诗歌的发展遭受了中断性的影响。埃尔南德斯的诗歌继承了古典主义的优秀传统，质朴无华，却充满激情，直面现实，展现了一名诗人兼战士的不朽风采。

诗歌赏析

这是一首抒发爱情的诗歌，诗人对爱情进行了颇有自我观照色彩的独特阐释。“爱在我们之间升起/像月亮在两棵棕榈之间——”，这是多么美妙的比喻，诗人将不可捉摸的爱情，咏作朗然可观的月亮。接下来诗人又将“两个身体亲密的絮语”喻为“一片沙沙的波涛”，继而又说那“渴望”使“骨髓都被照亮而燃烧”，简直是将这种灼热的爱的情感刻写到了极致。但是诗人却又从中表达了自己深刻的矛盾，就是那“照亮”和“燃烧”所带来的“枯凋”和“销蚀”。诗中最后道出，“我们是两个幽灵，远远相望/而互相寻找”。诗人极为出色地表现了人们在爱情中所特有的那种热烈、欢欣，却又恐惧、迷茫的微妙感受。

心与影/萨尔多亚

人生途中，你同自己的影子对话……
你呼吸，无形中，那亲密的空气
在你的感受里穿来穿去
它没有嘴巴，没有听觉，也没有言语。

不断地问啊，不断地忍受
那结局：影子从不变样：
总是黑暗无法穿越的空间，
总是神秘无形的虚网。

你想把接触到的一切看得更加透彻，
你想弄明白现实的外壳
和轮廓，还有那从内部无可挽回地
降临的绵绵夜色。

影子羞怯地离开
你用脚步耕耘的道路，
它静静地等着你，在更远的地方：
当你靠近它时，它好像在增长。

影子和你的生命一模一样，
你做任何事情它都或前或后近在身旁：
它不会将你逼迫，也不会解答你的疑问
但有时会在拐角处和你捉个迷藏。

每个生命都充满自己的影子
你的影子便是它的形象
你的双眼在光明中毫不掩饰地
想将他吸收，而它却丝毫也不退让。
它用披风或许是翅膀遮掩身躯，
但和你的血液却从不分离，
它总是克制自己，甘愿
做你的镜子，永志不移。

在那属于虚无的空洞的大厅中，
其他的影子在等候你的身影。
是乞求者还是寂静的俘虏？
它们在等候：被封闭在圆中。

诗歌赏析

这首诗描写的是影子和生命的关系。诗歌的语言很机智，诗人把我们身边平常的事物用一种诗化的语言呈现了出来，使读者在熟悉与陌生的感觉之间产生共鸣。“人生途中，你同自己的影子对话……”“每个生命都充满自己的影子”，影子“没有嘴巴，没有听觉，也没有言语”，但是它却时时刻刻地和你紧紧跟随，一直陪伴在你的身旁。当你快乐的时候，它孤独地候在一边；当你忧愁的时候，它作为你的朋友来出现。诗人所写的影子，当然已经远远超出了自然现象的范畴，影子在诗人的笔下已经升华成为一个具有形而上色彩的哲理意象。诗人在描写影子的同时，也是在表达自己的一种追求，抒发一种哲理性的情思，体现了诗人对于生命的精微的思考。

绿色之神 /安德拉德

每当夜幕低垂，
你便露出清泉的妩媚。
你的身体恰似一条小溪，
缓缓而下，
平静地撞击着两岸的堤围。

你行色匆匆，
没有片刻停息。
追随着你的脚步，
小草破土萌生，
大树拔地而起。
你微笑着像在翩翩起舞，
你熟谙神明们使用的旋律，
用同样的节奏抖动着身躯，
行进的同时，
身上的树叶纷纷落地。

沿着自己的通途一直前进，
因为你是一位过路之神。
对周围的一切毫不经意。
沉迷于一支短笛
吹奏出来的乐曲。

作者简介

安德拉德，葡萄牙诗人，1923年出生于葡萄牙中部地区的一个农民家庭，先后在里斯本和科英布拉求学，1946年开始在里斯本的卫生部门任职，1950年定居葡萄牙北方城市波尔图。在求学期间，安德拉德阅读了大量的国内外诗人的作品，同时开始了自己的创作。1942年，安德拉德出版处女作诗集《纯洁》。1948年出版的《手与果实》奠定了安德拉德作为一名优秀诗人的地位。“紧贴土地，超脱俗世。”安德拉德曾经这样表述自己的诗歌创作。长期以来，安德拉德不懈地用艺术的语言在创建着一个扎根大地、向往天空的诗的家园。安德拉德被公认为当代葡萄牙最为重要的抒情诗人，曾被提名为诺贝尔文学奖候选人，并且于2002年获得葡萄牙语文学界的最高奖项“卡蒙斯文学奖”。安德拉德与佩索阿相并列，是当代被国外译介最多的葡萄牙诗人。

诗歌赏析

这首诗是对郁郁春色中绿荫满枝的一株垂柳的描写，但是诗人并没有将所咏之物直接说出来，而是通篇采用比喻的手法来进行描绘。诗人将垂柳的枝条喻作“一条小溪”，将枝条的摆动喻作“翩翩起舞”，勾绘出了垂柳清新妩媚的动人形象。在描写垂柳的同时，诗人还写到“小草破土萌生，大树拔地而起”，这展现出诗人在赞美垂柳的同时，也表达了自己对于洋溢着勃勃生机的春天的咏赞，和哺育着万物的大地的歌颂，吐露了诗人对于自然的陶醉和对于生活的热爱，诗人正是将“绿色之神”作为一种美与生命的象征来颂扬的。

英国 爱尔兰

有一天，我把她名字写在沙滩/斯宾塞

有一天，我把她名字写在沙滩，
但海浪来了，把那个名字冲跑；
我用手再一次把它写了一遍，
但潮水来了，把我的辛苦又吞掉。
“自负的人啊，”她说，“你这是徒劳，
妄想使世间凡俗的事物不朽；
我本身就会像这样云散烟消，
我的名字也同样会化为乌有。”
“不，”我说，“让低贱的东西去筹谋
死亡之路，但你将靠美名而永活：
我的诗将使你罕见的美德长留，
并把你光辉的名字写入天国。
死亡可以征服整个的世界，
我们的爱将长存，生命永不灭。”

作者简介

斯宾塞（1552~1599），英国文艺复兴时期最杰出的诗人，生于伦敦，先后在泰勒商业学校和剑桥大学学习。在剑桥读书时，斯宾塞写出具有柏拉图思想影响的《爱与美的赞歌》。1580年，斯宾塞成为伊丽莎白女三在爱尔兰的代理威尔顿格雷勋爵的秘书。后来，斯宾塞定居于幽僻的基尔克尔蒙城堡，专心从事文学创作。1598年，由于狂暴的爱尔兰民族起义，斯宾塞

被迫心碎地回到英格兰，但是他没有能够从突然遭受的巨大惊恐中恢复过来，第二年便在极度的忧郁中死去。艾塞克伯爵出资将斯宾塞安葬在威斯敏斯特教堂14世纪伟大诗人乔叟的墓旁。斯宾塞对英国文学的发展做出了突出的贡献，他创作的长诗《仙后》，是16世纪英国文艺复兴时期人文主义诗歌的传世杰作，这部作品的出现标志着伊丽莎白女王时代英国诗歌历史上一个黄金时期的开端。

诗歌赏析

在这首诗中，斯宾塞歌颂了爱情的不朽，也赞美了艺术的永恒。“死亡之路”“让低贱的东西去筹谋”“但你将靠美名而永活：我的诗将使你罕见的美德长留，并把你光辉的名字写入天国”。死亡虽然可以征服整个世界，但是“我们的爱将长存，生命永不灭”。爱情使生命不朽，而艺术使精神永生。诗人表达了自我对于爱情的最高意义的肯定，也表达了对于艺术和美的无限热爱。诗歌的韵律十分优美，语言深具美感，而在这美丽的语言和韵律背后，正是斯宾塞纯洁而崇高的道德情怀、纯粹的理想主义、执着的追求精神。因为其诗歌在情感和语言上具有这种完美主义的特点，斯宾塞被誉为“诗人中的诗人”。

我们要美丽的生灵不断蕃息/莎士比亚

我们要美丽的生灵不断蕃息，
能这样，美的玫瑰才永不消亡，
既然成熟的东西都不免要谢世，
优美的子孙就应当来继承芬芳；
但是你跟你明亮的眼睛定了婚，
把自身当柴烧，烧出了眼睛的光彩，
这就在丰收的地方造成了饥馑，

你是在跟自己作对，教自己受害。
如今你是世界上鲜艳的珍品，
只有你能够替灿烂的春天开路，
你却在自己的花蕾里埋葬了自身，
温柔的怪物呵，用吝啬浪费了全部。
可怜这世界吧，世界应得的东西。
别让你和坟墓吞吃到一无所遗。

作者简介

莎士比亚（1564~1616），英国伟大的戏剧大师、诗人，欧洲文艺复兴时期的文学巨匠。出生于离伦敦不远的斯特拉福镇一个富裕市民家庭。莎士比亚自幼即对戏剧表现出明显的兴趣，在学习时很注意古罗马的诗歌和戏剧。1585年前后，他去了伦敦，先在剧院里打杂，后来从事剧本创作受到注意，成为剧院编剧，还获得了一部分剧院的股份。逐渐地，他接触到文艺复兴的先进文化、思想，写出了很多伟大的作品。他的创作使他获得了丰厚的收入和世袭绅士的身份。1608年左右，他回到家乡定居，1616年4月逝世。诗人的一生作品甚多，共有37部戏剧，1卷十四行诗集，两首叙事长诗。这其中包括著名的《罗密欧与朱丽叶》《威尼斯商人》《无事生非》《哈姆雷特》《李尔王》等。

诗歌赏析

这是莎士比亚的十四行诗中的一首。莎士比亚是世界上最伟大的十四行诗作家之一，在十四行诗中，莎士比亚反复歌咏缠绵悱恻而执着不渝的爱情，这些诗作也被誉为莎翁的“爱情圣经”。在这首诗中，诗人将玫瑰比作美与爱的化身，在对于生命的歌颂中表达了对于死亡的否定。“我们要美丽的生灵不断蕃息”，诗人开篇就极为直接地倾诉了这样一个美好的愿望，要让美丽永生，要让优秀的子孙来继承这美好与芬芳。而一个“但是”，诗人在对渴愿的诉求中又生发出这样的矛盾——“这就在丰收的地方造成了饥馑”“你却在自己的花蕾里埋葬了自身”“用吝啬浪费了全部”，在这样矛盾的话语中，诗人指出这是因为“你是在跟自己作对，教自己受害”。这就引发了读者对于人在爱的体验与美的追求中所要直面的那种献身精神的思索。

梦亡妻/弥尔顿

我恍若见到了爱妻的圣灵来归，
像来自坟茔的阿尔瑟蒂丝，由约夫
伟大的儿子还给她欢喜的丈夫，
从死里抢救出，尽管她苍白，衰颓；

我的爱妻，洗净了产褥的污秽，
已经从古律洁身礼得到了救助，
这样，我确信自己清清楚楚，
充分地重见到天堂里她的清辉。

她一身素装，纯洁得像她的心地：
她面罩薄纱，可在我幻想的视觉，
那是她的爱、妩媚、贤德在闪熠，

这么亮，远胜别的脸，真叫人喜悦。
但是啊，她正要俯身把我拥抱起，
我醒了，她去了，白天又带给我黑夜。

作者简介

弥尔顿（1608~1674），英国诗人、政论家。1625年，弥尔顿入剑桥大学，并开始写诗。大学毕业后又攻读了文学6年。1638年，弥尔顿到欧洲游历。1640年英国革命爆发，弥尔顿毅然投身于革命运动之中，并发表了5本有关宗教自由的小册子，1644年，弥尔顿又为争取言论自由而写了《论出版自由》。1649年，革命胜利后的英国成立共和国，弥尔顿发表了《论国王与官吏的职权》等文，以巩固革命政权。1660年，英国封建王朝复辟，弥尔顿被捕入狱，不久被释放，此后他专心写诗。弥尔顿的代表作品有长诗《失乐园》《复乐园》和《力士参孙》。

诗歌赏析

1656年，弥尔顿与凯瑟琳·伍德柯克结婚，夫妻十分恩爱，但是婚后一年多的时候，凯瑟琳死于产褥，弥尔顿在悲伤之中写下了他唯一的一首以爱情为主题的诗。弥尔顿在娶凯瑟琳时已双目失明，没有目睹过妻子的面容，在诗中，他凭借梦境和幻想的视觉来描述妻子光辉的容貌。在这首诗中，弥尔顿直抒胸臆，将妻子描绘成一个圣洁、光明的天使般的美好形象。作品的最后，诗人将自己从梦境唤回到现实，重又陷入一种深深的悲凄，表达了自己对于亡妻的深厚的情感和凝重的哀思。

隐居颂/蒲柏

他是那样欢乐欣喜，
只企求数公顷祖传土地。
他心满意足地呼吸故乡的空气，
——在他自己拥有的田园里。
牲畜供他牛奶，土地赐他面包，
羊群呵给了他衣袍。
树木在夏天送来荫凉，
到冬日又使他不愁柴草。

他是如此幸福满足，
超然地任光阴悄悄流淌。
心平气和，体格健壮，
宁静地度过白昼时光。

夜晚他睡得烂熟，
因为他劳逸兼顾不忘闲游。
他那令人喜爱的单纯质朴，
溶合在沉思默想的时候。

我愿活着无人见无人晓，
我愿死时亦无人哀悼。
让我从这世界悄悄溜走，
连顽石也不知我在何处躺倒。

作者简介

蒲柏（1688~1744），英国18世纪最伟大的诗人，生于一个罗马天主教家庭，因为当时英国法律规定学校要强制推行英国国教圣公会，所以蒲柏从没有上过学，但是他在家中通过自学，阅读了大量的拉丁文、希腊文、法文和意大利文的作品，12岁时即开始发表诗作。1713年，在斯威夫特的鼓励下，蒲柏开始进行对荷马史诗《伊利亚特》和《奥德赛》长达13年的翻译工作。在翻译过程中，蒲柏结合自己对英国当时社会的认识进行了一定程度的再创作，取得了巨大的成功，以至于第一部英语词典的编纂者约翰逊博士称赞其为“世界上前所未见的高贵的译作”。蒲柏的诗习惯运用一种名为“英雄双韵体”的结构，作品工整、精练，且富有哲理性，因此他的许多诗句成为英语中的格言，并且大量被收入词典中。

诗歌赏析

这首诗表达了蒲柏对于平静自足的田园生活的喜乐和向往之情。诗人一再地说，“他是那样欢乐欣喜”“他是如此幸福满足”，用充满赞美之情的口吻来讲述田园生活的快乐逍遥和从容闲适。“夜晚他睡得烂熟，因为他劳逸兼顾不忘闲游。他那令人喜爱的单纯质朴，溶合在沉思默想的时候。”我们可曾在别处见过如此随适和谐的生活？在诗的最后一节，诗人说自己愿望“活着无人见无人晓”，而不愿死去时别人把自己悼念，也不愿别人用碑文来将自己纪念，因为生前有那样的生活已经足够。诗歌采用白描手法，写得清新自然，在对田园生活欢畅的描绘中传达出一种纯真之情，体现出一种自然之美。

老虎 / 布莱克

老虎！老虎！黑夜的森林中
燃烧着的煌煌的火光，
是怎样的神手或天眼
造出了你这样的威武堂堂？

你炯炯的两眼中的火
燃烧在多远的天空或深渊？
他乘着怎样的翅膀搏击？
用怎样的手夺来火焰？

又是怎样的膂力，怎样的技巧，
把你的心脏的筋肉捏成？
当你的心脏开始搏动时，
使用怎样猛的手腕和脚胫？

是怎样的槌？怎样的链子？
在怎样的熔炉中炼成你的脑筋？
是怎样的铁砧？怎样的铁臂
敢于捉着这可怖的凶神？
　　群星投下了他们的投枪。
用他们的眼泪润湿了穹苍，
他是否微笑着欣赏他的作品？
他创造了你，也创造了羔羊？
老虎！老虎！黑夜的森林中
燃烧着的煌煌的火光，
是怎样的神手或天眼
造出了你这样的威武堂堂？

作者简介

威廉·布莱克（1757~1827），英国诗人、版画家。早年参加过国内的民主斗争，被认为是英国浪漫主义诗人的开路人之一，也是英国前期浪漫主义文学的重要代表。布莱克的很多诗都充满了想象、神秘与象征。从表面上看，他的诗简单易读，但从深层分析，却复杂而耐人寻味。布莱克的诗正是通过简单来凸显复杂，使复杂寓于简单之中，所以，简单性和复杂性的有机统一与完美结合是布莱克诗的主要特点。布莱克的代表作品有诗集《天国与地狱的婚姻——想象力的赞美诗》和《天真之歌》《经验之歌》，其中《擦烟囱的少年》《保姆之歌》《病玫瑰》《老虎》等都是脍炙人口的佳作。

诗歌赏析

《老虎》是英国早期浪漫主义诗人布莱克的代表作。诗人布莱克笔下的老虎显然已经脱离了老虎的自然形象，而被诗人赋予一种威猛无比充满力量的象征。“火”是这首诗中对老虎的第一个直接的比喻，这团“火”在诗人看来具有烧穿黑夜的森林和草莽的强大威力。应该注意到，从头到尾，诗人大量使用问句，来表现对老虎的惊奇和赞叹，这是一个巧妙的手法。而且全诗非常注意音乐节奏和首尾的对应，使诗歌在整体上达到完美。

我的心儿在高原/彭斯

我的心儿在高原，我的心不在这儿，
我的心儿在高原，追遂着鹿儿。
追逐着野鹿，跟踪着獐儿；
我的心儿在高原，不管我上哪儿，
别了啊高原，别了啊北国，
英雄的家乡，可敬的故国，
不管我上哪儿漂荡，我上哪儿遨游，
我永远爱着高原的山丘。
别了啊，高耸的积雪的山岳，
别了啊，山下的溪壑和翠谷，
别了啊，森林和枝樘纵横的树林，
别了啊，急川和洪流的轰鸣，
我的心儿在高原，我的心不在这儿，
我的心儿在高原，追逐着鹿儿，
追逐着野鹿，跟踪着獐儿，
我的心儿在高原，不管我上哪儿。

（袁可嘉 译）

作者简介

彭斯（1759~1796），苏格兰伟大的民族诗人。生于苏格兰的农民家庭。十一二岁时便和父亲一样干重活，维持家庭生活。母亲是个民歌手，这使他在很小的时候就熟悉苏格兰民歌的旋律，为以后的创作打下了坚实的基础。1786年，因为和少女琪恩私下恋爱，触犯了教会和女方家庭。教会要制裁他，女方家庭则声称要将他投进监狱，这一切都是因为他的贫穷。彭斯本准备前往牙买加，但已没有钱买船票。彭斯迫不得已，在一个朋友的建议下，将自己的诗集《主要用苏格兰方言写的诗集》寄给了出版社。没想到这部诗集使他一跃成名，很快成了当时文化界的红人。彭斯向往法国大革命，曾自费购买小炮运往法国。1792年，彭斯因为发表革命言行被上级传讯，1795年，彭斯加入反抗英法联军的农民志愿军。1789年，彭斯获得一份税务官的职位，每天都要骑马巡行二百多里，同时还要务农。这些使得诗人劳累过度，37岁那年，年轻的诗人离开了人世。

诗歌赏析

诗人告别了北国的高原，心却仍留在那里，“我的心儿在高原”，我将爱之永远！高原之所以在诗人心中产生了这样深刻的爱，是因为那高原是“英雄的家乡，可敬的故国”，诗人的赞美，向着高原，意指却不仅仅在于高原俊美的风景，而更在于诗人所热爱的那种高昂蓬勃的精神。诗的前后两部分呈对称的结构，句式齐整而富有节奏，语言简明而充满欢畅，诗篇之中洋溢着乐观向上的情调，读来令人感到鼓舞和激昂。

一朵红红的玫瑰/彭斯

啊！我爱人像一朵红红的玫瑰，

它在六月里初开；

啊，我爱人像一支乐曲，

美妙地演奏起来。

你是那么美，漂亮的姑娘，
我爱你那么深切；
我要爱你下去，亲爱的，
一直到四海枯竭。

一直到四海枯竭，亲爱的，
到太阳把岩石烧裂！
我要爱你下去，亲爱的，
只要是生命不绝。
再见吧——我惟一的爱人，
我和你小别片刻；
我要回来的，亲爱的，
即使万里相隔！

（袁可嘉 译）

诗歌赏析

这首诗出自诗人的《主要用苏格兰方言写的诗集》，是诗集中流传最广的一首诗。诗人写这首诗的目的是送给他的恋人——少女琪恩。诗人在诗中歌颂了恋人的美丽，表达了自己的炽热感情和对爱情的坚定决心。

诗的开头用了一个鲜活的比喻——红红的玫瑰——一下子就将恋人的美丽写得活灵活现，同时也写出了诗人心中的感情。在诗人的心中，恋人不仅有醉人的外表，而且有着柔美灵动的心灵。

诗人对恋人的爱是那样真切、深情和热烈。那是种怎样的爱呀！——要一直爱到海枯石烂。这样的爱情专注使人想到中国的古老民歌：“上邪！我欲与君相知，长命无绝衰。山无陵，江水为竭，冬雷震震，夏雨雪，天地合，乃敢与君绝。”诗人的哀婉和柔情又可用《诗经》里的一句来说明："执子之手，与子偕老。"何等的坚决和悠长！

爱的火焰在诗人的心中强烈地燃烧着，诗人渴望能有美好的结果。但是，此时的诗人已经是囊中羞涩，他知道自己并不能给恋人带来幸福，他已经预感到自己要离去。但诗人坚信：这样的离别只是暂别，自己一定会回来的。

这首诗是诗人的代表作，开英国浪漫主义诗歌的先河，对济慈、拜伦等人有很大的影响。诗人用流畅悦耳的音调、质朴无华的词语和热烈真挚的情感打动了千百万恋人的心，也使得这首诗在问世之后成为人们传唱不衰的经典。诗歌吸收了民歌的特点，采用口语使诗歌朗朗上口，极大地显示了民歌的特色和魅力，读来让人感到诗中似乎有一股原始的生命之流在流淌。另外，诗中使用了重复的句子，大大增强了诗歌的感情力度。在这首仅仅有16句的诗中，涉及"爱"的词语竟有十几处之多，然而并不使人感到重复和累赘，反而更加强化了诗人对恋人情感的浓郁程度。

咏水仙/华兹华斯

我好似一朵孤独的流云，
高高地飘游在山谷之上，
突然我看到一大片鲜花，
是金色的水仙遍地开放。
它们开在湖畔，开在树下，
它们随风嬉舞，随风飘荡。

它们密集如银河的星星，
像群星在闪烁一片晶莹；
它们沿着海湾向前伸展，
通往远方仿佛无穷无尽；

一眼看去就有千朵万朵，
万花摇首舞得多么高兴。
粼粼湖波也在近旁欢跳，
却不如这水仙舞得轻俏；
诗人遇见这快乐的旅伴，
又怎能不感到欢欣雀跃；
我久久凝视——却未领悟
这景象所给我的精神至宝。

后来多少次我郁郁独卧，
感到百无聊赖心灵空漠；
这景象便在脑海中闪现，
多少次安慰过我的寂寞；
我的心又随水仙跳起舞来，
我的心又重新充满了欢乐。

（顾子欣 译）

作者简介

华兹华斯（1770~1850），19世纪英国著名的“湖畔诗人”，英国浪漫主义诗歌的奠基者。出生在英格兰西北部的湖区。1791年毕业于剑桥大学。曾参与法国大革命活动，但革命后的混乱景象使华兹华斯的心灵大为受伤。1799年，华兹华斯和骚赛、柯勒律治等人回到家乡，时常吟诗，求乐于山水之间。1798年，华兹华斯和柯勒律治共同出版了《抒情歌谣集》，一举成名。1813年，华兹华斯成为政府官员，诗情逐渐枯竭。华兹华斯晚年被授予“桂冠诗人”的称号。华兹华斯一生创作甚富，作品除上面提的外，还有《丁登寺》《孤独的收割人》《致杜鹃》等。

诗歌赏析

这首诗写于诗人从法国回国后不久。诗人带着对自由的向往去了法国，参加一些革命活动，但法国革命没有带来预期的结果，随之而来的却是混乱。诗人的失望和所受的打击是可想而知的，后在他的妹妹和朋友的帮助下，情绪才得以艰难地恢复。这首诗就写于诗人的心情平静之后不久。

在诗的开头，诗人将自己比喻为一朵孤独的流云，孤单地在高高的天空飘荡。孤傲的诗人发现了一大片金色的水仙，它们欢快地遍地开放。在诗人的心中，水仙已经不是一种植物了，而是一种象征，代表了一种灵魂，代表了一种精神。

水仙很多，如天上的星星，都在闪烁。水仙似乎是动的，沿着弯曲的海岸线向前方伸展。诗人为有这样的旅伴而欢欣鼓舞，欢呼跳跃。在诗人的心中，水仙代表了自然的精华，是自然心灵的美妙表现。但是，欢快的水仙并不能随时伴在诗人的身边，诗人离开了水仙，心中不时冒出忧郁孤寂的情绪。这时诗人写出了一种对社会、世界的感受：那高傲、纯洁的灵魂在现实的世界只能郁郁寡欢。当然，诗人脑海的深处会不时浮现水仙那美妙的景象，这时的诗人又情绪振奋，欢欣鼓舞。

整首诗的基调是浪漫的，同时带着浓烈的象征主义色彩。可以说，诗人的一生只在自然中找到了精神的寄托。而那平静、欢欣的水仙就是诗人自己的象征，在诗中，诗人的心灵和水仙的景象融合了。这首诗虽然是在咏水仙，但同时也是诗人自己心灵的抒发和感情的外化。

诗人有强烈的表达自我的意识，那在山谷上的高傲形象，那水仙的欢欣，那郁郁的独眠，或是诗人自己的描述，或是诗人内心的向往。诗人的心灵又是外向的，在自然中找到了自己意识的象征。那自然就进入了诗人的心灵，在诗人的心中化为了象征的意象。

去国行/拜伦

一

别了，别了！故国的海岸
　消失在海水尽头；
汹涛狂啸，晚风悲叹，
　海鸥也惊叫不休。
海上的红日径自西斜，
　我的船扬帆直追；
向太阳、向你暂时告别，
　我的故乡呵，再会！

二

不几时，太阳又会出来，
　又开始新的一天；
我又会招呼蓝天、碧海，
　却难觅我的家园。
华美的第宅已荒无人影，
　炉灶里火灭烟消；
墙垣上野草密密丛生，
　爱犬在门边哀叫。

三

“过来，过来，我的小书童！
　你怎么伤心痛哭？
你是怕大海浪涛汹涌，

还是怕狂风震怒？
别哭了，快把眼泪擦干；
这条船又快又牢靠：
咱们家最快的猎鹰也难
飞得像这般轻巧。”

四

“风只管吼叫，浪只管打来，
我不怕惊风险浪；
可是，公子呵，您不必奇怪
我为何这样悲伤；
只因我这次拜别了老父，
又和我慈母分离，
离开了他们，我无亲无故，
只有您——还有上帝。

五

“父亲祝福我平安吉利，
没怎么怨天尤人；
母亲少不了唉声叹气，
巴望到我回转家门。”
“得了，得了，我的小伙子！
难怪你哭个没完；
若像你那样天真幼稚，
我也会热泪不干。

六

“过来，过来，我的好伴当！
　你怎么苍白失色？
你是怕法国敌寇凶狂，
　还是怕暴风凶恶？”
“公子，您当我贪生怕死？
　我不是那种脓包；
是因为挂念家中的妻子，
　才这样苍白枯槁。

七

“就在那湖边，离府上不远，
　住着我妻儿一家；
孩子要他爹，声声哭喊，
　叫我妻怎生回话？”
“得了，得了，我的好伙伴！
　谁不知你的悲伤；
我的心性却轻浮冷淡，
　一笑就去国离乡。”

八

谁会相信妻子或情妇
　虚情假意的伤感？
两眼方才还滂沱如注，
　又嫣然笑对新欢。
我不为眼前的危难而忧伤，
　也不为旧情悲悼；

伤心的倒是：世上没一样
　值得我珠泪轻抛。

九

如今我一身孤孤单单，
　在茫茫大海飘流；
没有任何人把我牵念，
　我何必为别人担忧？
我走后哀吠不休的爱犬
　会跟上新的主子；
过不了多久，我若敢近前，
　会把我咬个半死。

十

船儿呵，全靠你，疾驶如飞，
　横跨那滔滔海浪；
任凭你送我到天南地北，
　只莫回我的故乡。
我向你欢呼，苍茫的碧海！
　当陆地来到眼前，
我就欢呼那石窟、荒埃！
　我的故乡呵，再见！

（杨德豫 译）

诗歌赏析

这首诗出自诗人著名的长诗《恰尔德·哈洛尔德游记》，是其中独立成章的一篇著名抒情诗。这首诗是拜伦受英国著名小说家司各特的一首小诗《晚安曲》的启发而写成的，又有人称之为《晚安曲》。1923年，离开祖国的中国诗人苏曼殊心忧祖国，心情沉重之余想起了这首诗，便将它译为《去国行》，诗名沿用至今。这首诗，是长诗的主人公恰尔德·哈洛尔德将要乘船离开英国海岸时所唱的歌曲。诗歌表现了诗人对祖国的深厚感情，也表达了诗人心中对社会现实的强烈不满，充满了强烈的浪漫主义精神和对自由的热切追求。

诗歌共分10节，3个部分。第一部分是前两节，主要描写海上的景色。诗的第二部分（3~7节），以问答的形式，逐步深入地表现了主人公对祖国的感情和看法，流露了主人公对故国深深的失望和怨恨之情。第三部分起到了点题的作用。故国对主人公不再有任何值得伤心的事物：情人的悲泣转眼就会笑对新欢，家中的忠仆很快就会不认得自己。主人公独自一人，心无牵挂，在茫茫的大海上漂荡。主人公要奔往新的大陆，追求新的生活。故乡，再见！主人公在这样的呼喊中，毅然告别故乡，奔向自由的理想之邦。

这首诗在风格上有着典型的浪漫主义特征。诗中的主人公又何尝不是诗人自己，主人公的感情和看法又何尝不是诗人自己的感情和看法。诗中的主人公高傲孤寂，愤世嫉俗，对现实有深深的不满，强烈追求个人的精神自由，他在一定程度上已经成了“拜伦式的英雄”。

西风颂/雪莱

一

哦，狂暴的西风，秋之生命的呼吸！

你无形，但枯死的落叶被你横扫，

有如鬼魅碰到了巫师，纷纷逃避：

黄的，黑的，灰的，红得像患肺痨，

呵，重染疫疠的一群：西风呵，是你

以车驾把有翼的种子摧送到

黑暗的冬床上，它们就躺在那里，
　像是墓中的死尸，冰冷，深藏，低贱，
直等到春天，你碧空的姊妹吹起

她的喇叭，在沉睡的大地上响遍，
　（唤出嫩芽，像羊群一样，觅食空中）
将色和香充满了山峰和平原。

不羁的精灵呵，你无处不运行；
破坏者兼保护者：听吧，你且聆听！

二

没入你的急流，当高空一片混乱，
　流云像大地的枯叶一样被撕扯
脱离天空和海洋的纠缠的枝干。

成为雨和电的使者：它们飘落
　在你的磅礴之气的蔚蓝的波面，
有如狂女的飘扬的头发在闪烁，

从天穹最遥远而模糊的边沿
　直抵九霄的中天，到处都在摇曳
欲来雷雨的卷发。对濒死的一年

你唱出了葬歌，而这密集的黑夜

将成为它广大墓陵的一座圆顶，
里面正有你的万钧之力在凝结；

那是你的浑然之气，从它会迸涌
黑色的雨，冰雹和火焰：哦，你听！

三

是你，你将蓝色的地中海唤醒，
而它曾经昏睡了一整个夏天，
被澄澈水流的回旋催眠入梦，

就在巴亚海湾的一个浮石岛边，
它梦见了古老的宫殿和楼阁
在水天辉映的波影里抖颤，

而且都生满青苔，开满花朵，
那芬芳真迷人欲醉！呵，为了给你
让一条路，大西洋的汹涌的浪波

把自己向两边劈开，而深在渊底
那海洋中的花草和泥污的森林
虽然枝叶扶疏，却没有精力；

听到你的声音，它们已吓得发青：
一边战栗，一边自动萎缩：哦，你听！

四

唉，假如我是一片枯叶被你浮起，
　假如我是能和你飞跑的云雾，
是一个波浪，和你的威力同喘息

假如我分有你的脉搏，仅仅不如
　你那么自由，哦，无法约束的生命！
假如我能像在少年时，凌风而舞
便成了你的伴侣，悠游天空
　（因为呵，那时候，要想追你上云霄，
似乎并非梦幻），我就不致像如今

这样焦躁地要和你争相祈祷。
　哦，举起我吧，当我是水波、树叶、浮云！
我跌在生活底荆棘上，我流血了！

这被岁月的重轭所制服的生命
原是和你一样：骄傲、轻捷而不驯。

五

把我当作你的竖琴吧，有如树林：
　尽管我的叶落了，那有什么关系！
你巨大的合奏所振起的乐音

将染有树林和我的深邃的秋意：
　虽忧伤而甜蜜。呵，但愿你给予我
狂暴的精神！奋勇者呵，让我们合一！

请把我枯死的思想向世界吹落，
　让它像枯叶一样促成新的生命！
哦，请听从这一篇符咒似的诗歌，

就把我的话语，像是灰烬和火星
　从还未熄灭的炉火向人间播散！
让预言的喇叭通过我的嘴唇

把昏睡的大地唤醒吧！要是冬天
已经来了，西风呵，春日怎能遥远？

（查良铮 译）

作者简介

雪莱（1792~1822），19世纪英国著名浪漫主义诗人。出生在一个古老而保守的贵族家庭。少年时在皇家的伊顿公学就读。1810年入牛津大学学习，开始追求民主自由。1811年，雪莱因为写作哲学论文推理上帝的不存在，宣传无神论被学校开除，也因此得罪父亲，离家独居。1812年，雪莱又偕同新婚的妻子赴爱尔兰参加反抗英国统治的斗争，遭到英国统治阶级的忌恨。1814年，雪莱与妻子离婚，与玛丽小姐结合。英国当局趁机对其大加诽谤中伤，雪莱愤然离开祖国，旅居意大利。1822年7月8日，雪莱出海航行遭遇暴风雨， 溺水而亡。雪莱一生创作了大量优秀的抒情诗及政治诗，《致云雀》《西风颂》《自由颂》《解放了的普罗米修斯》《暴政的假面游行》等一直为人们传唱不衰。

诗歌赏析

《西风颂》是雪莱“三大颂”诗歌中的一首，写于1819年。当时诗人正旅居意大利，处于创作的高峰期。这首诗可以说是诗人“骄傲、轻捷而不驯的灵魂”的自白，是时代精神的写照。诗人凭借自己的诗才，借助自然的精灵让自己的生命与鼓荡的西风相呼相应，用气势恢宏的篇章唱出了生命的旋律和心灵的狂舞。

诗共分5节，前3节写“西风”。那狂烈的西风，它的威力可以将一切腐朽的生命扯碎，天空在它的呼啸中战栗着。看吧！那狂暴犹如狂女的头发，在天地间摇曳，布满整个宇宙；那黑夜中浓浓的无边际的神秘，是西风力量的凝结；那黑色的雨、冰雹和火焰是它的帮手。这力量足以打破一切。

在秋天，西风狂暴地将陈腐的生命吹去，以横扫千军之势除去没有生机的枯叶，吹去那痨病似的生命。然而，它没有残杀一粒生命。它要将种子放进冬天深深的心中，使之在那里生根发芽，埋下春的信息。然后，西风吹响春的号角，让碧绿、香气布满大地，让它们随着西风运行的足迹四处传播。经过西风的破坏和培育，生命在旺盛地生长；那景象、那迷人的芳香在迅速地蔓延着，那污浊的、残破的东西已奄奄一息，在海底战栗着。

诗人用优美而蓬勃的想象写出了西风的形象。那气势恢宏的诗句，强烈撼人的激情把西风的狂烈、急于扫除旧世界创造新世界的形象展现在人们面前。诗中比喻奇特，形象鲜明，枯叶的腐朽、狂女的头发、黑色的雨、夜的世界无不深深地震撼着人们的心灵。

诗歌的后两段写诗人与西风的应和。“我跌在生活底荆棘上，我流血了！”这令人心碎的诗句道出了诗人不羁心灵的创伤。尽管如此，诗人愿意被西风吹拂，愿意自己即将逝去的生命在被撕碎的瞬间感受到西风的精神，西风的气息；诗人愿奉献自己的一切，为即将到来的春天奉献。在诗的结尾，诗人以预言家的口吻高喊：

“要是冬天/已经来了，西风呵，春日怎能遥远？”

这里，西风已经成了一种象征，它是一种无处不在的宇宙精神，一种打破旧世界、追求新世界的西风精神。诗人以西风自喻，表达了自己对生活的信念和向旧世界宣战的决心。

夜莺颂/济慈

我的心在痛，困顿和麻木
刺进了感官，有如饮过毒鸩，
又像是刚刚把鸦片吞服，
于是向着列斯忘川下沉：
并不是我嫉妒你的好运，
而是你的快乐使我太欢欣——
因为在林间嘹亮的天地里，
你呵，轻翅的仙灵，
你躲进山毛榉的葱绿和阴影，
放开歌喉，歌唱着夏季。

哎，要是有一口酒！那冷藏
在地下多年的清醇饮料，
一尝就令人想起绿色之邦，
想起花神，恋歌，阳光和舞蹈！
要是有一杯南国的温暖，
充满了鲜红的灵感之泉，
杯沿明灭着珍珠的泡沫，
给嘴唇染上紫斑；
哦，我要一饮而离开尘寰，
和你同去幽暗的林中隐没：

远远地、远远隐没，让我忘掉
你在树叶间从不知道的一切，

忘记这疲劳、热病和焦躁，
这使人对坐而悲叹的世界；
在这里，青春苍白、消瘦、死亡，
而“瘫痪”有几根白发在摇摆；
在这里，稍一思索就充满了
忧伤和灰色的绝望，
而“美”保持不住明眸的光彩，
新生的爱情活不到明天就枯凋。

去吧！去吧！我要朝你飞去，
不用和酒神坐文豹的车驾，
我要展开诗歌底无形羽翼，
尽管这头脑已经困顿、疲乏；
去了！呵，我已经和你同往！
夜这般温柔，月后正登上宝座，
周围是侍卫她的一群星星；
但这儿却不甚明亮，
除了有一线天光，被微风带过，
葱绿的幽暗，和苔藓的曲径。

我看不出是哪种花草在脚旁，
什么清香的花挂在树枝上；
在温馨的幽暗里，我只能猜想
这个时令该把哪种芬芳
赋予这果树，林莽，和草丛，
这白枳花，和田野的玫瑰，
这绿叶堆中易谢的紫罗兰，

还有五月中旬的娇宠，
这缀满了露酒的麝香蔷薇，
它成了夏夜蚊蚋的嗡萦的港湾。

我在黑暗里倾听：呵，多少次
我几乎爱上了静谧的死亡，
我在诗思里用尽了好的言辞，
求他把我的一息散入空茫；
而现在，哦，死更是多么富丽：
在午夜里溘然魂离人间，
当你正倾泻着你的心怀，
发出这般的狂喜！
你仍将歌唱，但我却不再听见——
你的葬歌只能唱给泥草一块。

永生的鸟呵，你不会死去！
饥饿的世代无法将你蹂躏；
今夜，我偶然听到的歌曲
曾使古代的帝王和村夫喜悦；
或许这同样的歌也曾激荡
露丝忧郁的心，使她不禁落泪，
站在异邦的谷田里想着家；
就是这声音常常
在失掉了的仙域里引动窗扉：
一个美女望着大海险恶的浪花。

呵，失掉了！这句话好比一声钟

使我猛醒到我站脚的地方！
别了！幻想，这骗人的妖童，
不能老要弄它盛传的伎俩。
别了！别了！你怨诉的歌声
流过草坪，越过幽静的溪水，
溜上山坡；而此时，它正深深
埋在附近的溪谷中：
噫，这是个幻觉，还是梦寐？
那歌声去了：——我是睡？是醒？

（查良铮 译）

作者简介

济慈（1795~1821），19世纪英国著名浪漫主义诗人。生于伦敦一个马夫家庭。由于家境贫困，诗人不满16岁就离校学医，当学徒。1816年，他弃医从文，开始诗歌创作。1817年诗人出版第一本诗集。1818年，他根据古希腊美丽神话写成的《安狄米恩》问世。此后诗人进入诗歌创作的鼎盛时期，先后完成了《伊莎贝拉》《圣亚尼节前夜》《许佩里恩》等著名长诗，还有最脍炙人口的《夜莺颂》《希腊古瓮颂》《秋赋》等诗歌。也是在1818年，诗人爱上了范妮·布恩小姐，同时诗人的身体状况也开始恶化。在痛苦、贫困和甜蜜交织的状况下，诗人写下了大量的著名诗篇。1821年，诗人前往意大利休养，不久病情加重，年仅25岁就离开了人世。

诗歌赏析

1818年，济慈23岁。这年，诗人患上了肺痨，当时，诗人正处于和范妮·布恩小姐的热恋中。正如诗人自己说的，他常常想的两件事就是爱情的甜蜜和自己死去的时间。在这样的情况下，诗人情绪激昂，心中充满着悲愤和对生命的渴望。在一个深沉的夜晚，在浓密的树枝下，在鸟儿嘹亮的歌声中，诗人一口气写下了这首8节80多行的《夜莺颂》。

相传，夜莺会死在月圆的晚上。在凄美而朦胧的月光中，夜莺会飞上最高的玫瑰枝，将玫瑰刺深深地刺进自己的胸膛，然后发出高亢的声音，大声歌唱，直到心中的血流尽，将花枝上的玫瑰染红。诗的题目虽然是“夜莺颂”，但是，诗中基本上没有直接描写夜莺的词，诗人主要是想借助夜莺这个美丽的形象来抒发自己的感情。

诗人的心是困顿和麻木的，又在那样的浊世。这时候诗人听到了夜莺的嘹亮歌唱，如同令人振奋的神灵的呼声。诗人的心被这样的歌声感染着，诗人的心同样也为现实的污浊沉重打击着。诗人向往那森林繁茂、树荫斑驳、夜莺欢唱的世界。他渴望饮下美妙的醇香美酒，愿意在这样的世界里隐没，愿意舍弃自己困顿、疲乏和痛苦的身体，诗人更愿意离开这污浊的社会。这是一个麻木的世界，人们没有思想，因为任何的思索都会带来灰色的记忆和忧伤的眼神。诗人听着夜莺曼妙的歌声，不再感觉到自己身体的存在，早已魂离人间。

夜色温柔地向四方扩散，月亮悄悄地爬上枝头，但林中仍然幽暗昏沉；微风轻吹，带领着诗人通过暗绿色的长廊和幽微的曲径。曲径通幽，诗人仿佛来到了更加美妙的世界，花朵错落有致地开放着，装点着香气弥漫的五月。诗人并不知道这些花的名称，但诗人靠着心灵的启发，靠着夜莺的指引，感受着深沉而宁静的世界。诗人沉醉在这样的世界里，渴望着生命的终结，盼着夜莺带着自己在这样的世界里常驻。

这样的歌声将永生，这样的歌声已经在过去，在富丽堂皇的宫殿，在农民的茅屋上唱了很多年。这样的歌声仍将唱下去，流过草坪和田野，在污浊的人世唤醒沉睡的人们。诗人深深陶醉在这如梦如幻的境界中，全然不知道自己是在睡着还是在醒着。

诗歌具有强烈的浪漫主义特色，用美丽的比喻和一泻千里的流利语言表达了诗人心中强烈的思想感情和对自由世界的深深向往。从这首诗中，我们能很好体会到后人的评论：英国浪漫主义诗歌在济慈那里达到了完美。

横越大海/丁尼生

夕阳西下，金星高照，
　好一声清脆的召唤！
但愿海浪不呜呜咽咽，
　我将越大海而远行；

流动的海水仿佛睡了，
　再没有涛声和浪花，
海水从无底的深渊涌来，
　却又转回了老家。
黄昏的光芒，晚祷的钟声，
　随后是一片漆黑！
但愿没有道别的悲哀，
　在我上船的时刻；

虽说洪水会把我带走，
　远离时空的范围，
我盼望见到我的舵手，
　当我横越了大海。

（袁可嘉 译）

作者简介

丁尼生（1809~1892），英国维多利亚时期的“桂冠诗人”。生于一个牧师家庭，在很小的时候就显示出过人的诗才，15岁时就与两个哥哥共同发表了《兄弟诗集》。1828年进剑桥大学读书，一改内向寡言的性格，加入诗歌俱乐部，积极参加诗歌活动。1829年，丁尼生的短诗获得了剑桥大学颁发的金质奖章。然而，丁尼生的人生并没因此而一帆风顺。1831年，丁尼生因父亲去世放弃了剑桥的学业。1832年，丁尼生的《诗集》出版，评论界极尽挖苦和攻击之能事，使得诗人在随后的十几年里未踏足诗坛半步。1833年，已与姐姐订婚的挚友突患绝症，离开了人世。丁尼生不堪悲痛，只以写诗来慰藉自己的灵魂。1850年，丁尼生出版了花费17年时间写成的《悼念集》，轰动了整个诗坛；同年，诗人和相恋15年之久的恋人结婚，可谓双喜临门。随后，荣誉也纷至沓来，丁尼生被人们众口一词封上了“桂冠诗人”的称号。晚年的丁尼生过着安闲的生活，还在上议院获得了一个席位——那是一个离诗歌，特别是伟大的诗歌作品很远的地方。所以，晚年的丁尼生尽管笔耕不辍，但收效甚微。

诗歌赏析

这首诗出自诗人的诗集《悼念集》，为诗人的名诗之一。诗人想借这首诗表达自己对逝去挚友的怀念和那种怀念的痛苦。诗人在沉痛的怀念中，意欲乘船横越大海，去寻找挚友。但诗人又并不局限于此，而是超越了平常的思念之情，在诗中写出了对人类心灵的思考。

诗人静立海岸，面对大海。尽管在海的深处有呜呜咽咽的悲吟，大海的表情却是一片寂静。诗人昂起头，看到了灿烂的夕阳，“金星高照”。诗人仿佛听到了一声召唤，“清脆的召唤”。

诗人要远行了。就在这个时刻，诗人看到了“黄昏的光芒”，听到了“晚祷的钟声”。那略带暗淡色彩的夕阳，衬着那教堂的钟声，幽幽邈邈的。是天堂的胜景，还是人间美妙的风光？黑夜即将来临，容不得诗人思索，诗人只能藏起曾经的悲哀，在悲哀的回忆中上船。在沉痛的回忆中，诗人的心如同那海水一样：尽管有着汹涌澎湃的激情，有着涵盖宇宙的梦想，但是为了失去的友人或者前辈的安息，为了平静美好的未来，诗人宁愿承受一切悲哀和痛苦；诗人沉默而冷静地站着，思索着即将到来的远行。

海水在“无底的深渊”中涌来涌去，但它们可以转回老家。诗人呢？可能面对的是洪水，无情卷走一切的洪水；诗人的前面可能不再有时空，一片混沌。但是诗人是满怀豪情的，是踌躇满志、信心百倍的。在诗的结尾，诗人说道：“我盼望见到我的舵手。”

诗的风格是沉郁的。带着那种心灵的重负，诗人借助独特的韵律、恰当的比喻和象征，完美地唱出了心灵的忧伤和对挚友的深深怀念。从那比喻、象征中，我们能明显看出英国抒情诗的传统表现手法，即对大自然进行深度的挖掘，寻找贴切表现主观心灵的象征物。同时，诗中那独特的旋律又突破了英国诗歌的传统，拓展了英国诗歌的疆界。

我捧起我沉重的心，肃穆庄严 /勃朗宁夫人

我捧起我沉重的心，肃穆庄严，
如同当年厄雷特拉捧着尸灰瓮，
我望着你的双眼，把所有灰烬
把所有灰烬倒在你的脚边。你看吧，你看
我心中埋藏的哀愁堆成了山，
而这惨淡的灰里却有火星在烧，
隐隐透出红光闪闪。如果你的脚
鄙夷地把它踩熄，踩成一片黑暗，
那也许倒更好。可是你却偏爱
守在我身边，等一阵清风
把死灰重新吹燃，啊，我的爱！
你头上虽有桂冠为屏，难保证
这场火烧起来不把你的金发烧坏，
你可别靠近！站远点儿吧，请！

（飞白 译）

作者简介

勃朗宁夫人（1805~1861），19世纪英国女诗人。出生在一个贵族家庭，自小受到良好的教育。15岁时不慎坠马，两腿受伤，此后长期卧床生活。期间开始创作诗歌，到1844年，她已成为英国诗坛上的明星。1846年，年轻的勃朗宁因倾慕诗人的诗才开始疯狂追求她，诗人经历了多次的彷徨之后答应了年轻人的求婚。诗人后来将自己在这段恋爱中的心情写成诗歌，即后来结集的《葡萄牙十四行诗》。

诗歌赏析

这首诗是勃朗宁夫人著名的《葡萄牙十四行诗》中的一首。这部十四行诗集共有44首，抒发了诗人和爱人在恋爱过程中的感受。这首诗是其中的第五首，写于诗人恋爱的早期。当时，诗人渴望独立坚强的爱情，同时因为自己的身体残疾又对爱情心怀犹疑。

诗人的心是沉重的，带着深深的忧郁，带着沉重的担心。因为她的心中堆着厚厚的哀愁。这重重的哀愁积聚在诗人的心头，如死灰一样灰暗，没有生气。诗人捧着自己的心如同厄雷特拉在捧着一只尸灰瓮。诗人望向自己的情人。那眼神中含着怎样的深情和热切呀！诗人愿意将自己的心抛给爱人，将心底的死灰全部倒在爱人的脚下，任由爱人踩踏。然而，这样的死灰中竟冒出一点火星，只要有一丝清风的吹拂，那一点火星就足以让死灰复燃。这死寂的灰中还有生命的呼喊，还有爱情的气息。诗人不在乎爱人将这一点火星踩熄，不在乎爱人将这爱的气息关闭。诗人愿意自己来承担爱的痛苦。诗人不愿意要依附对方和作为累赘的爱情；如果是那样的爱情，她宁愿舍弃，然后独自承担失恋的痛苦。

然而，爱人是坚定的，愿意守在诗人的身旁，愿意给诗人的心带来生机。爱人愿意做一阵清风，哪怕这清风吹起的是一场大火，哪怕这样的大火会烧坏自己的金发。诗人心中那一直压抑的热烈情感，那死灰下面隐藏的一点火红因此更加奔放和大胆，似乎瞬间就有燎原之势。在诗的结尾，诗人用俏皮的话语将心中假装的焦急和愤怒，心中潜藏的幸福和笑意活灵活现地表现了出来。

诗歌受当时流行的浪漫主义的深刻影响，具有明显的浪漫主义色彩。诗歌中的每一个意象和动作都指向诗人的心灵，强烈地表达了诗人的自我意识。比喻和用典都巧妙异常，将心中的微妙心情表达得淋漓尽致。诗的结尾，具有诗人所独具的风趣和戏剧性的对白，很好地表达了诗人心灵中潜藏的乐观情绪，表现了诗人独特的敏锐情感和诗歌表现手法。诗歌也使用了重复的手法来加强情感色彩。

诗人的这些十四行诗是她的爱情的真实记录。诗人以其纯洁真挚的感情让自己的爱情得到升华，同样，那具有传奇色彩的爱情使这些诗歌也具有了无穷的魅力。

分离/哈代

急雨打着窗，震响着门枢，
大风呼呼的，狂扫过青草地。
在这里的我，在那里的你！
中间隔离着途程百里！

假使我们的离异，我爱，
只是这深夜的风与雨，
只是这间隔着的百余里，
我心中许还有微笑的生机。

但在你我间的那个离异，我爱，
不比那可以消歇的风雨，
更比那不尽的光阴：邈远无期！

作者简介

托马斯·哈代（1840~1928），英国诗人、小说家。1856年，哈代离开学校，进入了建筑行业，并于1862年去伦敦任建筑绘图员。在此期间，他开始了文学创作。哈代最先的文学创作是诗歌，但后来又改为小说创作。1871年，他的第一部长篇小说《计出无奈》问世，1874年，他的第四部小说《远离尘嚣》成了他的代表作。

哈代晚年又回到了诗歌创作上，并以出色的诗歌开拓了英国20世纪的文学。

诗歌赏析

哈代生前以小说闻名于世，他写出了大量的具有深刻思想性和时代意义的小说，实际上他的创作以诗歌开始，也以诗歌结束。哈代一生写下了大量的诗歌作品，题材广泛，内容丰富，涵盖许多社会和人生问题。《分离》一诗写一种情人之间分离的失落感，诗人借景抒情，善于营造一种具体的情感氛围，而对内心情感的表白，也是比较直接的。“急雨打着窗，震响着门枢，大风呼呼的，狂扫过青草地”，诗人首先写出了一个风雨凄凄的情景，给我们展现出一个伤感的氛围，之后很快表明分离的痛苦：“在这里的我，在那里的你！中间隔离着途程百里！”在第二节，诗人深入了这种分离的本质：“假使我们的离异，我爱，只是这深夜的风与雨，只是这间隔着的百余里，我心中许还有微笑的生机。”诗人说这种分离事实上比风雨和遥遥路途更严重：“但在你我间的那个离异，我爱，不比那可以消歇的风雨，更比那不尽的光阴：邈远无期！”原来在诗人看来，这种分离中更令他痛苦的不是距离，而是遥遥无期的时间，长期的分离让诗人内心痛苦难耐。诗歌语言通俗流畅，富有古典气息，感情很真挚，情与景之间的相互交融也是十分恰当的。

当你老了 /叶芝

当你老了，头白了，睡思昏沉，
炉火旁打盹，请取下这部诗歌，
慢慢读，回想你过去眼神的柔和，
回想它们昔日浓重的阴影；

多少人爱你青春欢畅的时辰，
爱慕你的美丽，假意或真心，
只有一个人爱你那朝圣者的灵魂，
爱你衰老了的脸上痛苦的皱纹；

垂下头来，在红光闪耀的炉子旁，
凄然地轻轻诉说那爱情的消逝，
在头顶的山上它缓缓踱着步子，
在一群星星中间隐藏着脸庞。

（袁可嘉 译）

作者简介

叶芝（1856~1939），爱尔兰著名诗人，后期象征主义诗人的主要代表。出生在一个画家家庭。1889年，诗人出版其第一部诗集《马辛的漫游与其他》。同年，叶芝对美丽的茅德·冈一见钟情，并且一往情深地爱了她一生，尽管诗人并没有得到对方的丝毫回报。1891年，诗人来到伦敦，组织“诗人俱乐部”“爱尔兰文学会”，宣传爱尔兰文学。1896年，他和友人一道筹建爱尔兰民族剧院，拉开了爱尔兰文艺复兴的序幕。1899年，叶芝的诗集《苇丛中的风》获得最佳诗集学院奖。1902年，爱尔兰民族戏剧协会成立，叶芝任会长。1910年，诗人获得英国王室年金奖和自由参加任何爱尔兰政治运动的免罪权。1917年，叶芝再次向业已离婚的茅德·冈求婚，被拒绝，同年和另一女子结婚。1923年，叶芝获得诺贝尔文学奖。1932年，叶芝创立爱尔兰文学院。1938年，叶芝移居法国，一年后病逝。叶芝一生创作甚富，主要作品有诗集《奥伊辛漫游记》《后期诗集》等。

诗歌赏析

1889年1月30日，23岁的叶芝遇见了美丽的女演员茅德·冈，对她一见钟情，尽管这段一直纠结在诗人心中的爱情几经曲折，没有什么结果，但对茅德·冈的强烈爱慕之情却给诗人带来了真切无穷的灵感，创作了许多与此有关的诗歌。《当你老了》就是其中的一首。其时，诗人还是一名穷学生，诗人对爱情还充满着希望，对于感伤还只是一种假设和隐隐的感觉。

在诗的开头，诗人设想了一个情景：在阴暗的壁炉边，炉火映着已经衰老的情人的苍白的脸，头发花白的情人度着剩余的人生。在那样的时刻，诗人让她取下自己的诗，在那样的时间也许情人就会明白：诗人的爱是怎样的真诚、深切。诗开头的假设其实是一个誓言，诗人把自己，连同自己的未来一起押给了爱人，这爱也许只是为了爱人的一个眼神。诗人保证：即使情人老了，自己仍然深爱着她。即使她头发花白，即使她老眼昏花，仍然可以为那一个柔和的眼神带来的爱慕，带来的阴影和忧伤回想，让最后一点的生命带点充实的内容。在情人的最后岁月里，诗人极为渴望能在她身边。

然而，这样的誓言与坚定并没有得到应有的回报。情人是很优秀的：美丽、年轻而有着令人仰羡的内秀。这注定了诗人爱情的艰难和曲折。那些庸俗的人们同样爱慕着她，为她的外表，为着她的年轻美丽——他们怀着假意，或者怀着真心去爱。但是，诗人的爱不是这样，诗人爱着情人的灵魂——那是朝圣者的灵魂，诗人的爱也因此有着朝圣者的忠诚和圣洁，诗人不仅爱情人欢欣时的甜美容颜，同样爱情人衰老时痛苦的皱纹。诗人的爱不会因为爱情的艰辛而有任何的却步，诗人的爱不会因为情人的衰老而有任何的褪色，反而会历久弥新，磨难越多爱得越坚笃。

虽然自己的苦恋毫无结果，诗人仍会回忆那追求爱情的过程，追思那逝去的岁月，平静地让爱在心里，在唇间流淌。诗人所担心的是情人。她会在年老的时候为这失去的爱而忧伤吗？她会凄然地诉说着曾经放在面前的爱情吗？诗人的爱已经升华。那是一种更高境界的爱——在头顶的山上，在密集的群星中间，诗人透过重重的帷幕，深情地关注着情人，愿情人在尘世获得永恒的幸福。

摇摆的石头/麦克迪尔米德

在收获季节寒冷的半夜，
世界像一块石头
摇摆在天空下。
凄凉的回忆起了又落，
像被风追逐的雪花。

我已认不出
石头上刻着的文字。
何况浮名如青苔，
历史如地衣，
早把一切掩埋。

作者简介

麦克迪尔米德（1892~1978），苏格兰诗人，曾就学于爱丁堡大学，做过小职员和记者，是苏格兰民族主义党创建人之一，同时也是一个共产主义者，发表过三首歌颂列宁的诗歌。1925年，麦克迪尔米德同朋友发起了一场“苏格兰文艺复兴”运动，并且创作了大量的诗作。麦克迪尔米德在创作初期积极吸取民间文学的营养，用苏格兰方言写作了一批非常出色的抒情短诗，且颇受推崇。20世纪30年代后期开始，他的诗风发生很大变化，改用英语写作复杂的长篇“现代史诗”。在这些长诗中，他力图将马克思主义、现代科学和各民族的传统文化进行融汇结合，以求描绘出一幅有助于实现人的全面发展的文化图景。1962年，麦克迪尔米德的诗歌合集出版，他的名声开始越出苏格兰，受到英美文学界的一致推崇，使得他被公认为20世纪英语世界最为重要的诗人之一。

诗歌赏析

这首诗写出了诗人自己对于历史的看法，这种看法中包蕴了诗人对于历史与人生的深沉思索。诗的第一句中，“收获季节”与“寒冷的午夜”，在前后并不搭调的两个时间组合中爆发出诗歌的张力。“世界像一块石头”，是一种超越了通常经验的比喻，“摇摆在天空下”的这一景象也令人匪夷所思。而下面的诗句道出了诗歌的意旨所在：“凄凉的回忆起了又落，像被风追逐的雪花。”历史总是残酷的，它只给记忆留下凄凉。诗的第二节中写道，“我已认不出/石头上刻着的文字”“何况浮名如青苔，历史如地衣，早把一切掩埋”。这样的诗句唤起了一种历史的虚无感，事实上，这虚无之中却蕴含着一种特别的沉重。诗人在深深叹慨一切均将随着岁月而消逝的同时，表露出来的那种冰冷的悲怆，却含藏着内心对于历史与生活的炽灼热情与凝重思虑。

法 国

罗马的纪念碑/杜·贝莱

你，新来者，到罗马来寻找罗马，
可是在罗马你不见罗马的踪影，
这些毁坏的宫殿，这些朽败的拱顶，
这些颓垣断壁，就是所谓罗马的奢华。

你看这豪气，这废墟的伟大；
可是这风靡世界的帝国，
为了征服一切，自己也最终夭折，
屈服在时光无上的淫威之下。
罗马是罗马唯一的纪念碑，
罗马仅屈从于罗马的神威，
唯有第伯河依然，西流去海。

啊！第伯河，朝三暮四的河流！
随着时光流逝，坚固的不能长久，
而流动的，反而安然长在。

作者简介

杜·贝莱（1522~1560），法国诗人，七星诗社的重要成员，出身于一个显贵的家庭，父亲是安加州的地主，也是布雷斯特市的市长，他的叔父们也都拥有显赫的地位，而他的母亲还继承了一座城堡。杜·贝莱天生体弱多病，而且很早就成了孤儿，这令他的童年充满了忧郁。出于成为教士的想法，1545年，杜·贝莱进入普瓦捷学院学习法律，同时开始关注法语诗歌。1547年底，他结识了诗人龙沙，并且随同他到巴黎学习古代文化。1549年，杜·贝莱发表了著名的七星诗社宣言《保卫与弘扬法兰西语言》，并于同年出版了自己的第一步作品《橄榄集》。由于体弱和疲劳过度，杜·贝莱大病了一场，在病床上度过了两年的时光。1553年，他的叔父被任命为罗马大使，杜·贝莱随同叔父出行并担任秘书工作。这次出使令杜·贝莱完成了一系列重要的著作，包括《罗马怀古》和《悔恨集》。回国后不久，杜·贝莱病重耳聋，在凄惨的时光中度过了自己最后的岁月。1560年，杜·贝莱中风而死。杜·贝莱被看作是法国16世纪与龙沙齐名的诗人。

诗歌赏析

这首《罗马的纪念碑》不仅是杜·贝莱的代表作品，也是怀古诗中的佳作，其中蕴含着深沉的历史感和哲理性。“到罗马来寻找罗马”，前一个“罗马”是地理概念，而后一个“罗马”则是历史概念。但是而今在罗马的土地上，却“不见罗马的踪影”，见到的只是“官殿”“拱顶”“颓垣断壁”，而这“就是所谓罗马的奢华”。鲁迅当年曾经打算写作一部有关唐代历史的小说，而且亲自在西安考察过，结果是很失望，而这首诗表达的是同样的情感。历史上的显赫与辉煌，都已湮灭不存，人们今天所收获的只能是沧桑感和失落感。“为了征服一切，自己也最终夭折”，曾经的辉煌，都“随着时间流逝，坚固的不能长久”。在时间的长河中，一切终将消逝，“而流动的，反而安然长在”。而诗人又说道，“罗马仅屈从于罗马的神威”，这又揭示了事物的发展归根结底是亡于自身的哲理。

致爱伦/龙沙

当你十分衰老时，傍晚烛光下
独坐炉边，手里纺着纱线，
赞赏地吟着我的诗，你自语自言：
“龙沙爱慕我，当我正美貌年华。”

你的女仆再不会那样冷漠，
虽然在操劳之后她睡意方酣，
听见你说起龙沙，她也会醒转，
用永生不朽为你的名字祈福。

我将长眠地下，化作无形的幽灵；
我将安息在香桃木的树荫；
而你将成为老妇人蜷缩炉边，
痛惜我的爱情，悔恨自己的骄矜。

你若信我言，活着吧，不必等明天，
请从今天起采摘生命的朵朵玫瑰。

作者简介

龙沙（1524~1585），法国近代史上的第一位抒情诗人，出身于贵族家庭。龙沙于1547年组织七星诗社，是该社的领袖人物。1550年他发表《颂歌集》四卷，从此声名鹊起。1574年所写的组诗《致爱伦娜十四行诗》被认为是他的四部情诗中的最佳作品。龙沙在诗中反对禁欲主义，表达了对于现实生活的热爱，同时，他的诗歌因为具有音律和谐、技巧娴熟、风格哀婉、情感真挚的特点而在欧洲各国的宫廷中广为传诵。龙沙创作殷勤，尝试了多种诗体，作品在数量和质量方面都很为可观，为法国民族诗歌的发展做出了重要贡献。

诗歌赏析

爱伦是龙沙爱慕过的一位修女，出身于名门贵族，这首诗是龙沙写给爱伦的系列十四行诗中的一首。诗人设想自己的恋人年老的时候独坐炉边，赞赏地吟着自己的诗，而且“自语自言：‘龙沙爱慕我，当我正美貌年华。’”连同恋人的女仆听见龙沙也会醒转，“用永生不朽为你的名字祈福”。可是“我将长眠地下，化作无形的幽灵；我将安息在香桃木的树荫”；诗人想象着恋人那时的情形是“痛惜我的爱情，悔恨自己的骄矜”。最后，诗人呼唤恋人：“你若信我言，活着吧，不必等明天，请从今天起采摘生命的朵朵玫瑰。”诗人是通过这样的一种假想来劝勉恋人接受自己的爱情，而在表达爱情的同时也显露的诗人对于自身的肯定。另外，诗中在爱情的渴望之外，还蕴含了一种红颜易老、青春易逝的感伤。

诗人走在田野上/雨果

诗人走到田野上；他欣赏，
他赞美，他在倾听内心的竖琴声。
看见他来了，花朵，各种各样的花朵，
那些使红宝石黯然失色的花朵，
那些甚至胜过孔雀开屏的花朵，
金色的小花，蓝色的小花，
为了欢迎他，都摇晃着她们的花束，
有的微微向他行礼，有的做出娇媚的姿态，
因为这样符合美人的身份，她们

亲昵地说："瞧，我们的情人走过来了！"
而那些生活在树林里的葱茏的大树，
充满着阳光和阴影，嗓子变得沙哑，
所有这些老头，紫杉，菩提树，枫树，
满脸皱纹的柳树，年高德劭的橡树，
长着黑枝杈，披着藓苔的榆树，
就像神学者们见到经典保管者那样，
向他行着大礼，并且一躬到底地垂下
他们长满树叶的头颅和常春藤的胡子，
他们观看着他额上宁静的光辉，
低声窃窃私语："是他！是这个幻想家来了！"

诗歌赏析

这首诗写于1831年夏天。这时的法国刚刚取得七月革命的胜利，全国处在一片欢腾之中，诗人受到了很大的感染。当时，诗人创作的浪漫主义名剧《欧那尼》已走红，在与保守的古典主义的斗争中取得了胜利。诗人心情激奋，意气风发。

这首诗主要是诗人自己的思想表达。在诗中，雨果用自己的"英雄风姿"和"富丽堂皇的辞藻"表达了自己心中对自然界生命和智慧的赞美和歌颂。田野是自然的象征，是生命活动的美丽场所。诗人来了，带着一种赞赏的目光和一颗热爱万物的心。在诗人的心中，有美妙的音乐在流动着。田野里的花木似乎也受到了诗人情绪的感染，它们摇首挥手，向诗人致意，欢迎诗人的到来。看那花，鲜红得足以使红宝石失去光彩，层层叠叠的花瓣使开了屏的孔雀难以与其媲美。再看那些树，苍翠欲滴，繁密的树叶在阳光映照下容光焕发，在风的伴唱中婆娑起舞。紫杉、橡树、榆树等高大的形象代表着各式的德行和各样的高尚。这些在诗人的眼中出现，在诗人的心中播种着美好的东西。

诗人正是在它们的欢欣中，在它们的欢迎中写出了他的伟大智慧。那花的舞蹈是为了诗人的到来，那高大和茂密的树在低声私语，赞美大自然的精灵和诗人的心灵。在花的心中，诗人能作为情人，因为诗人的心有着花一样的美丽；在树的眼中，诗人有着最神奇的想象力，幻想在诗人的心中飞翔，可以化为一首首赞歌。

这首诗集中体现了诗人诗歌的特点和风格。诗歌辞藻华丽，修饰和比喻层叠出现，意象繁丰而不乱，充实而略显雕琢。拟人手法的使用更是恰到好处，准确到位地写出了诗人与自然之间一定层次上的融合。诗中正是通过这些表现手法写出了诗人的浪漫主义思想，表现了浪漫主义诗歌的典型特点。诗中表面上是在描写和赞美大自然，事实上是在表达诗人心中的思想，表达了诗人心中的感情和诗人崇高而优美的心灵。诗人正是以这种华美清丽、热烈奔放的诗风奠定了法国浪漫主义诗歌的主流风格，同时，诗中表现的人与自然合一的思想也影响到了法国后来的诗歌风格。

明天，天一亮/雨果

明天，天一亮，原野露曙色。
我就动身。我知道你在瞭望。
我行经森林，我行经山泽，
我再不能长此天各一方。

我注视着思念踽踽地走，
什么也不闻，什么也不见，
怀着忧心，俯着背，交叉着手，
白昼，我觉得如同黑夜一般。

我不看直下江流的远帆，

也不看落日散成的彩霞，

几时我到了，就在你的墓前

放下一束青枝和一束花。

诗歌赏析

雨果19岁的女儿与新婚半年的丈夫在乘坐帆船游览塞纳河时不幸双双遇难，这给雨果带来了深深的悲痛，这首诗就是雨果为悼念女儿所作的，写诗人对于自己“明天，天一亮”就去女儿墓前祭奠的想象。“明天，天一亮，原野露曙光，我就动身。”诗的开头，表达出了诗人心情的迫切。“我行经森林，我行经山泽，我再不能长此天各一方。”诗人探望女儿的心情急迫而又悲切。“我注视着思念踽踽地走，什么也不闻，什么也不见”，诗人的心完全专注在女儿身上，而无心接受外界的任何信息，即使是那金色的月亮和远方如画的风景也全然不顾，而只为了赶快到女儿的墓前，“放下一束青枝和一束花”，朴素的语言表达了诗人深挚的悲悼之情。

哀愁/缪塞

我失去力量和生气

也失去朋友和欢乐；

甚至失去那种使我

以天才自负的豪气。

当我认识真理之时，

我相信她是个朋友；

而在理解领会之后，

我已对她感到厌腻。

可是她却永远长存，

对她不加理会的人，
在世间就完全愚昧。

上帝垂询，必须禀告。
我留有的惟一至宝
乃是有时流过眼泪。

作者简介

缪塞（1810~1857），19世纪法国著名浪漫主义诗人。他的诗歌，形式考究，感情丰富，真切动人，有着深远的影响。在他的一生中，缪塞除了诗歌还创作了不少戏剧和小说，发表过一些颇有影响的关于社会、政治和文学艺术的论文。

缪塞的文学活动是从参加以雨果为首的进步浪漫主义团体“文社”开始的。他不仅是浪漫派中最有才华的诗人，其戏剧作品也大大促进了法国浪漫主义戏剧运动。他的小说在创建法国浪漫主义心理小说和为近代小说开辟道路方面也起了不小的作用。 虽然缪塞的戏剧和小说反映社会生活不够全面，但是却真实刻画了法国某些阶层的生活及心态，颇具时代色彩。他描写的“世纪病”在今天看来，还可以感觉到当时某些人物的精神面貌。他的主要戏剧作品有《罗伦扎西欧》《反复无常的人》《巴尔贝林》《喀尔摩金》等。他的小说有《埃梅林》《弗烈特立克和贝尔纳莱特》《提善的儿子》，这3部小说可列入19世纪优秀爱情小说的行列。《一个世纪儿的忏悔》以其动人的爱情故事和细腻的心理描写而成为缪塞的代表作。

诗歌赏析

缪塞是19世纪法国著名的浪漫主义诗人。作为一位卓越的抒情诗人，缪塞有着独特的情感经历。他感情丰富，青年时与当时法国著名的批判现实主义女作家乔治·桑相识，堕入情网。两人在一起相处了一段浪漫的时光，不久乔治·桑抛弃了缪塞，这给他带来很大的打击。这段曲折的感情经历诱发了缪塞的创作灵感，挥笔写下了许多优美的诗篇。短诗《哀愁》即是其中著名的一首，曾被广泛传诵。

爱情遭遇挫折，诗人的心情可想而知：忧郁、悲伤、消沉，失去了生活的力量，变得无精打采，没有生气。加之平日要好的朋友也离开了诗人，诗人的心更加寂寞、孤独。诗人甚至怀疑一向使自己自负的才气也消失了，并因此陷入极度感伤的境地，周围的一切对他来说是那样的黯淡、昏沉。

心情沉郁，对自然的一切也就毫无兴趣；甚至对于真理，诗人也觉得反感、厌倦。诗人说道，“当我认识真理之时，我相信她是个朋友”，而一旦对真理领会之后，诗人则觉得她平淡无味，味同嚼蜡。诗人的悲观情绪在此得到了极度表现。虽然如此，诗人脑中还保持着一份清醒：真理是永存的，是经历了时间和实践考验的，是正确无误的。诗人心中还存留一点微弱的希望之火。在人世间找不到知音，诗人只得将目光投向天空，向那位缥缈的上帝诉说心中的哀愁。而这时与诗人相伴的，能给诗人带来些许安慰的，是诗人眼中的泪水。

诗的格调是感伤沉郁的，诗人没有运用深奥的象征手法去营造抽象的意境，而是借助简白晓畅的语言，一泻无遗地唱出了自己心灵的忧伤。对于今天的读者，这首诗的消极灰暗色调可能引不起读者的共鸣，但由于诗歌真切流露了诗人的感情，因而丝毫不显得空洞、造作。缪塞对于抒情诗的创作，主张“言为心声”，反对无病呻吟，他曾说过：“诗句虽是手写出的，说话的却是心。”这首诗真实地反映了他的这一观点。对于今天那些刻意追求诗的表现技巧的人来说，缪塞所说的话是一个很好的借鉴。

天鹅/马拉美

纯洁、活泼、美丽的，他今天
是否将扑动陶醉的翅膀去撕破
这一片铅色的坚硬霜冻的湖波
阻碍展翅高飞的透明的冰川！

一头往昔的天鹅不由追忆当年
华贵的气派，如今他无望超度
枉自埋怨当不育的冬天重返
他未曾歌唱一心向往的归宿。
他否认，并以颀长的脖子摇撼
白色的死灰，这由无垠的苍天
而不是陷身的泥淖带给他的惩处。

他纯净的光派定他在这个地点，
如幽灵，在轻蔑的寒梦中不复动弹：
天鹅在无益的谪居中应有的意念。

作者简介

马拉美（1842~1898），法国早期象征主义诗歌大师。出生于官宦家庭。马拉美很小的时候，母亲、父亲和姐姐相继离开人世，成了一个孤儿，只是在外祖母的那里得到一些关怀。中学时代，马拉美迷上了诗歌。1862年，马拉美开始发表诗歌，同年去英国进修英语。次年，马拉美回到法国。1866年，马拉美的诗歌开始受到诗坛的关注。1876年，马拉美的《牧神的午后》在法国诗坛引起轰动。此后，马拉美在家中举办的诗歌沙龙成为当时法国文化界最著名的沙龙，一些著名的诗人、音乐家、画家都是他家的常客，如魏尔伦、兰波、德彪西、罗丹夫妇等。因为沙龙在星期二举行，故被称为“马拉美的星期二”。1896年，马拉美被选为“诗人之王”，成为法国诗坛现代主义和象征主义诗歌的领袖人物。马拉美晚年的诗作晦涩难懂，成就不大。

诗歌赏析

诗人曾经说过：“冬日，那清醒的冬日，才是明净艺术的季节。”那样的冬天给了诗人怎样的共鸣，怎样的思考呢？是不是那样的寒冷正好刺痛了诗人的神经，让诗人产生了冷静的思考？《天鹅》写于诗人创作的早期，其时诗人正处于创作低潮期，生活也不是很令人满意。在那样的寒冷中，诗人的思考就深沉地刺进了世界的深处。

诗主要描写一只冬天的天鹅。诗的开头用来修饰天鹅的词都可以用来修饰天使。然而在寒冷的冬天，在冰封的湖面上，天鹅在沉沉睡去。天空的积云还没有散去，显示着冰冷坚硬的铅灰色；湖面死气沉沉，寒冷冻僵了所有的声音。睡去的天鹅并没有忘记自己的出身，华贵的气派，有着优美的内心梦想。天鹅仇视这寒冷和铅灰色的天空，天鹅的梦想在这样的天空上不能展现，也不想展现。天鹅受伤了，陷入深深的忧伤和痛苦中。

这样的处境就是天鹅的宿命吗？天鹅，摆动它白色的颈项——纯洁灵动的曲线，否认自己身陷泥淖之中。天鹅认为自己困留在这样的世界，是因为那天空，那没有生机的天空， 陷它于这样的处境。天鹅的梦想受到了致命的打击。它绝望了，梦想在自己的心灵中死去。天鹅纯洁的心灵，那份纯净的光让它只能在这样的寒梦中蛰伏，在沉沉的意念中守着自己的纯洁和神圣的美丽。

这天鹅也是诗人自己的象征，天鹅梦想的破灭象征着诗人心灵受到创伤，天鹅的意念和信仰正是诗人的意念和信仰。在对天鹅的描写中，诗人的心也在承受着巨大的悲痛和深深的失望。诗人想在这令人失望的世界中蛰伏，保持自己高傲的形象，不惜以牺牲为代价。

马拉美是象征主义诗歌理论的最终完成者，他的诗歌在艺术的表现手法和艺术形式上将象征主义诗歌的特点表现得极其完整而到位。诗中的天鹅、天鹅的姿态、结冰的湖面组合成的画面，正是诗人和诗人所在世界的象征，其背后有着深刻的内涵，可能指向着一个更具精神性的世界。

诗歌在用词和音乐的追求上也达到了一个新的高度。诗歌在语言的组织上韵律得当，有着明显的音响效果，体现了诗人自己所说的诗歌主张：要依靠音响的效果来组织词句。

乌鸦/兰波

主啊，当草原寒气袭人，
在萎靡的小村庄里，
在凋零的大自然里，
让乌鸦从太空里飞下，
那些可爱的奇妙的乌鸦。
叫声凄厉的奇怪的队伍，
冷风吹袭你们的窠！
你们沿着黄色的河，
沿着旧十字架的道路，
在沟渠上面，在洼地上空，
你们飞散着，请再来集中！

在那些前日的死者
长眠的法国原野上面
成群盘旋吧，可好？在冬天，
为了唤起行人的感慨，

请尽你们的义务喊叫，
哦，我们的凄沉的鸟！
可是，诸圣啊，让五月之莺
在那沉没于良宵的桅杆，
在那橡树的高枝上面，
为林中的羁客长鸣，
他们在草中无法离开，
那些没有前途的失败者！

作者简介

兰波（1854~1891），19世纪法国象征主义诗人。出生在法国西北部的一个小城。兰波出生不久，其父便抛弃了兰波母子二人。母亲将这种痛苦转嫁到孩子身上，使得家庭气氛沉闷。兰波在这样的日子中度过了童年，还有过三次离家出走的经历。兰波15岁时就写下了名诗《元音》《醉舟》。1869年，兰波再次出走，来到巴黎，和另一位诗人魏尔伦认识。不久两人之间产生了超出朋友的感情，成为一对恋人，魏尔伦抛弃妻子和兰波一起离家出走。1873年，兰波提出分手，遭到魏尔伦枪击而受伤。不久兰波写下了著名的散文诗集《地狱的一季》。同年，兰波放下诗笔，从事商业活动。兰波在其短短的6年创作生涯中，仅留下70余首诗和40多首散文诗，但影响很大。1891年，兰波身患癌症离开人世，年仅37岁。

诗歌赏析

这首诗写于普法战争（1870年）之后，诗人借着战争的失利和生命的死亡来讲述自己心中的生活感受。

诗人在生命的重重阴影中叹息、悲哀，带着难以言状的沉沦和失望。世界也是这样：那草原、村庄，还有那群乌鸦，都面临着这样的困境。草原上，寒风在吹着，绿色在这样的世界上已没有立足之地。村庄更是在寒风中瑟瑟发抖，几座用蓬草搭起的茅屋是唯一的风景，和草原一样的干枯，孤独而单调地立在那儿。

这凋敝的草原上突然有一群精灵飞起。是乌鸦！它们叫声凄厉，是为人间的悲剧，还是为自己的命运？草原上站着一些光秃槎丫的树，树枝间的窠，是乌鸦仅有的栖身之所，那坚硬、冰冷的窠更是严酷寒风的袭击对象。在黄色的河流上空、在两旁插满十字架的道路中、在阴暗的小水沟上面，乌鸦在飞翔着，散落在那任何可能藏有腐朽和死亡的地方。

诗人说："请再来集中。"诗人突然跳出来呼喊，盘旋吧，人间的精灵！在冰冷僵硬的尸体上面，在死气沉沉的法国上空，扫荡人间那些行将逝去的肮脏灵魂吧！喊叫吧，人间的精灵！让那些浑浑噩噩的人们清醒过来，让路过的行人知道这国家的腐朽！

诗人在最后一段把乌鸦说成是"五月之莺"，它在那沉沉的夜中，在桅杆上，在高高的橡树上鸣叫。诗人要借着这凄厉的鸣叫唤醒人类埋藏心底的激情和美好理想。这是诗人的寄托吗？诗人该是那羁留在丛林中的天涯倦客，该是生活的失败者。

这首诗体现了兰波诗歌的显著特征。兰波是波德莱尔的第一个继承人，同时他还发展了波德莱尔的象征主义理论。他认为诗歌是人的心灵世界和自然世界结合的结果，是诗人的一种通感的表达，他还认为诗歌应注重对主观情感的抒发，要用虚幻的世界来表现心灵。在这首诗中，诗人似乎和那原野、村庄、乌鸦合一了——那处境既是它们的处境也是诗人的生活处境，鸣叫、坚强同样是诗人的呼喊和坚强。

莱茵之夜/阿波利奈尔

我的杯子盈溢着酒仿佛一团颤动的火焰

请谛听谛听那船夫悠扬的歌声

叙说着曾看见月光下七个女人
梳弄她们的黛色长发披垂脚边

站起围成圆圈边舞边高声歌唱
于是我不再听见那船夫的音响
金黄头发的少女啊走近我的身边
目光凝注漫卷起那秀丽的长辫

莱茵河莱茵河已经醉去这葡萄之乡
这河上倒影抖落了多少夜晚的黄金
虽已声嘶力竭余音袅袅不绝
黛发的仙女啊她们在讴歌夏令

我的杯子破了仿佛爆发出一阵大笑

作者简介

纪尧姆·阿波利奈尔（1880~1919），生于意大利罗马，死于法国巴黎，法国20世纪最有特色的诗人和小说家，超现实主义文艺运动的先驱之一。阿波利奈尔是一个波兰女贵族的私生子，1899年到巴黎当银行职员、记者。1911年发表第一部诗集《动物小唱》（又名《奥菲的随从》），两年后发表代表作《醇酒集》，同年还发表了未来主义宣言《未来主义的反传统》。第一次世界大战爆发后志愿参军，战后出版了诗集《美好的文字》。除诗歌创作外，阿波利奈尔在剧本、小说和文艺评论方面也有很大成就。剧作《蒂雷西亚的乳房》被视为超现实主义的开山之作。

诗歌赏析

西方现代主义理论的先驱阿波利奈尔是促成超现实主义的重要人物之

一。虽然他是一位诗人，但是他对视觉艺术有着狂热的爱好和天才的洞察力，在当时的巴黎，他的交往圈子里有很多画家，包括立体派的和野兽派的，这些显然都对他的诗歌创作有着巨大的影响。天资过人的阿波利奈尔善于把不同艺术流派的精华融入自己的创作，将传统和现代趣味结合起来，创造出独特的诗歌艺术。他的诗歌创作首先从体制上打破了旧形式，不用标点，长短不一，服从思想感情的变化。从《莱茵之夜》中，我们可以看到诗人将形与色整体强化的努力，这种努力的目的是使现实的情形具有一个完全脱离了现实的、更为强烈的、梦幻般的真实。这首诗的开头和结尾都在写“我的杯子”，最初，“我的杯子盈溢着酒仿佛一团颤动的火焰”，最终，“我的杯子破了仿佛爆发出一阵大笑”。或许不能用“最初”与“最终”来描述，不过从阅读时间和过程来看，这两者之间夹杂着一种感知，这种感知则导致了这样一种从形到声的变化。在中间三节，诗人主要描述月光下的莱茵河、船夫以及围成一圈高声歌唱的七个女人，我们读到的是诗人从声音出发到形象结束的感性描述，这里形象从感受上替代了声音：“于是我不再听见那船夫的音响。”诗人努力用各种不同的形象性事物来相互描述和印证，其中“葡萄”“黄金”等词的出现充分加强了诗歌视觉上的色彩感受，体现了诗人对色的高度敏感，在各种感官的相互比拟和作用下，莱茵河之夜已经远远超出了它本身的外在形象，而进入一种独立于其具象的梦幻世界。

密腊波桥/阿波利奈尔

塞纳河在密腊波桥下扬波

我们的爱情

应当追忆么

在痛苦的后面往往来了欢乐

让黑夜降临让钟声吟诵
时光消逝了我没有移动

我们就这样手拉着手脸对着脸
在我们胳膊的桥梁
底下永恒的视线
追随着困倦的波澜

让黑夜降临让钟声吟诵
时光消逝了我没有移动
爱情消逝了像一江流逝的春水
爱情消逝了
生命多么迂回
希望又是多么雄伟

让黑夜降临让钟声吟诵
时光消逝了我没有移动

过去一天又过去一周
不论是时间是爱情
过去了就不再回头
塞纳河在密腊波桥下奔流

让黑夜降临让钟声吟诵
时光消逝了我没有移动

诗歌赏析

这首《密蜡波桥》具有十分特别的格式，“让黑夜降临让钟声吟诵/时光消逝了我没有移动”这两句重复出现，将整个诗篇均匀地间隔开来，创造了一种叠章重唱、回环往复的节奏效果，同时这两句诗也不断地渲染着诗中那种凝重、肃穆、哀戚、伤感的气氛。诗歌以“塞纳河在密蜡波桥下扬波”开始，中间历经爱情的吟诵，又回到“塞纳河在密蜡波桥下奔流”，这一句既是诗歌结构上的回应，也是诗歌情感上的升华。时日如江水，浩浩奔流永不休，一去不回头。而岁月中的爱情，也像那一江流逝的春水，流去就不再有。诗中将对年华老去的悲悼和对爱情消逝的感伤融合在一起，表达了诗人对于人生苦短、苦乐无常的沉重忧思。

五月 /阿波利奈尔

五月明媚的五月泛舟在莱茵河上
靓女们在山峦高处眺望
人面多么佳丽无奈船已远航
船啊你让沿河两岸杨柳啜泣悲怆

然而繁闹的果园在后面呈现
五月的樱花落红一片
仿佛我心上人的纤指
凋零的花瓣宛如她的眼睑
河边大路上茨冈人缓缓走过
牵着一头熊一只猴一条狗
在莱茵河葡萄地里渐行渐远
跟在毛驴拖曳的大篷车后头

五月明媚的五月把葡萄
和蔷薇的柔蔓缀满废墟
岸边柳丝芦苇和葡萄的花枝
在莱茵河的微风中摇曳絮语

诗歌赏析

这是一首描写明媚的五月中各种繁华景物的诗。第一节描写泛舟河上，“靓女们在山峦高处眺望/人面多么佳丽无奈船已远航”，人是那样的美丽，可是船却不能够驻留，“船啊你让沿河两岸杨柳啜泣悲怆”。风景再好，可是人生却不能够多予停留，纵使悲怆心伤也无益挽留。“然而繁闹的果园在后面呈现/五月的樱花落红一片/仿佛我心上人的纤指/凋零的花瓣宛如她的眼睑”，第二节中，诗人将视角转向后面的果园，关于樱花的比喻，美丽而又凄伤。第三节中，诗人又注目在河边大路上，看着路上的行人渐行渐远，表达了因一切均不可留驻而产生的绵绵哀伤。“五月明媚的五月把葡萄/和蔷薇的柔蔓缀满废墟/岸边柳丝芦苇和葡萄的花枝/在莱茵河的微风中摇曳絮语”，第四节，视角转向岸边，葡萄、蔷薇、柳丝、芦苇，摇曳絮语、深情脉脉，表达了诗人的无限留恋之情，同时也就转达了那隐藏于心中的不绝的感伤。

烛焰/苏佩维埃尔

在他整个一生
他都喜欢
在烛光下读书
他常常用手
掠过烛焰，
于是他确信

他还活着，
他还活着。

自从他死后，
他在身旁
留下一支燃着的烛，
但他却藏起他的手。

作者简介

苏佩维埃尔（1884~1960），法国诗人，生于乌拉圭蒙得维的亚的一个法国侨民之家，在襁褓时，父母因中毒死于法国故乡，2岁时跟随伯父伯母到南美生活，9岁时得知自己的父母已不在人世，而后在一本银行账簿的背面写下了自己的第一本寓言故事。苏佩维埃尔一生创作勤奋，写有多部诗集，主要有《码头》《向心力》《无辜的苦役犯》《不相识的友人》《世界寓言》《苦难的法兰西的诗》《天与地》《健忘的记忆》等，另外还写有小说、故事、散文、剧本、回忆录等多种著作。1949年，苏佩维埃尔获得法国评论奖，1955年又获得法兰西学院文学大奖，并于1960年被法国诗人选为“诗人王子”。苏佩维埃尔的诗歌形式不拘一格，语言简练朴实，清新明丽，又具有音乐的旋律和美感。另外，他的诗歌虽然富有神秘性，但并不为了神秘而神秘，而只是将神秘作为诗歌的一种韵味。

诗歌赏析

这首诗刻画了一个一生勤奋不懈拼搏不息的读书人形象，“他”，既是读书人的泛指，也特指诗人自身。“在他整个一生/他都喜欢/在烛光下读书/他常常用手/掠过烛焰，于是他确信/他还活着，他还活着。”“烛焰”，是诗人精神的象征。诗人的一生正是在自己这种坚定的精神之光的照耀下奋斗不已的，而那烛焰所燃烧的，也是诗人自己的生命，可以说诗人是在用自己的生命来换取这个世界的光明，而诗人也借此才感知到自身的存在和生命的意义。“自从他死后，他在身旁/留下一支燃着的烛，但他却藏起自己的手。”诗人的身体虽然死亡了，但是他所留传下来的宝贵的精神却仍在燃烧，尽管此时诗人自己已经不能感知。诗中赞扬了精神力量的可贵，也歌颂了一种伟大的牺牲信念。

远 征/圣·琼·佩斯

我们不会久居在这片黄土，
我们的享乐……
比王国更辽阔的夏季在空间悬挂出层层气候。
灰烬下，无边大地滚流它苍白的炭火——
蜜色，硫磺色，不朽事物之色；
覆草的莽原处处燃起去冬的枯麦秸——
一棵孤树笔立。
任天空在它绿绵中啜吸棕郁的汁。

云母石处所！风的胡须中寻不到半粒纯种子。
光吗？它滑腻如油。
眼帘的缝和远峰的线凝合而为一；
我谙晓那充满谛听的石，
那光之窝中无声的蜂群。
突然，我心胸触动，
对一族蝗虫发生关切。

剪毛时驯服的雌骆驼们，

浑身补钉着暗红的伤痕。

依山峦运行在农业的天空之下，

默默运行在原野的白热之上。

然后跪下来，在梦幻的烟雾里；

那儿，人族灭迹于大地的死灰。

悠长的线条安然蔓延到

天边那似有似无的青蓝葡萄枝，

某些角落正成熟着暴风雨的紫罗兰。

干涸的河床间升起了孤烟，

仿佛是整片整片的世纪依然在飘游。

唉，低声点更低声点在白昼光里；

更低声点为了让死者们听见。

人心里盛满了温情，这温情终将达到适度吗？

……

“灵魂，我向你述说！

——因马的浓香而沉郁的灵魂！”

数只陆鸟展翅向西；

它们是海鸟的忠实模仿者。

苍白天空东方，

有如盲人衣巾封闭的圣地。

安详的云舒展处，

转动着樟脑和角质形成的瘤块……

风和烟争执。

伫候中的大地漫生胡须，

啊，滋生美妙的大地！

正午，当枣树把坟墓根基爆裂开来，
人合上他双目，在忘年中觅一丝沁凉。
梦幻的骑兵部队在死灰中，
咳，徒然的路毛发散乱，
在吹向我们的大气中。
何得真战士看守联姻时喜庆的河流？
汹涌在大地上的河流。
大地的白盐在梦幻中颤抖了。
喊声，何处传来的急骤喊声？
起来，河畔白骨堆上光耀如镜的部落，
让他们超越世纪相互召唤吧！

起来，石块们，
献给我荣耀的石块，
献给沉默的石块！
在宽广古道上，
青铜骑士将捍卫疆域。
（一只巨鸟的影拂掠我面而过）

作者简介

圣·琼·佩斯（1887~1975），法国著名诗人。1916~1921年间，佩斯在法国驻中国大使馆当秘书，《阿斯巴斯》就是这一时期的作品。1940年，佩斯流亡到美国。1960年，佩斯获得了诺贝尔文学奖。

诗歌赏析

圣·琼·佩斯的宏大抒情诗创作不仅仅跟他的性情有关，他个人的经历在其中也起着至关重要的作用。佩斯的诗歌创作开始于20世纪初，1901年，他出版第一部诗集《赞歌》，但是并没有引起什么反响。经过相当长的一段时间的沉默之后， 1922年，他发表了长诗《远征》，艾略特于1930年将其译成英文，从而引起英美一些著名诗人的注意，但仍然少有读者。又是一段长久的沉默之后，佩斯1942年出版的《流放》于1950年获得美国学院大奖。就在这年夏秋之际，著名刊物《七星笔记》出版了向佩斯致敬的专号，从此，他才开始名声显赫起来。佩斯的诗非常磅礴宏大，气势壮观，不仅如此，他的遣词造句和观察方式都充分地熔铸了一些具有现代主义倾向的象征手法，显示出非同一般的气势。佩斯通过这些宏伟而壮丽的具有史诗般雄浑气魄的诗篇，令人惊异地描述了极具历史感的文明社会的奥秘、使人叹服的异国风光、强大而严酷的自然，同时也深深地浸染了神秘的宗教气息。佩斯在其诗作中大量使用奇崛高雅的隐喻和生僻的专业术语。他一直试图在自然界的万事万物与人的内在思想之间建立起一和感知对应的联系，将其统一于涌动不已的生命运转中，因此他的诗歌较为生涩难懂。他的诗歌创作避开现代派和超现实主义的潮流，重新沿用了一种近似品达式和圣书式的抒情诗体，却在语言上达到了一种全新的创造。他的诗行形式特殊，既有古典诗行的严谨，又有散文诗的潇洒。在诗的内在音乐性上，他打破常规，不断地变换诗中的停顿，延长亚历山大体的诗句，使之多达16个或18个音步。读者可以从节选的《远征》中窥见一斑。

第七朵玫瑰/伊凡·哥尔

第一朵玫瑰是花岗石

第二朵玫瑰是红葡萄酒

第三朵玫瑰是云雀翅膀

第四朵玫瑰是铁锈
第五朵玫瑰是怀念
第六朵玫瑰是锡
而第七朵
最为娇嫩
那信仰的玫瑰
那夜之玫瑰
那姐妹般的玫瑰
只有在你死后
才会长出你的棺材

作者简介

伊凡·哥尔（1891~1950），法国20世纪上半叶最重要的现代主义诗人之一，1912~1914年在斯特拉斯堡大学攻读法律。第一次世界大战爆发后，哥尔移居瑞士，在瑞士他结识了罗曼·罗兰、茨威格和汉斯·阿尔普等人。1916年，哥尔与女诗人克莱尔·斯图德尔相识，并在1921年结为伉俪。1919~1939年，哥尔居住在巴黎，其间他结识了乔伊斯，并且与阿波利奈尔等超现实主义诗人、艺术家过从甚密。1939年，哥尔为躲避战祸而移居美国，后来在美国创办了文艺刊物《半球》。1947年，哥尔返回巴黎，1950年死于白血病。哥尔的创作生涯是在两次世界大战之间度过的，这使得他的作品具有鲜明的时代特征。哥尔的早期诗作富于抒情性，而晚期诗作比较晦涩，在总体上体现为从表现主义转变到超现实主义这一过程。哥尔的诗歌运用颇富创新的联想和隐喻方式，深入到人类精神内部领域中进行探索。

诗歌赏析

这首诗的构思颇为奇俏，前六朵玫瑰：花岗石、红葡萄酒、云雀翅膀、铁锈、怀念和锡，列举的是六种形式各异、并没有关联性的事物，它们只是作为第七朵玫瑰的陪衬，是一切有别于独特的第七朵玫瑰的普通事物的泛指。

第七朵玫瑰“最为娇嫩”，也是最为特异的，它是什么呢？是“信仰的玫瑰”，是“夜之玫瑰”，是“姐妹般的玫瑰”，夜，象征着一种神秘的气息，而“姐妹般的”则意味着一种非同一般的亲密感。同前六朵玫瑰一样，这第七朵玫瑰可以看作并非某一种事物的确指，而仍是诗人认为具有某种特别性质的一类事物的泛指。

最为深刻而别致的是诗的最后：“只有在你死后/才会长出你的棺材”，这可谓突兀而来的一笔。

相应的另外一种情况，就是对于前六朵玫瑰，在还没有死去的生前就已经有棺材为它们准备着的了，而独有这第七朵玫瑰是仅在它的死后才会长出它的棺材，实则暗喻着第七朵玫瑰的永生和长存。

吻/艾吕雅

脱去的麻纱还在你肉体上留着温热
你闭上双眼你微颤
像一首歌那样微颤
朦胧地诞生而来自四面

芬芳的甜美
你超越你身体的边界
却又不丧失你之为你
你超越了时间
此刻你是新的女人
裸露在无限面前

作者简介

艾吕雅（1895~1952），法国著名诗人和社会活动家，法国左翼文学家的代表之一，生于巴黎北部城镇里一个并不富裕的房产商家庭。16岁时，艾吕雅因患肺病住院，其间阅读了大量诗歌作品，并且开始了自己的诗歌创作。1917年，艾吕雅应征入伍，参加了第一次世界大战，开始当卫生兵，后来转为步兵。在战场上艾吕雅完成了自己的第一部诗集《责任与焦虑》。而后艾吕雅于作战中遭受毒气袭击，因病势严重而退伍。1920年，艾吕雅参加了查拉组织的达达主义团体，发表了达达主义的代表作品：诗集《动物与人》。1922年，艾吕雅与布勒东、阿拉贡探索新的创作方法，提倡下意识状态下的写作以达到“超现实”的境界，从而脱离达达主义，开创出“超现实主义”流派。第二次世界大战期间，艾吕雅再次应征入伍，在后勤部门工作。艾吕雅在1927年和1942年两次加入共产党，并于1950年和1952年两次出访苏联。艾吕雅主张不断探索适于抒发情感的新的诗歌形式，诗作在具有明显的形式主义倾向的同时，也非常重视情感的投注。

诗歌赏析

《吻》这首诗中，灌注着诗人强烈的情感，“吻”的感受超越身体，直入心灵，已经升华至一种极为高妙的境界。“脱去的麻纱还在你肉体上留着温热/你闭上双眼你微颤/像一首歌那样微颤/朦胧地诞生而来自四面”，这几句诗写这份感受的久久延驻，弥漫着自身。“芬芳的甜美/你超越你身体的边界/却又不丧失你之为你”，诗人继续从多种感官的角度来描摹吻之美好。接下来，“你超越了时间/此刻你是新的女人/裸露在无限面前”。这将吻的意义升华到了极致。

德国 奥地利

相逢与别离/歌德

我的心在跳，赶快上马！
霎时间立即奔上征途；
黄昏已把大地摇入睡乡，
群山笼罩着一片夜幕；
槲树已披上云雾的衣裳，
像屹立着的巨人一样，
幽暗从那边的茂林之中
睁着无数黑眼睛张望。

月亮从山一样的云端里
分开薄雾凄凉地窥瞧；
山风鼓动着轻捷的羽翼，
在我耳边凄厉地呼号。
黑夜创造出无数的怪象，
我的心却快乐而高兴；
我的血管里燃烧着火焰！
我的心房里充满热情！

我看到你，从你的秋波里

就倾泻出温和的欢喜；
我的心完全守在你身旁，
我一呼一吸都是为你。
一种蔷薇色的春天光彩，
笼罩着你可爱的面庞，
你对我表示的深情——天啊，
我无福消受，徒然巴望！

可是，呵，离愁已随着晨曦
一步步塞满我的忧胸：
在你的亲吻里，充满苦痛！
我去了，你站在那儿俯望，
你目送着我，泪珠满目：
可是，呵，被人爱，多么幸福！
天呵，有所爱，多么幸福！

作者简介

约翰·沃尔夫冈·歌德（1749~1832），德国18世纪末19世纪初最伟大的诗人、作家和思想家。歌德生于法兰克福，1765年入莱比锡大学学习，1770年又入斯特拉斯堡大学继续学业，毕业后当了律师，并为《法兰克福学者通讯》撰稿。他的成名作《少年维特之烦恼》等就是在这一时期创作的。1789年法国大革命后不久，歌德完成了《浮士德》第一部，并在晚年完成《浮士德》全部。歌德的文学创作贡献杰出，创立了德国近代小说，把德国诗歌带入世界文学之林。歌德一生完成和未完成的作品有70多部，如《铁手骑士》《克拉维果》《埃格蒙特》，古典悲剧《伊菲革涅亚在陶里斯》《大科夫塔》《市民将军》等。

诗歌赏析

《相逢与别离》是一首爱情诗，写于1771年春，当时歌德22岁，正热恋着塞森海姆牧师的女儿芙丽德利凯·布利翁。在早期，作为德国狂飙运动的代表人物，歌德的诗歌中充满浪漫热烈的情感和叛逆精神，语言奔放，多表达对自由的向往和对人性的高度颂扬。中年以后，他的作品充满了人文主义、启蒙主义和人道主义色彩，视野非常广阔，思想深刻，富于哲理，具有强烈的震撼力。《相逢与别离》充满炽烈的爱的激情，很能体现歌德早期诗作的特点。全诗共四节，第一二节注重自然景物的描写，但是这些景物在获得爱情的诗人的笔下，已经披上浓重的情感色彩，充满浪漫的气息："黄昏已把大地摇入睡乡，群山笼罩着一片夜幕；槲树已披上云雾的衣裳，像屹立着的巨人一样，幽暗从那边的茂林之中/睁着无数黑眼睛张望。"黑夜来临，尽管有一种幽暗的恐怖，但是在诗人看来，却如梦似幻，充满美好的诗意："月亮从山一样的云端里/分开薄雾凄凉地窥瞧；山风鼓动着轻捷的羽翼，在我耳边凄厉地呼号。"这些都是为渲染爱情的浓重笔墨，所以，"黑夜创造出无数的怪象，我的心却快乐而高兴；我的血管里燃烧着火焰！我的心房里充满热情！"至此，诗人转入对情人的迷人的描述，并且直白热切地表达着内心的情感，"我看到你，从你的秋波里/就倾泻出温和的欢喜；我的心完全守在你身旁，我一呼一吸都是为你。"诗人完全陶醉在这美好的约会中，并在依依不舍的离别之际表达着无限的深情："可是，呵，被人爱，多么幸福！天呵，有所爱，多么幸福!"将景与情高度融合，是这首诗艺术上的成功之处。

野蔷薇/歌德

少年看到一朵蔷薇，
荒野的小蔷薇，
那样的娇嫩可爱而鲜艳，

急急忙忙走向前，
看得非常欢喜。
蔷薇，蔷薇，红蔷薇，
荒野的小蔷薇。

少年说：“我要来采你，
荒野的小蔷薇！”
蔷薇说：“我要刺你，
让你永远不会忘记。
我不愿被你采折。”
蔷薇，蔷薇，红蔷薇，
荒野的小蔷薇。

野蛮少年去采她，
荒野的小蔷薇；
蔷薇自卫去刺他，
她徒然含悲忍泪，
还是遭到采折。
蔷薇，蔷薇，红蔷薇，
荒野的小蔷薇。

诗歌赏析

《野蔷薇》是一首极受欢迎的诗歌，被谱成100多种曲子传唱，也是在中国流传最广的歌德的诗作。诗中表达了身为弱小者的蔷薇不合己愿任人采折的忧伤与悲情，那真情而苦楚的语言颇能撩动人的心弦。“荒野的小蔷薇，那样的娇嫩可爱而鲜艳”，蔷薇面对少年的采折，以自己柔弱的身躯坚强地反抗，“我要刺你，让你永远不会忘记”，然而那是无益的，“她徒然含悲忍泪，还是遭到采折”，但是“我不愿被你采折”的声音深深地留在了读者的心中。“蔷薇，蔷薇，红蔷薇，荒野的小蔷薇”在每一诗节中的重复，使诗歌的旋律和谐悦耳，也造成了一唱三叹的吟咏效果，很好地抒发了诗人的感情。

憧憬/席勒

山谷迷漫着一片凉雾，
呵，从这山谷的深处，
我要是能找到出路，
呵，我会觉得何等幸福！
那边我看到美丽的小山，
永远年轻而常青！
我若有羽翼，我若有翅膀，
我真想飞上那座山顶。

我听到和谐的音调，
甘美的平静的天国的声音，
微风给我送来
香油树的芳馨。
我看到金色的果实
在绿叶间闪烁迎人，
还有在那边盛开的花儿，
在冬天也不会凋零。
呵，在那无尽的阳光之中
散步逍遥，该是多么欢畅，
那座小山上的空气，
它该是多么凉爽！

可是奔腾的激流
阻拦了我的前路，
它的波涛汹涌，
使我心神恐怖。

我看到一只小舟飘动，
可是，唉！缺少艄公。
上去吧，不要犹疑！
轻帆已孕满了好风。
你要有信心，你要能冒险，
神并不给世人担保；
只有一件奇迹才能
把你带往美丽的仙岛。

作者简介

席勒（1759~1805），德国伟大的戏剧家、诗人。出生在德国符藤堡公国的一个小城，父亲是医生。13岁时被强行送进一所管制极严的军事学校，度过了8年的囚犯式生活，但诗人还是接触到了进步思想，受“狂飙运动”的影响秘密写作诗歌和剧本。1780年，诗人从军校毕业，成为一名军医。1781年，诗人自费出版剧本《强盗》。这出表达了进步思想的戏剧在1782年上演，诗人秘密越界观看，事发后被关了禁闭，还被剥夺了写作的权利。诗人设法逃离了符藤堡公国，在各地流浪。同年，诗人出版了著名的《阴谋与爱情》。1786年，穷困潦倒的诗人受到朋友的接济，才开始过上稳定的生活。1787年，他定居魏玛，开始转向哲学研究，写下了《美育书简》等著作。1794年，诗人与歌德相识，受歌德的影响又回到了文学创作的路子上，开始了诗人最辉煌的创作时期。期间，诗人创作了《华伦斯坦》《威廉·退尔》《奥尔良的姑娘》等作品。1791年，诗人由于长期的艰苦生活得了重病，于1805年去世。

诗歌赏析

《憧憬》是一首优美的浪漫主义抒情诗。诗人在诗中描绘了一个美妙的人间天堂，一个自然的乐园。诗篇从寻找开始："山谷弥漫着一片凉雾，呵，从这山谷的深处，我要是能找到出路，呵，我会是何等幸福！那边我看到美丽的小山，永远年轻而常青！我若有羽翼，我若有翅膀，我真想飞上那座山顶。"诗人在这里充分展开了想象的翅膀，寻找着心中的乐土，在这片乐土上："我听到和谐的音调，甘美的平静的天国的声音，微风给我送来/香油树的芳馨。我看到金色的果实/在绿叶间闪烁迎人，还有在那边盛开的花儿，在冬天也不会凋零。"这是一个远离了尘嚣的世界，颇像中国古典文学中经常描写的人间仙界，在这里，只有美好的自然风光，而没有人世间的烦恼："呵，在那无尽的阳光之中/散步逍遥，该是多么欢畅，那座小山上的空气，它该是多么凉爽！可是奔腾的激流/阻拦了我的前路，它的波涛汹涌，使我心神恐怖。"这里诗人似乎又回到了现实世界与梦幻的边缘，发现这一切都需要努力才能找到，"我看到一只小舟飘动，可是，唉！缺少艄公。上去吧，不要犹疑！轻帆已孕满了好风。你要有信心，你要能冒险，神并不给世人担保；只有奇迹才能/把你带往美丽的仙岛。"作为一首浪漫主义的古典诗歌，《憧憬》诗歌语言非常通俗流畅，没有一点晦涩的内容，体现着浪漫主义一贯的内容质朴而语言华丽的风格。

人，诗意的栖居/荷尔德林

如果人生纯属辛劳，人就会
仰天而问：难道我
所求太多以至无法生存？是的。只要良善

和纯真尚与人心相伴，他就会欣喜地拿神性
来度测自己。神莫测而不可知？
神湛若青天？
我宁愿相信后者。这是人的尺规。
人充满劳绩，但还
诗意的安居于这块大地之上。我真想证明，
就连璀璨的星空也不比人纯洁，
人被称作神明的形象。
大地之上可有尺规？
绝无。

作者简介

荷尔德林（1770~1843），德国诗人，生于内卡河畔一座小城的修道院总管之家，两岁丧父。荷尔德林在就读于图宾根神学院期间与哲学家黑格尔、谢林等结交，毕业后以担任家庭教师为生。1796年，荷尔德林在法兰克福银行家恭塔特家里做家庭教师时，爱上了银行家的夫人苏赛特，而后，他以这段经历创作了书信体小说《许佩里翁或希腊的隐士》。此后，荷尔德林开始了吟游生活。1802年，荷尔德林开始遭受间歇性精神疾病的折磨，1806年发生精神失常，其后他被人收养，在一座塔楼上度过了后半生。荷尔德林创作了许多古典颂歌体诗、挽歌体诗和自由诗。他的早期诗作节奏轻快，风格明朗；晚期诗作则趋于深奥，多采用隐喻、倒装等手段，富有象征色彩。总体上来看，他的诗受到古典主义和浪漫主义的共同影响，并集二者之特长，形成了自己独特的风格。

诗歌赏析

“人，诗意的栖居”，是荷尔德林最为著名的命题，这也是备受哲学家海德格尔推崇的一种理念。荷尔德林直面人生，丝毫不加修饰地指问：“如果人生纯属辛劳，人就会/仰天而问：难道我/所求太多以至无法生存？”辛劳不是人生的意义，但是人生却又免不了辛劳，那么，人生的意义究竟在哪里？荷尔德林的解答是：“只要良善/和纯真尚与人心相伴，他就会欣喜地拿神性/来度测自己。”“神湛若青天”，而神就是人的尺规，“人充满劳绩，但还/诗意的安居于这块大地上”。诗人宣称：“就连璀璨的星空也不比人纯洁，人被称作神明的形象。”人应当是最为纯洁、最为清湛的，人就是自己的神明，而诗意的神性就是人自己的尺规。人，诗意的栖居，正是因为这种诗意，人才拥有了自我，人才免于动物性的存在，才免于成为生存的奴隶。

赤杨/诺瓦利斯

这儿，从岩石的洞中
流出一条银色的小溪，
吹着嬉戏的五月之风，
使我感到无上欣喜。

我的姑娘也爱这小溪，
面色红润的快活的姑娘，
每逢她逃避城市的烦嚣，
常来此对我吐露衷肠；

这儿也长着赤扬，当我们
热得疲倦不堪，它们
给我们安然休息的凉阴，
注望着我们这快乐的人。
从它们绿叶繁茂的枝头，
听到鸟儿在树上歌唱，

我们看到小鸟飞下来，
沿着小溪来回地飞翔。

哦，赤扬，跟我们的爱情
一同茁壮成长吧，我打赌，
在短期内，会看到你们
成为草原中最高的树木。

如果有另一对情侣来临，
像我们一样心心相印，
像我和我金发的克蕾辛，
也请给他们休憩的凉阴。

作者简介

诺瓦利斯（1772~1801），德国诗人，早期浪漫派的代表人物之一，生于曼斯菲尔德附近的一个贵族家庭，从小接受了严格的宗教教育，1790年在耶拿跟随费希特学习哲学，并结识了席勒。1791~1793年在莱比锡大学学习，而后在法院和盐务局任职，并与浪漫派诗人施莱格尔等人交往。诺瓦利斯的诗歌语言优美，风格清新自然，富于变化，部分诗作蕴含着神秘感而又流露着消极情绪，有着较为浓厚的宗教气氛。《夜的颂歌》是诺瓦利斯的代表作品，诗中追求“永恒之夜的奇妙王国”，表达了对未婚妻深切的悼念。

诗歌赏析

这是一首歌颂爱情的清新之作，诗中的赤杨，不仅“给我们安然休息的凉阴”，也“注望着我们这快乐的人”，是“我们”之间爱情的见证者。诗的第一节描写“从岩石的洞中/流出一条银色的小溪，吹着嬉戏的五月之风”，给人带来一种格外清朗欢畅的感受，下面是对“我们”爱情故事的描述，同时也将赤杨作为一个亲切的朋友来对话，邀请赤杨“跟我们的爱情/一同茁壮成长”，赤杨会“成为草原中最高的树木”，而“我们”的爱情也将得到一种圆满的收获。诗人最后叮嘱赤杨，“如果有另一对情侣来临，像我们一样心心相印，像我和我金发的克蕾辛，也请给他们休憩的凉阴。”这是对普天下相悦之人终得美满的良好愿望和真挚祝福。

最孤寂者/尼采

现在，当白天
厌倦了白天，当一切欲望的河流
淙淙的鸣声带给你新的慰藉，
当金织就的天空
对一切疲倦的灵魂说：“安息吧！”——
你为什么不安息呢，阴郁的心呵，
什么刺激使你不顾双脚流血地奔逃呢……
你盼望着什么呢？

作者简介

尼采（1844~1900），德国著名哲学家、诗人和散文家，生于普鲁士萨克森州的一个乡村牧师家庭，父亲是国王威廉四世的宫廷教师，曾教导过四位公主，深得国王的信任，于是他获得特别的恩准，以国王的名字来给自己的儿子命名，即“弗里德里希·威廉·尼采”。尼采在5岁的时候失去父亲，几个月后他2岁的弟弟又夭折，亲人接连的死亡给尼采幼小的心灵留下了挥之不去的阴影，造成了他阴郁内向的性格。尼采在就读中学时对文学和音乐表现出极大的兴趣，音乐与诗歌成了他生活中的精神支柱，而尼采也开始展露出惊人的智力。1864年，尼采进入波恩大学攻读神学和古典语言学，但是一个学期后尼采就放弃了神学。1865年，尼采转入莱比锡大学，开始了自己哲学思想的酝酿。1867年秋，尼采开始了为期一年的服役，因为从马上摔下胸骨受重伤而提前结束了服役。1869年，尼采被瑞士巴塞尔大学聘为古典语言学教授，并于同年加入瑞士国籍。1879年，尼采辞去教职，开始了漫游生涯。1889年后，尼采在精神失常中走过了最后的生命旅程。

诗歌赏析

尼采在自己的哲学中执着地探寻着生命的意义。他对这一问题的解答是——靠艺术来拯救人生，赋予生命以一种审美的意义。尼采将自己伟大的一生献给了哲学，也献给了艺术，然而这样一位伟大的人，却有着那样一种深入骨髓的无可排解的孤独，而这份残忍的孤独最终也导致了尼采精神的癫狂。“当一切欲望的河流/淙淙的鸣声带给你新的慰藉”，诗人的心却得不到一种解脱，尼采向自己叩问：“你为什么不安息呢，阴郁的心呵，什么刺激使你不顾双脚流血地奔逃呢……你盼望着什么呢？”追随着尼采的叩问，参照着尼采的人生经历，我们同样会发出这样的疑问，人生的意义究竟何在？人生的旅途到底指向何方？怎样才能够给人生带来真正的拯救？

眺 望/卡罗萨

黄昏。古老庭园的山毛榉树篱
又高又密像褐色的墙。
孑然一身。挟雾的风吹熄
白昼所点燃之火。

人如树叶渴望离枝。
忽然山毛榉树之墙裂开。
我向野外望去，所见
不是村落，不是房屋，不是邻庄的牲畜。

只见一片原野，开满
秋水仙，背景是座石山，
历历如在眼前，
天上一轮圆月，
冰清玉洁放金光，——
这一切唤起一个愿望，
我以这尘世之眺，哦，亲爱的，
和全部颤栗的感受向你祝福。

作者简介

汉斯·卡罗萨（1878~1956），德国诗人和小说家，在大学时攻读医学，毕业后在巴伐利亚各地行医。第一次世界大战期间担任营部军医。卡罗萨早期因诗作闻名，出版了《逃避》《复活节》等诗集，后来写有自传性质的长篇小说《童年》和《一个青年的演变》。1929年卡罗萨成为专业作家。第二次世界大战期间卡罗萨留在德国，自称过着“地穴式的生活”。卡罗萨的创作思想是，人文主义的理想具有永恒性，整个世界是仁慈的上帝有序的和完美的创造物。这种观念在一定程度上导致了他的创作往往不敢正视社会现实，而追求一种回避式的朦胧的意境。

诗歌赏析

战争期间的卡罗萨，过着与世隔绝的生活，在一种静守中进行着心灵的眺望，眺望着和平生活的到来，眺望着与亲人的欢聚。这首诗以“黄昏”两个字开头，表面上看写的是诗人眺望的时间，但实际上诗人却在更深一个层面上暗示着自己的处境，自己过着那种穴居般的生活，只有当夜晚来临之时，才敢到外面来望一望。“古老庭园的山毛榉树篱/又高又密像褐色的墙。”这“褐色的墙”，正是诗人遮隐自己的屏障。这种屏障给诗人带来一种安全的保障，但是也将诗人与外界隔离，带来一种孤独乃至绝望。诗人所眺望到的“不是村落，不是房屋，不是邻庄的牲畜”，因为这些已经被战争所摧毁，但是那原野上的秋水仙还在，那天上的圆月还在，那“冰清玉洁放金光”的美好景象又唤起了诗人久蕴心中的愿望，诗人将一份真挚的祝福送往远方的亲人，同时也是送给在战争中受难的广大的人民。

我们在锦簇的山毛榉道上/格奥尔格

我们在锦簇的山毛榉道上
上下徘徊，几乎走到门口
且从围栏透视外面的原野
杏树已是二度花开

我们寻找没有阴影的座位
可免受他人声响的骚扰
在梦中我们的手臂互相牵挽
我们在长长的柔和光中感到清爽

我们衷心感觉，阳光自树顶
缓缓穿过，滴落在我们头顶上
而在成熟的果实中，地面的间隙
我们只能倾听或凝望

作者简介

格奥尔格（1868~1933），德国诗人，出生于一个酒商家庭，曾在柏林大学攻读哲学、文学和艺术史，并且在欧洲多次旅行，结识了马拉美、魏尔伦、纪德和罗丹等人。1892年格奥尔格创办了文艺刊物《艺术之页》。1900年开始，格奥尔格在柏林、慕尼黑、海德堡等地过着一种远离现实的生活。因为不愿与纳粹势力同流，1933年格奥尔格迁到瑞士居住，同年逝世。

格奥尔格是19、20世纪之交德国“为艺术而艺术”文学潮流的主要代表，反对自然主义，而崇奉象征主义。他认为形式上的美是诗歌真正的价值所在，在诗歌创作中推崇唯美主义，具有反理性和反人道的倾向。格奥尔格在当时的德国文学界产生了广泛影响，围绕着他形成了一个试图以严格的诗歌艺术来振兴德国文明的“格奥尔格派”。

诗歌赏析

这首诗写的是诗人一种梦幻般的感觉，在对这种奇妙体验的描写中，诗人展现了自己内心的情愫。诗中写道，“我们在锦簇的山毛榉道上/上下徘徊，几乎走到门口/且从围栏透视外面的原野/杏树已是二度花开”，“我们”的行走是徘徊式的，是往复不前的，从围栏中透视，表达着“我们”心中的一种向往，也揭示着“我们”在遭受着内心的困扰，但仍然是在徘徊中，还没有找到解脱的办法。那“二度花开”，指意着时间已是两年，当然也可以看作并非实指，而只是表示时间已经很久了。而“我们”一词，又标志着处于这种状态下的并非一人，这是一个群体的处境。诗的第二节和第三节写“我们”在“围栏”中的生活，这一部分内容有一个核心的意象：阳光。“我们在长长的柔和光中感到清爽”，“阳光自树顶/缓缓穿过，滴落在我们头顶上”，诗人将阳光写得非常具有质感，也婉曲地透露出阳光在“我们”心中的重要位置，而这“阳光”，也指向了一种隐喻。

豹/里尔克

它的目光被那走不完的铁栏
缠得这般疲倦，什么也不能收留。
它好像只有千条的铁栏杆，
千条的铁栏后便没有宇宙。

强韧的脚步迈着柔软的步容，
步容在这极小的圈中旋转，
仿佛力之舞围绕着一个中心，
在中心一个伟大的意志昏眩。

只有时眼帘无声地撩起——
于是有一幅图像浸入，
通过四肢紧张的静寂——
在心中化为乌有。

作者简介

里尔克（1875~1926），奥地利现代杰出诗人，20世纪德语国家中最重要的诗人。出生于一个铁路工人家庭。9岁时父母离异，诗人跟随母亲生活，被当作女孩养着：蓄长发，穿花衣，用女名。这些造成了诗人敏感脆弱的性格。11岁时，诗人被送进军事学校，1891年因为身体太差转到一所商业学校，第二年即退学。1895年，诗人入布拉格大学攻读哲学，次年迁居慕尼黑，从事文学写作，同时也开始了流浪的生活。1897年，诗人结识莎乐美——和尼采、弗洛伊德联系在一起的女子。1901年，诗人和一位雕刻家结婚，次年二人即分居。在随后的几年里，诗人流浪于欧洲文化名城之间，曾做过罗丹的秘书。第一次世界大战中，诗人被征召入伍，但因体力不支转到军事档案局工作，不久复员。1925年，诗人最后去了一次巴黎，和象征派诗人切磋诗艺。1926年，在生命的最后时刻，诗人得到了流亡在外的俄罗斯女诗人茨维塔耶娃的爱。诗人一生主要作品有《图像集》《新诗集》《杜伊诺哀歌》《致奥尔甫斯的十四行歌》等。

诗歌赏析

这首诗写于1903年。此时，诗人刚刚经历了一场失败的婚姻，心情忧郁。诗人在意大利、法国等地的名胜或文化繁华之地流浪，希望那些自然的灵魂、人类的文明能给自己的心灵带来些许的安慰。

一天，诗人在巴黎的植物园与一只豹子相遇，心中产生了无限感慨。从豹的目光中，诗人感到铁栏的可恶、那铁栏背后的局促和那颗被压抑得疲惫不堪的心。在诗人心中，铁栏瞬间化成了生活中的千百堵墙，千百种困境。豹子就是诗人的化身，豹子的境遇就是诗人生活的象征。

诗人随即注意到了豹子的脚步，“强韧”但“柔软”的脚步，在极小的圈子里旋转。这情境与诗人的境遇是何等相似。也许，诗人有着热烈的追求，有着勃发的热情和深远的梦想，但是诗人只能围着那个中心打转。这在诗人看来是“伟大意志的昏眩”。

最后一段，诗人写豹子的睡，那昏眩的睡。“只有时眼帘无声地撩起”，懒懒地看着世界。在放松的静寂中，一切化为乌有，诗人、自然（由豹来指代）和宇宙融为一体了吗？那静静的目光，那悠然的心灵此时已超越了铁栏，超越了生活的烦琐和局促吗？也许。

这首诗所体现的“存在主义”式的思考使得西方当时及以后的诗人、读者，纷纷开始更加深入地思索生活及其自身的意义，思索宇宙的意义。可以说，这首诗不仅反映了诗人思想的成熟，而且加深了象征主义诗歌的内涵，在文学上开了存在主义的先河，对后期的象征主义产生了极大的影响。

这首诗是里尔克的代表作，流传甚广。诗歌有着明显的象征主义风格：用豹子象征诗人自己，用铁栏象征无奈和令人烦躁的生活，用昏眩或者静寂来表现诗人心灵与宇宙的冥合等。这首诗也是诗人诗风转向的标志。在该诗中，诗人已摆脱了早期单一的主观抒情模式，而转向了借助外物来充分表现自己的情感和思考，以达到心灵和世界的冥合。总之，这首诗奠定了诗人在象征主义诗人中的领袖地位。

弥拉贝尔的音乐/特拉克尔

水井歌唱，流云逗留
明净的蔚蓝中洁白且温柔；
黄昏蓝色的花园里
闲人在寂静中行走。

祖先的大理石已经灰白
飞鸟向着远方漫游。
山羊神用死去的眼睛
观望飘入黑暗中的幽灵。

老树飘撒落叶
打着转滑入敞开的窗户，
阴暗的火苗映红了小屋，
鬼影憧憧。
走进房间的白色的陌生人。
一只狗跑过塌弃的大门。
耳中倾听着夜间奏鸣曲的幽鸣，
少女熄灭了一盏灯。

作者简介

特拉克尔（1887~1914），奥地利诗人，生于萨尔茨堡的一个五金商人家庭。少年时的特拉克尔陷入了与妹妹的不正常的爱情关系中，这种情感的阴影困扰了特拉克尔的一生。18岁的时候，特拉克尔开始吸毒，这在精神与身体两方面都对他产生了巨大的负面影响。1908年，特拉克尔离开家乡到维也纳攻读药物学，1910年毕业后担任药剂师。因为对世界的怀疑和绝望，第一次世界大战爆发后，特拉克尔参加了奥地利的军队，在前线当卫生员。野蛮残酷、血肉横飞的战争给特拉克尔的心理造成了极大的伤害，以致他精神失常，他企图自杀而没有成功，后被送进医院的精神病科，不久死于过量注射可卡因。特拉克尔17岁时开始写诗，1913年出版了他的第一部诗集。1915年特拉克尔的第二部诗集出版，但这个时候他已经不在人世了。特拉克尔是早期表现主义的代表诗人，生前遭受世界的冷遇，死后却哀荣加身，声誉日隆。

诗歌赏析

特拉克尔熟悉音乐，迷恋李斯特和肖邦，他的诗歌中也融进了音乐的旋律，这首题为《弥拉贝尔的音乐》的诗歌也具有很优美的音乐性。诗的第一节以娴美的语言勾绘出一幅清丽的图画，行云流水般的韵律中飘洒着温柔和恬静的气氛。诗的第二节格调却陡然一变，“灰白”与“黑暗”的色彩彰显着凄抑和绝望，而“飞鸟向着远方漫游”也表现出一种渺渺无归的惘然情绪，山羊神那“死去的眼睛”更是带给人一种恐怖的信息。第三节中，“老树飘撒落叶”，暗示着死亡。“耳中倾听着夜间奏鸣曲的幽鸣，少女熄灭了一盏灯”，在这里，诗人展现了幽晦而又柔和的死亡时刻，死亡带给人最后的安宁。整首诗可以看作是诗人特拉克尔所演奏的一支安魂曲。

怀念玛丽/布莱希特

蓝色的九月的那一天，
一株年轻的李树下静悄悄，
我把她，沉默而苍白的爱情
拥在怀里，像一个甜蜜的梦境。

我们头上夏日美丽的天空里，
有一朵云儿，我凝视好久，
它非常白，又高得出奇，
当我仰头看时，它已消失。

从那一天起，一月
又复一月，悄悄地流逝。
那些李树也许已被砍掉。
“爱情怎么样了？”你向我问起。
我对你说，我已无法记忆。
不过我确实懂得你话中的意思。
你的脸，我无论如何也记不起，
我只知道以前曾吻过你。

要不是天上仍有那朵云存在，
连那个吻我怕早已忘记。
我还知道，将来也不会忘怀，
它非常洁白，来自天际。
李树也许还一直在开花，
也许那女人如今已有第七个孩子，
可是那朵云儿只是昙花一现，
我仰望时，它已在风中消失。

作者简介

布莱希特（1898~1956），德国诗人、剧作家、戏剧理论家和导演，生于巴伐利亚州的奥格斯堡，父亲是一家造纸工厂的经理。1917年，布莱希特进入慕尼黑大学学习文学，兼攻医学，在学期间对戏剧发生浓厚兴趣，开始了自己的戏剧创作。1933年希特勒上台后，布莱希特携家人逃离德国，开始了长达15年的流亡生活。1948年，布莱希特返回东柏林定居，1949年与汉伦娜一起创办和领导柏林剧团，并亲任导演，全面实践着他的戏剧理想。布莱希特提出了全新的“陌生化”戏剧理论，即利用艺术方法把平常的事物变得不平常，以此来揭示事物的因果关系，暴露事物的矛盾性质，使人们对现实产生清醒的认识，并且积极致力于改变现实。布莱希特早期的诗歌多为歌谣体，揭露社会的弊端，后来他开始研究马克思主义，参加反法西斯斗争，诗作中也更多地体现着斗争色彩，洋溢着革命的热情。布莱希特还借鉴中国古典诗词和日本俳句，创造了一种节奏不规则的无韵抒情诗。

诗歌赏析

诗人以这首诗来怀念一场已经远逝了的爱情。在回忆中，那爱情是“沉默而苍白的”“拥在怀里，像一个甜蜜的梦境”。那夏日美丽的天空里一朵非常白又高得出奇的云儿，是诗人爱情的象征。“当我仰头看时，它已消失”“那些李树也许已被砍掉”，意味着那关于爱情的一切都已消无，“你的脸，我无论如何也记不起，我只知道以前曾吻过你”。诗的第三节，叙述又出现了转折，“要不是天上仍有那朵云存在，连那个吻我怕早已忘记。”前面写道那朵云已经消失，而这里又写那朵云的存在，这种前后矛盾的叙述表现出的真实，证明诗人是不会忘掉这份爱情的。“我还知道，将来也不会忘怀，它非常洁白，来自天际。”因为这份爱情是如此的美好，所以诗人会记忆到永远。而那现实中的李树虽然已被砍掉了，可是诗人心中的李树却“还一直在开花”。“也许那女人如今已有第七个孩子”，这是最令人感慨的一句。“可是那朵云儿只是昙花一现，我仰望时，它已在风中消失。”诗的最后，又进行了一次否定，表明那爱情确实已经远去，不复存在，而会留存在于诗人的记忆里，直到永远。

死亡赋格曲/策兰

黎明的黑牛奶我们喝下它在傍晚
我们喝下它在中午和早晨我们喝下它在夜里
我们喝啊我们喝啊
我们挖一个坟墓在空气里让你躺着不会太拥挤
一个男人住在屋子里他摆弄他的毒蛇他写到
他写到当天色黑到了德意志你金黄的头发玛格利特
他写到这些然后走出门外群星都在闪烁
他吹哨叫他的猎狗走近来
他吹哨叫他的犹太佬排好队叫他们挖一个坟墓在泥地里
他命令我们开始演奏要为舞会助兴

黎明的黑牛奶我们喝下你在夜里
我们喝下你在早晨和中午我们喝下你在傍晚
我们喝啊我们喝啊
一个男人住在屋子里他摆弄他的毒蛇他写到
他写到当天色黑到了德意志你金黄的头发玛格利特
你灰白的头发苏拉密斯我们挖一个坟墓在空气里
　让你躺着不会太拥挤
他大声挖土深一点你们那边的你们其他的大声
　唱歌和演奏
他抓住鞭子在他的皮带上他挥舞着它他的眼睛是蓝色的
你们的铲子挖深一点你们那边的你们其他的继续演奏
　要为舞会助兴

黎明的黑牛奶我们喝下你在夜里
我们喝下你在中午和早晨我们喝下你在傍晚
我们喝啊我们喝啊
一个男人住在屋子里你“金黄的头发玛格利特”
你“灰白的头发苏拉密斯”摆弄他的毒蛇
他大声演奏死亡更甜美一点死神是一个主人来自德意志
他大声刮响你的琴弦更黑一点你会升起来然后随烟雾飘到天空
你会得到一个坟墓在云朵里让你躺着不会太拥挤

黎明的黑牛奶我们喝下你在夜里
我们喝下你在中午死神是一个主人“来自”德意志
我们喝下你在傍晚和早晨我们喝啊我们喝啊
这死神是“一个主人来自德意志”他的眼睛颜色蓝幽幽
他射你用子弹由铅制成他射你瞄准又命中
一个男人住在屋子里你“金黄的头发玛格利特”
他放出他的猎狗咬我们准许我们一个坟墓在空气里
他摆弄着他的毒蛇和白日梦
“死神是一个主人来自德意志”
“你金黄的头发玛格利特”
“你灰白的头发苏拉密斯”

作者简介

策兰（1920~1970），20世纪重要的犹太血统德语诗人，生于泽诺维奇，该地当时为罗马尼亚的德语区，此前属于奥匈帝国，后来则划入苏联的乌克兰。策兰的父亲是木材商经纪人，母亲喜爱德语文学，这对策兰产生了直接的影响。1938年，策兰到法国图尔市上大学预科，学习物理、化学和自然科学，但是经常与超现实主义艺术家相交往。因为第二次世界大战的爆发，策兰未能在法国继续上学。1942年，泽诺维奇被德军占领，策兰的父母被捕，后在集中营中相继死去，他自己也被押入集中营中劳改，1944年才得以逃离。1948年，策兰定居巴黎，并于1955年加入法国国籍。1959年，策兰开始在巴黎高等师范学校教授德国语言和文学。1962年底，策兰因为精神疾病加重，一度住入巴黎精神病院。1970年，策兰投塞纳河自尽。策兰的诗歌继承了象征主义和超现实主义的艺术手法，善于运用象征和比喻，风格尤为晦涩。

诗歌赏析

《死亡赋格曲》创作于1945年，是策兰最早也是最著名的作品。这首诗以其对纳粹邪恶本质的强烈控诉和深刻独创的艺术魅力而震动了战后的德语诗坛。诗中贯穿着这样一个意象：坟，而诗人也在不时地呼叫着“死亡”“死亡是德国的主人”，是死亡在统驭着德国。父母的丧生，自我的流亡——战争给策兰带来的是生命的撕裂和生活的破碎，带来的是无尽的黑暗和无边的压抑，带来的是深刻的绝望和阴惨的死亡。这死亡的阴影笼罩了策兰颠沛流离的一生，最终也致使策兰精神的疯狂和生命的自弃。策兰是一位顶着死亡和暴力写作的诗人，他以怀疑、对抗和狂怒的态度面对着这个带给他厄运的世界。在这首诗中，那种沉抑的黑暗的死亡气息弥漫着全篇，几乎使人透不过气来。策兰为这个世界贡献出了最为杰出的关于黑色与压抑、死亡与绝望的诗歌。

被推迟的日子/巴赫曼

艰难岁月将至
这待召的、被推迟的日子
正隐现在地平线上。
不久你该束装
驱赶猎犬回宅院。

因为寒风冷劲

鱼已冻僵。

豆油灯的灯光黯淡。

放眼雾空：

这待召的、被推迟的日子

正隐现在地平线上。

你远处的爱人正沉入沙间，
他沾上她飘扬的长发，
他锲进她的话语，
迫她沉默无言，
他看着她伤心欲绝

和身以心许

在每一次拥别。

别举目四顾。
束装就途。
驱回猎犬。
把鱼儿放回大海。
把油灯熄灭！

艰难岁月将至。

作者简介

巴赫曼（1926~1973），奥地利女诗人，生于奥地利与斯洛文尼亚和意大利接壤的边境地区，父亲是一名中学校长。巴赫曼曾在奥地利西部的因斯布鲁克大学学习哲学，后来转到格拉茨大学主修哲学，辅修法律，后又转赴维也纳大学攻读哲学，同时学习日耳曼文学和心理学。1948年，巴赫曼结识了来自罗马尼亚的流亡诗人策兰，两人之间建立了爱情关系，但是不久后策兰由维也纳转赴巴黎。1950年，巴赫曼通过博士论文，在维也纳大学代理当代哲学课程讲座。1951年，巴赫曼到维也纳盟军电台工作，而后于1953年辞掉电台的工作，走上专业创作的道路。1959年，巴赫曼到法兰克福大学担任了一年的客座教授。1962年，巴赫曼因精神分裂症而在苏黎世住院。此后，巴赫曼的精神疾病间歇性发作，依靠服用安眠药度过了余下的生命。巴赫曼曾出版过两部诗集：《延期支付的时间》和《大熊星座的呼唤》。巴赫曼的诗歌以抒情诗为主，惯于从神话传说和《圣经》故事中选取意象进行创作，而且多使用较为晦涩的象征手法。在诗歌之外，巴赫曼还写有小说、广播剧、歌剧以及翻译作品，曾多次获得重要奖项。

诗歌赏析

这是一首表达恋人之间分别之情的诗。“艰难岁月将至”是一个总括的句子，给人负上了一种深沉而哀伤的感觉。“这待召的、被推迟的日子/正隐现在地平线上。”一方面是说这样的日子即将来到，另一方面也说明这样的日子是必然要来到的。“不久你该束装/驱赶猎犬回宅院。因为寒风冷劲/鱼已冻僵。豆油灯的灯光黯淡。”这里，诗人是借外在的景物来述说自己的心境。“放眼雾空：这待召的、被推迟的日子/正隐现在地平线上。”“雾空”是一个值得注意的意象，那未来的岁月，对于即将分别的恋人来说，正是雾般的迷蒙。“你远处的爱人正沉入沙间，他沾上她飘扬的长发，他锲进她的话语，迫她沉默无言，他看着她伤心欲绝/和身以心许/在每一次拥别。”这一段诗写得情深意切，令人动容。“别举目四顾。束装就途。驱回猎犬。把鱼儿放回大海。把油灯熄灭！”这一段又与前面的一段相回应，重申了别离的时刻，虽然难以分别，却又不得不分离，那就只好面对这现实，嘱咐恋人别再眷恋不已，快些踏上征途。最后一句，“艰难岁月将至”，使得别情在收束之中又获得升华，诗的形式与诗的情感结合得非常完满。

俄国（苏联）

极 光/罗蒙诺索夫

自然的规律安在？
在半夜时升起了晨曦，
这不是太阳设置的宝座，
也不是冰封的海洋，
而是闪动的火焰。

啊！冰冷的火笼罩着我们，
啊！虽说是夜里，
白天却来到了人间。

是什么令明亮的射线在黑夜中抖动，
又是什么在天空中触发了颀长的火？
如同没有雷暴云的闪电，
从地面向高空攀登，
它究竟怎样凝结成蒸气，
仲冬时节变成了喷涌的火？

作者简介

罗蒙诺索夫（1711~1765），俄国伟大的科学家和人文学者，出生在海边小村庄一个富裕渔民家庭，1730年考入莫斯科的斯拉夫-希腊-拉丁学院，1735年转入圣彼得堡科学院学习，1736年被派往德意志学习矿业，1741

年回到圣彼得堡科学院，任物理学副教授。1745年成为该院院士和化学教授。1748年，罗蒙诺索夫创建了俄国第一个化学实验室，1755年他又创办了俄国第一所大学——莫斯科大学。1760年，罗蒙诺索夫成为瑞典科学院院士，1764年成为意大利波伦亚科学院院士。罗蒙诺索夫在物理学和化学领域做出了杰出的贡献，在语言学、文学和哲学方面也都有不凡的建树，同时对历史、天文、地质、矿物、航海等多种学科都有深入的研究，是一个伟大的“文艺复兴式”的百科全书级的人物。

诗歌赏析

在罗蒙诺索夫生活的18世纪，极光现象还没有得到科学的认知和解释，人们面对极光，不免产生种种的疑问和猜测，这首诗歌就以“自然的规律安在”这一问句来开篇。这令人联想到屈原《天问》的开篇——“曰：遂古之初，谁传道之？”当然，屈原的《天问》比罗蒙诺索夫的这首《极光》内容上要丰富得多，但是两诗的开篇却都体现了探索求知的热切情怀。这首诗虽然是对一种自然现象的描写，却充满了激沛的情感，洋溢着诗人对未知事物的丰富的热情和执着求索的科学精神，具有很强的感染力。

假如生活欺骗了你/普希金

假如生活欺骗了你，
不要忧郁，也不要愤慨！
不顺心时暂且克制自己，
相信吧，快乐之日就会到来。
我们的心儿憧憬着未来，
现今总是令人悲哀：
一切都是暂时的，转瞬即逝，
而那逝去的将变为可爱。

作者简介

普希金（1799~1837），俄罗斯文学之父，俄罗斯现实主义文学的奠基人。出生于一个贵族家庭。1811年进入贵族子弟学校——皇村学校学习，因写诗反对暴君政治，于1820年被流放到南俄，期间他同当时的反对沙皇的十二月党人联系密切。1824年，诗人因与南俄的总督发生冲突，被放逐到其父亲的领地，不准参加社会活动。同年诗人写下著名的历史剧《鲍利斯·戈都诺夫》，但这出深受人民欢迎的戏剧遭到禁演。1826年刚上台的沙皇为收买人心，召普希金入外交部任职。但诗人早已看清了沙皇的真面目，尽管诗人接受了职务，但是他并没有为沙皇收买。1831年，诗人和19岁的娜·尼·冈察洛娃结婚，随后迁居彼得堡，但家庭生活并不愉快。1837年，因法国公使馆的丹特士男爵调戏诗人的妻子，诗人决定和他决斗，在2月8日的决斗中，被子弹击中心脏，两天后去世。诗人一生创作颇丰，除上面提到的历史剧和早期的浪漫主义诗作《致恰达耶夫》《囚徒》等外，诗人还创作了《叶甫盖尼·奥涅金》《驿站长》《上尉的女儿》等著名作品。

诗歌赏析

这首诗是普希金1825年题在他的一个女朋友——叶·沃尔夫的纪念册上的。诗人曾提前把要和丹特士决斗的事告诉她，由此可见二人友谊之深。诗人的这首题赠诗后来不胫而走，成为诗人广为流传的作品。

这是一首哲理抒情诗。诗人以普普通通的句子，通过自己真真切切的生活感受，向女友提出了劝慰。诗的开头是一个假设，这假设会深深伤害人们，足以使脆弱的人们丧失生活的信心，足以使那些不够坚强的人面临“灾难”。那的确是个很糟糕的事情，但诗人并不因为这而消沉、逃避和心情忧郁，不会因为被生活欺骗而去愤慨，做出出格的事情。诗人的方法是克制和坚强的努力。诗人主张：“相信吧，快乐之日就会到来。”

诗人在诗中提出了一种生活观，面向未来的生活观。我们的心儿要憧憬着未来，尽管现实的世界可能是令人悲哀的，我们可能感受到被欺骗，但这是暂时的。我们不会停留在这儿，不会就在这儿止步，我们有美丽的未来。在春风和煦的日子里，当我们和朋友共享欢乐的时候，再细细品味这曾经令人悲哀的现实生活，就会有一种自豪、充实、丰富的人生感受，“那逝去的将变为可爱”。

诗人就用这种面向未来的积极生活观，给女友以鼓励。同样，诗人也用这种生活观以自勉。诗人生活在法国大革命的精神在欧洲大陆产生广泛影响的时代。那时的俄国，一方面处于沙皇暴政的统治下，另一方面，人民的自由意识大大觉醒，起义和反抗此起彼伏。诗人出身贵族，有着强烈的自由民主意识。这些注定了诗人的生活会充满暗礁、旋涡、险滩和坎坷不平。诗人在面对困苦时坚定自己对生活的信心，诗人就靠这信心去战胜一个又一个暴力的压迫。

诗人对生活的假设，引起了很多人的共鸣。正是这种生活观，这种对人生的信心，这种面对坎坷的坚强和勇敢使得这首诗流传久远。

致大海/普希金

再见吧，自由奔放的大海！
这是你最后一次在我的眼前，
翻滚着蔚蓝色的波浪，
和闪耀着娇美的容光。

好像是朋友忧郁的怨诉，
好像是他在临别时的呼唤，
我最后一次在倾听
你悲哀的喧响，你召唤的喧响。

你是我心灵的愿望之所在呀！
我时常沿着你的岸旁，
一个人静悄悄地，茫然地徘徊，
还因为那个隐秘地愿望而苦恼心伤！

我多么热爱你的回音，
热爱你阴沉的声调，你的深渊的音响，
还有那黄昏时分的寂静，
和那反复无常的激情！

渔夫们的温顺的风帆，
靠了你的任性的保护，
在波涛之间勇敢地飞航；
但当你汹涌起来而无法控制时，
大群的船只就会覆亡。

我曾想永远地离开
你这寂寞和静止不动的海岸，
怀着狂欢之情祝贺你，
并任我的诗歌顺着你的波涛奔向远方，
但是我却未能如愿以偿！

你等待着，你召唤着……而我却被束缚住；
我的心灵的挣扎完全归于枉然：
我被一种强烈的热情所魅惑，
使我留在你的岸旁……

有什么好怜惜呢？现在哪儿
才是我要奔向的无忧无虑的路径？
在你的荒漠之中，有一样东西
它曾使我的心灵为之震惊。

那是一处峭岩，一座光荣的坟墓……
在那儿，沉浸在寒冷的睡梦中的，
是一些威严的回忆；
拿破仑就在那儿消亡。

在那儿，他长眠在苦难之中。
而紧跟他之后，正像风暴的喧响一样，
另一个天才，又飞离我们而去，
他是我们思想上的另一个君主。

为自由之神所悲泣着的歌者消失了，
他把自己的桂冠留在世上。
阴恶的天气喧腾起来吧，激荡起来吧：
哦，大海呀，是他曾经将你歌唱。

你的形象反映在他的身上，
他是用你的精神塑造成长：
正像你一样，他威严、深远而深沉，
他像你一样，什么都不能使他屈服投降。

世界空虚了，大海洋呀，
你现在要把我带到什么地方？

人们的命运到处都是一样：
凡是有着幸福的地方，那儿早就有人在守卫：
或许是开明的贤者，或许是暴虐的君王。

哦，再见吧，大海！
我永不会忘记你庄严的容光，
我将长久地，长久地
倾听你在黄昏时分的轰响。

我整个心灵充满了你，
我要把你的峭岩，你的海湾，
你的闪光，你的阴影，还有絮语的波浪，
带进森林，带到那静寂的荒漠之乡。

作品赏析

《致大海》是普希金的一首著名的政治抒情诗，写于1824年，这年夏天，诗人因与敖德萨总督发生冲突，被押送到米哈伊洛夫斯克村，并幽禁于此长达两年之久。在敖德萨的日子里，诗人朝夕与大海相伴，大海涌动的波涛激动着诗人的灵魂世界。当诗人后来要离开敖德萨时，内心的情绪如波涛般地奔涌着，满怀着忧郁和愤怒心情的诗人开始写作，并在后来的米哈伊洛夫斯克村完成了这篇名作。

在诗中，大海是充满了热烈不屈的自由精神的象征，诗人将大海拟人化，热情地歌颂了大海雄壮奔放的崇高之美。全诗共十四节，前四节集中描写了大海自由奔放的风貌，“翻滚着蔚蓝色的波浪，和闪耀着娇美的容光。”“好像是朋友的忧郁的怨诉，好像是他在临别时的呼唤，我最后一次在倾听/你悲哀的喧响，你召唤的喧响。”诗人将大海当成朋友，并直接对大海表达他热烈的爱，“你是我心灵的愿望之所在呀！我时常沿着你的岸旁，一个人静悄悄地，茫然地徘徊，还因为那个隐秘的愿望而苦恼心伤！”相比大海的自由与任性，诗人却是多么无奈：“而我却被束缚住；我的心灵的挣扎完全归于枉然：我被一种强烈的热情所魅惑，使我留在你的岸旁……”诗人向往着自由，但是“为自由之神所悲泣着的歌者消失了”，所以，“世界空虚了，大海洋呀，你现在要把我带到什么地方？人们的命运到处都是一样：凡是有着幸福的地方，那儿早就有人在守卫：或许是开明的贤者，或许是暴虐的君王”。在诗中，诗人以自己炽烈的情感与大海对话，从头到尾充满着充沛豪放的激情，使人感到了诗人与大海同在的汹涌的、不息的灵魂。

沉默/丘特切夫

沉默吧，隐匿你的感情，
让你的梦想深深地藏躲！
就让它们在心灵深处
丹冉升起，又徐徐降落，
默默无言如夜空的星座。
观赏它们吧，爱抚，而沉默。

思绪如何对另一颗心说？
你的心事岂能使别人懂得？
思想一经说出就是谎，
谁理解你生命的真谛是什么？
搅翻了泉水，清泉会变浊，——
自个儿喝吧，痛饮，而沉默。

只要你会在自己之中生活，

有一个大千世界在你心窝，
魔力的神秘境界充满其中.
别让外界的喧嚣把它震破，
别让白昼的光芒把它淹没，——
倾听它的歌吧，静听，而沉默。

作者简介

丘特切夫（1803~1873），俄国诗人，生于贵族之家，自幼受到极好的教育，1818年进入莫斯科大学文学系就读，毕业后到外交部任职，不久被派到巴伐利亚的使团工作，从此丘特切夫在慕尼黑等地生活了22年。在慕尼黑，丘特切夫出众的才华备受上流社会的赏识，他也与德国诗人海涅和哲学家谢林等知名人物过从密切。邱特切夫并不追求文学上的建树，但是他创作的300多首抒情短诗却取得了很高的艺术成就，受到了普希金、屠格涅夫、托尔斯泰和陀思妥耶夫斯基等知名作家的广泛赞誉。丘特切夫的诗歌以歌咏自然和赞美爱情为主题，具有强烈的抒情性，又有着理性的哲学色彩，还带有朦胧的神秘气息，被誉为“抒情的哲学家”。他的诗歌对后来的俄国象征主义诗歌产生了深远的影响。

诗歌赏析

邱特切夫在这首诗中表达了一种自我不被理解和无法与他人交流的痛苦，诗人开篇即呼“沉默吧，隐匿你的感情”，而这样的表达正反应了诗人内心对于沉默的抗拒，可是诗人却又无法不沉默，因为自己的思想无法对另一颗心说——“你的心事岂能使别人懂得”？这就是一种古往今来众多的诗人所发出的“谁解其中味”的慨叹。“思想一经说出就是谎”，这是诗人的一个最为痛苦的发现，人与人之间是缺乏这种“真”的交流的，“谁理解你生命的真谛是什么？”一个人在他内心最深处的所思所想，真的就是“如鱼饮水，冷暖自知”，其中的酸甜苦辣，百般滋味，他人又从何体验得到呢？“自个儿喝吧，痛饮，而沉默。”这是诗人所做出的选择，简简单单的一句话透露着诗人心中的无奈。“别让外界的喧嚣把它震破，别让白昼的光芒把它淹没，——/倾听它的歌吧，静听，而沉默。”最后，诗人只得是保守自己孤独的心灵，既然无法让他人理解和分享，那就把它好好地留给自己吧。

门槛/屠格涅夫

我看见一座巨大的建筑。正面墙上是一道敞开的狭门，门里——阴森黑暗。高高的门槛前站立着一个姑娘——一个俄罗斯的姑娘。

那望不透的黑暗散发出寒气，随着冰冷的气流，从建筑的深处传出一个缓慢、重浊的声音。

——奥，你呀，你想跨过这门槛，你可知道，是什么东西在等待着你？

——知道，——姑娘回答。

——寒冷、饥饿、憎恨、嘲笑、轻蔑、监牢、疾病，还有死亡本身？

——知道。

——完全的隔绝，孤独？

——知道……我准备好了。我能忍受一切痛苦，一切打击。

——不仅来自敌人——而且来自亲人，来自朋友？

——对……即使来自他们。

——好。你准备去牺牲？

——对。

——去做无名的牺牲？你会死掉——而没有人……甚至没有人知道，他尊崇地纪念着的是谁！……——我既不需要感激，也不需要怜惜。我不需要声名。

——你准备去犯罪？

姑娘垂下了她的头……——我也准备去犯罪。

那声音没有立即再重新提问。

——你可知道，——它终于又说话了，——你可能放弃你现在的信仰，你可能认为你是受了骗，是白白毁掉了自己年轻的生命?

——这我也知道。反正我想要进去。

——进来吧!

——姑娘跨过了门槛——于是一幅重重的帘子在她身后落下。

——傻瓜!——有人从后面咬牙切齿地骂过来。

——圣人!——从某个地方传来这一声回答。

作者简介

伊凡·谢尔盖耶维奇·屠格涅夫（1818~1883），俄国19世纪批判现实主义作家，出生于世袭贵族之家，1833年进莫斯科大学文学系，一年后转入彼得堡大学哲学系语文专业，毕业后到德国柏林大学攻读哲学、历史，希腊与拉丁文。1852年，屠格涅夫的随笔集《猎人笔记》使他进入俄国杰出作家的行列。作品中鲜明的人道主义和民主主义倾向引起了沙皇当局的极大关注，并借故把他拘留，后又流放近2年。从19世纪60年代起，屠格涅夫大部分时间都在西欧度过，结交了许多著名作家、艺术家，如左拉、莫泊桑、都德、龚古尔等。参加了在巴黎举行的“国际文学大会”，被选为副主席（主席为维克多·雨果）。屠格涅夫对俄罗斯文学和欧洲文学的沟通交流起到了桥梁作用。

诗歌赏析

《门槛》是屠格涅夫著名的散文诗作，诗人以非常简练冷峻的笔触，展示了一个忠贞的信仰者面对考验和选择的一刻。到处都弥漫着一股彻骨的阴森寒气，令人倍感压抑的象征物，巨大的建筑、巨大的墙面、狭窄的门、高高的门槛、冰冷的气流、缓慢重浊的声音等，所有的这些都构成了一种类似炼狱般的令人窒息的气氛，而对意志的考验就是这样一步一步进行的。信念和意志所面对的都是可怕的惩罚式的内容："寒冷、饥饿、憎恨、嘲笑、轻蔑、监牢、疾病，还有死亡本身""完全的隔绝，孤独""不仅来自敌人——而且来自亲人，来自朋友""准备去牺牲""去做无名的牺牲？你会死掉——而没有人……甚至没有人知道，他尊崇地纪念着的是谁！" "准备去犯罪""你可能放弃你现在的信仰，你可能认为你是受了骗，是白白毁掉了自己年轻的生命？"这不断递进抽丝剥茧般地，不断地深入到一种本质，又像是无边恐怖的威胁，将对方渐渐逼入死角，信仰和本质就这样被彻底地深刻地暴露，我们注意到这个过程中有一个转换："那声音没有立即再重新提问。"这里的停顿是非常重要的，它既暗示着接受，同时又预示着更大的考验。当一切结束之后，这位姑娘立刻获得了来自外界的截然相反的两种评价——"傻瓜"和"圣人"。从头至尾，严谨和冷峻的叙述显示了诗人非凡的艺术功力，给读者带来强烈的心灵震撼。

絮语，怯弱的气息/费特

絮语，怯弱的气息，
夜莺的鸣啭，
银色的月光，梦一般的
溪水潺潺，

夜的光，夜的幽幽的影，
光影朦胧，
在光影中变化不定的
亲切的面容，

云烟中一片玫瑰红，

琥珀般明亮，

频频的亲吻，眼泪，

黎明的霞光！

作者简介

费特（1820~1892），俄国诗人。1840年费特出版了自己的第一本诗集《抒情诗的万神殿》，诗作中呈现出明显的古典浪漫主义风格，并且具有拜伦的痕迹。此后费特又写下了《狄安娜》《你美丽的花环清新而芬芳》《我来向你致意》等许多优秀的诗篇，获得了广泛的称誉。19世纪60年代费特开始专事经营农庄而中断了诗歌创作，晚年时又重新提笔，创作了4卷本诗集《黄昏的灯火》。费特的诗歌远离社会现实，体现出对于艺术美的执着追求，他的诗作歌咏自然，赞美爱情，语言优美而清新，同时具有非常好的音乐性，具有一种超凡脱俗的气质。

诗歌赏析

这首诗创作于1850年，是费特的一首著名的优秀诗篇，备受托尔斯泰的称赞。诗中没有运用动词来结构句子，而是全篇采用名词性短语来将一种图画般的月色之美动人地呈现在读者面前，展现了一种异常优美的梦幻般的意境。夜莺的鸣啭，银色的月光，潺潺的溪水，幽幽的夜影……一切都是如此柔美，如此温馨，而在玫瑰般红、琥珀般明亮的黎明的霞光中，那频频的亲吻和涌溢的泪花，又是怎样一种感人心曲的柔蜜之爱啊！这首诗很好地体现出诗人唯美的艺术追求。

雨 前 /涅克拉索夫

凄厉的风将一团团

乌云驱向天边。

折裂的云杉呻吟着，
黑压压的森林在窃窃絮谈。
树叶纷纷地飞舞，落向
涟漪阵阵、斑斓多彩的小溪，
挟一股干燥而强烈的气流，
突然袭来了寒意。

幽暗笼罩着一切；
一群老鸦和穴鸟
从四面八方飞来，
啼叫着在空中旋绕。

那过路马车上面的
车篷放下了，车门关住了；
“走！”手持马鞭的宪兵
欠起身子向车夫喊道……

作者简介

涅克拉索夫（1821~1878），俄国诗人。学生时代开始写诗，1840年出版第一本诗集，这些早期诗歌多表现下层人民的困苦，以讽刺权贵们的虚伪。1841年，涅克拉索夫结识了别林斯基，从此开始走上了革命民主主义和“真正诗人”的道路。1856年，他发表了《诗人和公民》一诗，之后又发表了《大门前的沉思》《货郎》《严寒，通红的鼻子》《铁路》《怀念杜勃留罗波夫》《祖父》《俄罗斯女人》《同时代的人们》《最后的歌》等诗。从1868年起，涅克拉索夫任《祖国记事》杂志编辑，为发展现实主义文学作出了突出贡献。

诗歌赏析

俄罗斯著名的革命民主主义诗人涅克拉索夫一生都在以其诗笔描绘俄国底层社会人民的苦难和悲惨生活，尖锐地讽刺和批判黑暗统治者的残暴与腐败，深沉地思考着俄罗斯的命运和前途，表达着对时代现状的深深悲哀和对祖国未来的担忧与关怀。《雨前》所描述的是诗人童年时代所亲眼目睹的沙皇宪兵押解流放囚徒的情形，展示了诗人记忆深处无法抹云的阴惨一幕。在诗歌的开篇，诗人描绘了一幅凄惨阴冷的画面："凄厉的风将一团团/乌云驱向天边。折裂的云杉呻吟着，黑压压的森林在窃窃絮谈。树叶纷纷地飞舞，落向/涟漪阵阵、斑斓多彩的小溪，挟一股干燥而强烈的气流，突然袭来了寒意。"可以说，这细腻的、富于象征性的画面，正是沙俄时代的旧影，一切都是被暴行和苦难所笼罩。"幽暗笼罩着一切；一群老鸦和穴鸟/从四面八方飞来，啼叫着在空中旋绕。"当诗人营造好了这一切，押解囚徒的车辆出现了，在这里，诗人只是以极简练的笔触勾勒出政治对抗的情形，"车篷放下了，车门关住了"，宪兵们手持马鞭，几个简单的动作，生动地表现出了宪兵的色厉内荏和囚犯的大义凛然，一切都是暴风雨来临前的凝滞而又躁动不安的预演。

无题/索罗古勃

有一次我在暴风雨中的海上航行
我的小船即将下沉，
于是我呼喊着："魔鬼呵，我的天父，
救救我，你瞧——我就要沉没。

不要让我有罪的灵魂
不到期限就先死去，——
我要把我暗无天日的余生

全交给黑暗的罪恶统治”。

于是魔鬼把我抓住
扔在一艘半毁的大船。
在船上我找到一付木浆，
一只凳子和一张灰色的帆。

于是，我重新将我那被抛弃的灵魂
和我那罪恶的肉体
带上陆地
得以度我病态和罪恶的余生

魔鬼呵，我的天父，
我信赖危难关头你所给我的庇护，
当我在暴风雨的海上航行
是你将我救出了火坑。

我要把你赞美，我的天父，
而把不公正的岁月咒诅，
对世界，我将给以谴责，
而对诱惑——我将屈服于诱惑。

作者简介

索罗古勃（1863~1927），俄国诗人、小说家、剧作家和翻译家，生于彼得堡，1882年毕业于师范院校，此后在偏僻的外省担任小学和中学的数学教师，1884年在一本少儿杂志上发表了第一首诗，1896年出版了第一本诗集，1907年发表了长篇小说《卑鄙的魔鬼》，一时轰动，从此辞去职务而专事于文学创作。1908年，索罗古勃与作家和翻译家切勃塔列夫斯卡娅结婚，这令他进入了数年的创作上的狂热时期，于1913年出版了20卷本的诗集。1918年，索罗古勃当选为文学活动家苏维埃联盟主席，1924年担任列宁格勒作家协会翻译家分会名誉主席。索罗古勃翻译过波德莱尔、魏尔伦等人的作品，是俄国象征主义的代表人物之一。他的诗作表现出现实与理想的对立和强烈的异化感，体现了浓重而坚定的悲观主义色彩。

诗歌赏析

索罗古勃在这首诗中表达了自己对待拯救的观念。诗中写道“我”有一次在暴风雨中的海上航行遇险，面对险情乞求魔鬼的挽救：“不要让我有罪的灵魂/不到期限就先死去，——/我要把我暗无天日的余生/全交给黑暗的罪恶统治。”魔鬼在得到这样的承诺之后把“我”救出，而“我”在得救之后，带着对魔鬼的感激和赞美，继续“度我病态和罪恶的余生”。诗中表达了一种“反动”的思想，人们在遭遇危难的时候，不是祈求于上帝，忏悔自己曾经的罪恶，而是求助于魔鬼，将自己“有罪的灵魂”交给魔鬼的罪恶统治，而在得救之后继续奉行着自己的罪恶。诗人通过这样的叙述来表达自己对于人们的灵魂获得救赎这种可能性的悲观看法。

我用幻想追捕熄灭的白昼/巴尔蒙特

我用幻想追捕熄灭的白昼，
熄灭的白昼拖着影子逝去。
我登上高塔，梯级在颤悠，
梯级颤悠悠在我脚下战栗。

我越登越高，只觉得越发清朗
越发清朗地显出远方的轮廓，

围绕着我传来隐约的音响，
隐约的音响传自地下和天国。

我越登越高，只见越发莹澈，
越发莹澈地闪着瞌睡的峰顶
他们用告别之光抚爱着我，
温柔地抚爱我朦胧的眼睛。

我的脚下已是夜色幽幽，
夜色幽幽覆盖沉睡的大地，
但对于我，还亮着昼之火球，
昼之火球正在远方烧尽自己。

我懂得了迫捕昏暗的白昼，
昏暗的白昼抱着影子逝去，
我越登越高，梯级在颤悠，
梯级颤悠悠在我脚下战栗。

作者简介

巴尔蒙特（1867~1942），俄国诗人、文学评论家和翻译家，童年时代即阅读了大量的书籍，并且带着浓厚的兴趣开始写诗。19世纪90年代，巴尔蒙特出版了《在北方的天空下》《在无穷之中》和《静》三部诗集，这些诗作不仅确立了巴尔蒙特在俄国诗坛的重要地位，而且也成为俄国象征主义诗歌的奠基之作。在后来的年代，巴尔蒙特勤于笔耕，创作了大量的诗歌。1906~1913年，巴尔蒙特居住在法国，1920年又举家迁往法国，在国外继续自己的创作，1937年出版自己的最后一本诗集。巴尔蒙特的诗作具有强烈的叛逆色彩，反对传统的创作规律，抵制理性的约束，但是在诗歌形式上注重音韵上的协调和语言上的华美。

诗歌赏析

这是一首充满象征色彩的诗作，表现了诗人的一场心灵的玄思之旅。“我用幻想追捕熄灭的白昼”，“幻想”一词表明了诗歌内容的虚幻性。“我登上高塔，梯级在颤悠，梯级颤悠悠在我脚下战栗。”这高塔和梯级自然也全都是诗人幻想的产物，而并非真实的存在，值得注意的是那梯级“颤悠”与“战栗”的情态，这既表明梯级之高，也暗示着梯级的虚幻。接下来的几个诗节中诗人描述自己“追捕”的历程，充满着奇幻的景象。“我越登越高，梯级在颤悠，梯级颤悠悠在我脚下战栗。”诗人以这样的诗句来作结束，形式上与前面的诗句相照应，又表达着诗人的“追捕”和“攀登”依然在继续。诗人以这样幽晦的诗情来表达自己内心的求索欲望，诗歌的玄想色彩又令这种求索具有一种神秘无着的特点。

安睡的天鹅/洛赫维茨卡娅

我尘世的生命——是芦苇
那妙不可言的簌簌声。
它低唱着哄天鹅安睡，
天鹅就是我不安的心灵。

远方，贪婪寻求中的渔船，
急切地时隐时现。
在那海湾安静的树丛中，
是忧郁气喘吁吁，如同压迫的大地。
但是声音，那因为战栗发出的声音，
滑过沙沙作响的芦苇丛——
让惊醒的天鹅，我永生的灵魂，

全身不由一阵颤动。

它将向着自由的世界飞翔，
在那里应和浪涛般暴风雨的叹息，
在那里，永远晴朗的天空
倒映于变幻莫测的水里。

作者简介

洛赫维茨卡娅（1869~1905），俄国女诗人，熟悉欧洲文学，喜欢诗歌。洛赫维茨卡娅从小在家接受教育，1888年毕业于莫斯科的亚历山德洛夫学院，1892年结婚后居住在外省，1895年迁到莫斯科，1898年再迁到彼得堡居住。洛赫维茨卡娅自幼即开始写诗，15岁时开始严肃的创作，19岁时发表了最初的诗歌，而后开始在多本杂志上发表作品，1889年发表的《在海滨》为她赢得了声誉。1896年，洛赫维茨卡娅将自己的抒情诗结集出版。诗集博得了广泛的称赞，并且因之洛赫维茨卡娅获得了俄罗斯科学院颁发的普希金奖，她也被称誉为“俄罗斯的萨福”。

诗歌赏析

诗的题目是《安睡的天鹅》，但这并不是一首描写天鹅的诗，“天鹅”只是诗人藉以表达自己心灵的形象。诗人将自己尘世的生命喻作“芦苇那妙不可言的簌簌声”，这簌簌的芦苇声“低唱着哄天鹅安睡”，而“天鹅就是我不安的心灵”。诗人由芦苇声哄着天鹅安睡这一事象，来婉转地比喻自己的生命与心灵的关系。在第二节，诗人借远方贪婪寻求中的渔船和海湾安静的树丛来象征自己心中求索的欲望和深藏的忧郁。诗的第三节又回到对芦苇与天鹅的描述，诗人再次点击自己的灵魂：“我永生的灵魂，全身不由一阵颤动。”在最后一节，诗人明确地表达出自己的精神向往：“它将向着自由的世界飞翔，在那里应和浪涛般暴风雨的叹息”。后面，

“晴朗的天空”和“变幻莫测的水”又是一对象征，象征着诗人永远清澈自由的心灵和这波涛翻滚的世界，而不论这现实的世界怎样险恶，诗人的心灵永远是自由的，是飞翔的，是战斗着的，是迎向胜利的。

节奏/蒲宁

钟，在隔壁，黑而空的厅里，
沙沙作响，敲了十二下当当；
无数瞬息，排成一列奔忙，
奔向不可知，奔向沉睡和墓地，

它们奔忙暂停了片时，
又重新嘀嗒，编织金色花样；
而我，被惑于节奏感的幻想，
交出了自己，任这股力量追逼。

我睁着双眼，望着光之流，
听着自己均匀的心搏，
听着这首诗的节奏之歌，
听行星交响曲在想象中演奏，——
全是节奏，奔忙、无目的的追求！
但可怕的，却是放弃追求的时刻。

作者简介

蒲宁（1870~1953），俄国诗人、小说家、散文家和翻译家，生于没落的贵族家庭，童年和少年时代在祖传的地主庄园中度过，因家境贫困，15岁辍学，19岁出外谋生，从事过校对员、统计员、图书管理员和报社记者等多种职业，也曾受教于托尔斯泰、契诃夫和高尔基等大作家，并曾为高尔基主持的知识出版社撰稿。蒲宁1887年开始发表诗作，1892年出版第一本诗集，1903年以诗集《落叶》获得普希金奖。另外，蒲宁还创作了大量的中短篇小说和一部取得很高成就的长篇小说《阿尔谢尼耶夫的青春年华》。由于他“严谨的艺术才能使俄罗斯古典传统在散文中得到继承”，蒲宁获得了1933年的诺贝尔文学奖。蒲宁在诗中以现实主义的抒情手法描绘人民的生活与自然的风光，深情地表达了对祖国的热爱和眷恋，同时蕴含着对过往时代的惋惜的情怀，带有一种悲凉的意味。

诗歌赏析

诗人以钟的节奏来演绎人生律动，形象而深刻。诗的第一行说到“钟，在隔壁，黑而空的厅里”，这不仅仅是对钟的空间位置和状态的一种描述，也是对人的时光感受的一种暗喻。“无数瞬息，排成一列奔忙”，诗人化抽象为具象，令渺然不见的时光变得触触可感。“奔向不可知，奔向沉睡和墓地”，说明了人生的不可预料和死亡的必然结果。“而我，被惑于节奏感的幻想，交出了自己，任这股力量追逼。”这体现了诗人在时光流逝面前的无奈感。“我睁着双眼，望着光之流”，这就仿佛朱自清在《匆匆》一文中所写的，日子“从凝然的双眼前过去”。时光在不停地流逝，人生在不住地奔忙，诗人一面感叹这“奔忙、无目的的追求”，一面又指出，“但可怕的，却是放弃追求的时刻”，这就是诗人宁死于行而不生于止的人生选择。

我接受/勃洛克

啊，春天没有尽头也没有边疆！

无边无际的还有理想！

生活，我认出了你！我接受你！

欢迎——我用盾牌的叮铛！

接受你，我的失败，
我向你问好，失败！
在哭哭涕涕受魔法蛊惑的领域里，
在笑的秘密中——耻辱不复存在！

我接受失眠的长夜里我内心的争论，
我接受黑呼呼的窗幔后每一个清晨，
好让春天抚慰我发炎的双眼
撼动我、令我心旌摇动！

我接受空旷荒凉的山岗
我接受地上所有城池中的水井！
我接受太阳下每一片明亮的空间
也接受我奴隶般苦役所带来的疲倦……

让我到门口把你迎接，——
何惧狂暴的风儿如群蛇翻卷，
在我抿紧而又冰凉的唇上
上帝的名字令人难以猜详……
在仇人相见之前，
我决不先行抛掉手中的盾箭。
也请你永远不要袒露双肩，
但有迷人的理想在我们头顶闪耀……

我左瞧右瞧把我的仇恨测量，

我对你又恨又爱：

什么死亡，什么痛苦，这些我统统知道

无论如何我对你完全接受！

作者简介

勃洛克（1880~1921），俄国诗人，生于圣彼得堡的一个贵族家庭，父亲是教授，母亲是作家，1906年毕业于圣彼得堡大学历史语文系。1904年，勃洛克出版了自己的成名作和早期代表作《美妇人诗集》，诗篇中充满了神秘主义和唯美主义的色彩。勃洛克由此成为俄国象征主义的代表诗人。1905年的俄国革命促使勃洛克的创作发生了转折，他开始接近社会生活，面向社会现实，逐渐摆脱象征主义，而成为一名现实主义革命诗人，热忱地讴歌俄国的革命。勃洛克创作于1918年的《十二个》是描写十月革命的第一首长诗，该篇诗作以其昂扬的格调和精湛的技艺在苏联诗歌史上占有极其重要的地位。在十月革命后，勃洛克主要从事文化宣传工作，为苏联文化事业的发展做出了重要的贡献。

诗歌赏析

这首诗表达的是诗人对于生活的认同和接受，展现了诗人特定的人生哲学。“生活，我认出了你！我接受你！”这一句诗可以说是全诗的主题句，诗歌后面的诸多阐述都可以看作是对这一句诗的具体诠释。诗人向我们展示的是这样一种理念：人要真实地认识生活和坦然地接受生活，但这并不是消极地退败和怯懦地屈服，而是以一种积极的姿态来承受，以一颗勇敢的心来面对，对于生活中的万般苦难，决不退缩。正如诗中所说：“什么死亡，什么痛苦，这些我统统知道/无论如何我对你完全接受！”

披着深色的纱笼/阿赫玛托娃

披着深色的纱笼我紧叉双臂……
“为什么你今天脸色泛灰？”
——因为我用酸涩的忧伤
把他灌得酩酊大醉。

我怎能忘记？他踉踉跄跄走了出去——
扭曲了的嘴角，挂着痛苦……
我急忙下楼，栏杆也顾不上扶，
追呀追，想在大门口把他拦住。

我屏住呼吸喊道：“那都是开玩笑。
要是你走了，我只有死路一条。”
“别站在这风头上。”——
他面带一丝苦笑平静地对我说道。

作者简介

阿赫玛托娃（1889~1966），苏联著名女诗人。出生在一个富裕家庭，父亲是工程师，母亲是贵族。1905年父母离异，阿赫玛托娃随母亲居住，不久被寄居在亲戚家读书。中学毕业后，阿赫玛托娃进彼得堡女子高等学校法律系学习，同时开始投入大量精力从事文学创作。1910年，她与贵族诗人尼·古米廖夫结婚，婚后先后在法国、瑞士等国游历。这时的阿赫玛托娃写下了很多具有唯美主义倾向的诗歌，这些诗在贵族青年中广为流传，也使阿赫玛托娃获得了“俄罗斯的萨福”的称号。十月革命后，丈夫参加白匪，遭到镇压；阿赫玛托娃一度沉迷于学术研究，放弃诗歌创作。但阿赫玛托娃坚持自己的爱国情怀，没有像另一些文人一样离开祖国。卫国战争期间，阿赫玛托娃写下了许多有关抵抗侵略、保卫祖国的英雄诗篇。1966年，阿赫玛托娃去世。

诗歌赏析

这首诗写于1911年，是对一段爱情插曲的描写。

诗中首句刻画了一个美丽而神秘的女子形象，她披着深色的纱笼。简单一句话就刻画出女子那欲说还羞的心情， 衬托出爱情的神秘和诱人。“紧叉双臂”，似乎也在暗示着“我”对爱情的犹豫和惶惑。诗人就是在这种微妙的心境中写下这首诗的，那是恋人们在爱情中的常见情境。

对方神情悲苦地走了，脚步踉跄。“他”是因为对方的犹豫和怀疑而心情烦闷？还是因为被对方过火的玩笑击伤了心灵？而因为这略带极端的行为——走开，另一方也不再安稳地坐在那里。“我”要去挽回对方的心，“我”不想失去心中的情郎，急忙追了出去，要把“他”留住，并且解释清楚，表白心中的爱情。

“他”回过头来，面带一丝苦笑，平静地对“我”说：“别站在这风头上。”这简短的一句话胜似千言万语，——有时候，一个小小的关切可能会挽救一个生命，会给一个人带来一生的幸福。故事就这样结束了，留给读者无穷的遐想。

这首诗突出反映了诗人的创作风格：用极其精练的语言描写日常生活的场景，写出生活中朴实而真切的感情，特别是青年男女的爱情生活。这首诗采用一个爱情生活中极为常见的情景，将恋人之间那种向往爱情又怕受到伤害的微妙心理刻画得惟妙惟肖，将爱情中的苦痛和甜蜜写得生动到位。诗中采用对话的形式，一方面使诗的故事性增强，另一方面又使诗中的人物心理描写真实而动人。这首诗给当时处在动荡社会中的年轻人以很大的安慰和满足，在他们中间广泛地流传着。

最后一次会晤/阿赫玛托娃

我的脚步那么轻盈，
可是胸房在绝望中战栗，
我竟把左手的手套
戴在右边的手上去。
台阶好像是走不完，
可是我知道——只有三级！
“和我同归于尽吧！”枫叶间
传递着秋天乞求的细语。
“我被那变化无常的
凄凉的恶命所蒙蔽。”
我回答：“亲爱的，亲爱的！
我也如此。我死，和你在一起……”
这是最后一次会晤的歌。
我瞥了一眼黑色的房。
只有寝室里的蜡烛
漠漠地闪着黄色的光。

（吴迪 译）

诗歌赏析

这首诗是阿赫玛托娃17岁时创作的第一本诗集《黄昏》中的一篇名作。阿赫玛托娃在年轻时就取得了非常突出的艺术成就，创作出了高度成熟的诗作，显示出了惊人的才华。这首诗以其细腻而真挚的感人语言，将恋人分别之际的凄伤场景和复杂心情描绘得淋漓尽致，令人读来荡气回肠。“胸房在绝望中战栗”“我竟把左手的手套/戴在右边的手上去”“台阶好像是走不完，可是我知道——只有三级”，这几个细节的描写，极为恰切地传达出自己面对与恋人的最后一次相见之时那种悲伤、凄凉和魂不守舍的情态。诗的第三节那简短的对话干脆而有力地展现出爱情的生死不渝。而最后一节，寝室里的蜡烛在黑色的房中“漠漠地闪着黄色的光”，如同一幅定格了的永恒画面，久久地留在读者的心中。

眼 睛/茨维塔耶娃

两团火光！——不，两面明镜！
不，两种沉痛的心情！
两个天使般的圆孔，
两个烧焦的黑洞——

两面用冰结成的明镜，
相隔万里的对面的大厅，
从人行道的大理石板上，
冒出的烟苗滚滚升腾。

火焰和黑暗！可怕的眼睛！
两个黑乎乎的深坑。
在医院里睡不着觉的孩子
会吓得——“妈妈”大叫一声！

啊，阿门，恐惧和责备的神情……
傲慢的示意欢迎……
在冷若冰霜的老实人上方——
两个黑黢黢的令名。

可要知道，江河会倒转奔腾，

石板也会铭记在心中！
放射着巨大的光芒，
它们会一次又一次地上升——

那两轮太阳，两个孔洞，
——不，两颗金刚石晶莹！——
那地下深渊的明镜，
两只要命的眼睛。

作者简介

茨维塔耶娃（1892~1941），苏联诗人、小说家和剧作家，生于莫斯科，父亲是莫斯科大学的艺术史教授，母亲是著名钢琴家鲁宾斯坦的学生，有着出色的音乐才能。茨维塔耶娃6岁时开始学诗，18岁发表了第一本诗集《傍晚的纪念册》。由于对暴力手段的抗拒，茨维塔耶娃对十月革命持反感的态度，因此于1922年移居国外，开始了长达17年的流亡生活。茨维塔耶娃有着热烈的激情和敏感的性格，对于生活和爱情有着自己独特的看法，这种特质点燃了茨维塔耶娃的生命，同时也给她带来了巨大的不幸，以致于最后夺去她的生命。茨维塔耶娃的诗歌往往具有独特的跳跃性，超越了普通的经验和寻常的思维，在这种超越中展现着一名优秀女诗人的卓越的才华。

诗歌赏析

在这首诗中，茨维塔耶娃非常注重心理感觉的呈现，由对两只眼睛带有浓重主观色彩的描述，展现了自己特异的思想和独特的诗艺。在诗的第一节中，“两团火光”和“两面明镜”，与“两个烧焦的黑洞”形成了强烈的对比意象，引发读者的思考。诗的第二节沿着第一节的表述，继续构造着两种相反的意象。“火焰和黑暗”全是由眼睛感受到的，然而无论是火焰还是黑暗，都带给人一种恐惧。诗人插叙了这样一个情节："在医院里睡不着觉的孩子/会吓得——'妈妈'大叫一声！"由此表达出一种张皇和恐惧的心理，表达的是心中的那份孤独和无助。诗中遍布着象征性的句子，主要体现的并不是表达的具体内容，而是诗人独异的心理特征和敏锐的人生感受。

月夜即景二首 /马雅可夫斯基

一

明月将上。
微露银光。
看哪，一轮满月，
已经在空中浮荡。
这想必是
上帝在上，
用一把神秘的银勺
捞星星熬的鱼汤。

二

风老头旋转不休——
他堕入了情网。
他在电报线上
把吉他弹响。
月姑娘圆润的膝头
溜出了云裳。

作者简介

马雅可夫斯基（1893~1930），苏联诗人和剧作家，1908年成为布尔什维克的一员，1911年，进入莫斯科绘画雕刻建筑学校，同时开始诗歌的创作。在从事革命活动的过程中，马雅可夫斯基曾三次被捕，后来他虽然改行从事文艺事业，但仍然以极大的热情支持革命，以自己题材广泛的诗画创作进行有力的革命宣传，在苏维埃国家最为艰苦的时期，成为一名坚定的革命诗人，他的诗歌和剧作也产生了巨大的影响，引领时代的风潮。1930年4月的一天早晨，马雅可夫斯基在自己的寓所开枪自杀。马雅可夫斯基早年受到未来主义的影响，创造了形式独特的“楼梯体”诗歌，给人以特别的视觉观感和节奏鲜明的听觉感受，诗中常常运用奇特的、跳跃式的比喻和拼接式组合的意象来表达豪放不羁、挥洒自如的思想。

诗歌赏析

这篇诗歌节奏轻快，风格活泼，语言非常富有谐趣，洋溢着欢朗的情调。诗歌以“明月将上”写起，由“微露银光”到“一轮满月，已经在空中浮荡”，简洁地勾绘出了月亮逐渐升起的过程。接下来，诗人运用了一个充满妙趣的比喻：“这想必是/上帝在上/用一把神秘的银勺/捞星星熬的鱼汤。”这恐怕是只有诗人才会想得出的美丽的童话情节。接下来的两个诗句写的是风，诗人对风的描写也全不逊色。“风老头旋转不休——/他堕入了情网。”“他在电报线上/把吉他弹响。”这又是两个精彩的比喻，可谓神妙至极。然后，诗人的笔触又回到月亮身上，“月姑娘圆润的膝头/溜出了云裳。” 这是多么甜美的诗句啊！将月亮的情态描画得无限娇柔，也在读者的心中激起柔情的涟漪。

你不爱我也不怜悯我/叶赛宁

你不爱我也不怜悯我，
莫非我不够英俊？
你的手搭在我的肩上，

情欲使你茫然失神。

年轻多情的姑娘，对你
我既不鲁莽也不温存。
请告诉我，你喜欢过多少人？
记得多少人的手臂？多少人的嘴唇？

我知道，那些已成为过眼云烟，
他们没触及过你的火焰，
你坐过许多人的膝头，
如今竟在我的身边。
你尽管眯起眼睛
去思念那一位情人，
须知我也沉浸在回忆里，
对你的爱并不算深。

不要把我们的关系视为命运，
它只不过是感情的冲动，
似我们这种萍水相逢，
微微一笑就各奔前程。

诚然，你将走自己的路，
消磨没有欢乐的时辰，
只是不要挑逗天真无邪的童男，
只是不要撩拨他们的春心。
当你同别人在小巷里逗留，
倾吐着甜蜜的话语，

也许我也会在那儿漫步，
重又与你街头相遇。

你会依偎着别人的肩头，
脸儿微微地倾在一旁，
你会小声对我说："晚上好！"
我回答说："晚上好，姑娘。"

什么也引不起心的不安，
什么也唤不醒心的激动，
爱情不可能去了又来，
灰烬不会再烈火熊熊。

作者简介

叶赛宁（1895~1925），20世纪初俄罗斯著名抒情诗人。出生于一个农民家庭。2岁时被寄养在外祖父家中。1909年入一所教会师范学校学习。1912年，叶赛宁毕业后去了莫斯科，从事辛苦的工作，同时开始诗歌创作。不久叶赛宁加入苏里科夫文学与音乐小组，并进入沙尼亚夫斯基人民大学读书。他的第一部诗集《扫墓日》就在这个时候出版。1916年，他应征入伍，一年后离开军队，加入左翼社会革命党人的战斗队。十月革命中，叶赛宁积极参加革命活动。1921年，叶赛宁与美国著名舞蹈家阿塞米拉·邓肯结婚，之后两人一起去欧洲旅行。这次婚姻只维持了3年便结束了。1925年，叶赛宁和列夫·托尔斯泰的孙女结婚。由于感到现实社会与自己理想中的社会有着巨大的差异，叶赛宁极度失望，并患上了严重的抑郁症。1925年12月，诗人自杀，自杀前用血写下了诀别诗《再见吧，朋友》。

诗歌赏析

这首诗写于1925年12月4日，半个月后诗人就自杀了。这首诗应当是诗人送给一直敬爱他的别尼斯拉夫斯卡娅的。她一直爱着诗人，给诗人以帮助，但最终被诗人抛弃。诗人的心中一直有着深深的愧疚，据说诗人的诀别诗也是写给她的。在这首诗中，诗人用另一人的口气对自己抛弃情人的行为进行了谴责，表达了自己心中的愧疚。

诗中写了一段浪漫故事。在讲述中，我们能明显感受到两种感情在纠结和交替出现：对情人的逢场作戏、虚情假意的深深埋怨，对逝去爱情的深深怅惘与伤痛。“他”对情人的离去表示了不可理解，那“不够英俊”只是“他”的一种无奈和安慰。

于是，“他”陷入了深深的埋怨。他对情人的描述可以说是一种刻意轻视甚至诬蔑。情人朝三暮四，总在不断地欺骗和抛弃别人；情人的心不能坚定，情人的爱不能如一。情人的生活是在“消磨没有欢乐的时辰”。

“他”埋怨情人，但又不能忘怀那段感情。“我知道，那些已成为过眼云烟”，如果遇见情人和另一个人在亲密，“他”能平静地说声“晚上好”——这只是自欺而已，“他”对情人的背叛仍耿耿于怀，更不能容忍情人对他的“玩弄”。这些都说明了“他”的心已深深地被那段感情所刺痛。看似平静的语言背后，隐含着诗人心灵的巨大创伤和强烈痛苦。

最后一段，诗人用自白的方式讲述了自己的心灵感受。在深深的埋怨和痛苦背后，隐藏的是绝望和一种死寂般的无奈。这绝望和无奈是不是也是诗人的心情？这样的绝望后又隐藏着怎样的愧疚和后悔？

在写作手法上，诗歌采用了鲜明的对比手法和生活化的语言——明朗而富含着强烈的感情。诗中的被抛弃者用情人的行为和“我”的态度进行对比，从一定程度上掩藏了情人的真实情况，表达了对情人的怨恨，又很成功地表达出“我”在情人离去后精神上的深深痛苦。

这首诗体现了叶赛宁诗歌创作的一贯风格：文风清新自然，行文飘逸潇洒，在明朗的语义下潜含着诗人深深的感情，生活化的场景使得人们能真切地品味出诗中的情感和意境。这些都使得诗人在俄罗斯诗歌史上占有重要的一席，使得叶赛宁的诗歌对20世纪50年代后的苏联诗坛产生了重大的影响。

多美的夜啊！我不能自已/叶赛宁

多美的夜啊！我不能自已……
我睡不着。月色那般地迷人。
在我的心底仿佛又浮起了
那已经失去的青春。

变冷了的岁月的女友，
不要把戏耍叫做爱情，
让那皎美的月色，
更轻盈地流向我的褥枕。

让它大胆地去勾勒
那些被扭曲了的线条，
你既不能失去爱恋，
你也不会再点燃爱的火苗。

爱情只可能有一次，
所以我对你感到陌生，
菩提树白白地招手，
可我们的双脚已陷入雪堆中。
是的，我知道，你也知道，
那月亮蓝色的回光。

照在菩提树上，已不见花，
照在菩提树上，只见雪和霜。

我们早已不再相爱了，
你不属于我，而我又交给别人，
我们两个不过是在一起
玩弄了一场不珍贵的爱情。

随便地亲热一会，拥抱吧，
在狡诈的热情中亲吻吧，
可让心儿永远只梦见五月，
和我那永远爱恋的人。

诗歌赏析

俄罗斯诗人叶赛宁在其短短的人生中经历了许多复杂多变的感情，他是一个多情的诗人，最终为爱情所伤害。叶赛宁的诗歌非常善于描写田园风光，他笔下的俄罗斯风情总是带有一种深重的忧郁气质，他笔下的风景是他内心世界的一面镜子。叶赛宁的诗歌想象丰富，意境新颖别致，具有非常强烈的感染力。《多美的夜啊！我不能自已》抒写了诗人失落的爱情和对逝去青春的缅怀，诗人一方面直抒胸臆，另一方面又将这种情绪与奇特的景物意象联系起来，从而使这种内心的情绪更加深入："变冷了的岁月的女友，不要把戏耍叫做爱情，让那皎美的月色，更轻盈地流向我的褥枕。""让它大胆地去勾勒/那些被扭曲了的线条，你既不能失去爱恋，你也不会再点燃爱的火苗。"在诗人看来，失败的爱情已经改变了他，使他成了一个不能爱，也没有爱的人。"爱情只可能有一次，所以我对你感到陌生，菩提树白白地招手，可我们的双脚已陷入雪堆中。"诗人因为幻想又一种真正纯粹的爱情，而对现实中二人的关系表示怀疑，但是，他仍然感到无法自拔。诗人用一种奇特的自然情景来再现这种情感处境：“那月亮蓝色的回光。照在菩提树上，已不见花，照在菩提树上，只见雪和霜。”诗人通过这样的描述来表现徒有其表的爱情。诗人虽然认定他们之间不是真正的爱情，而是一场相互玩弄的游戏，却依然在逢场作戏，“在狡诈的热情中亲吻”。

喀秋莎/伊萨柯夫斯基

正当梨花开遍了天涯，
河上飘着柔曼的轻纱！
喀秋莎站在峻峭的岸上，
歌声好像明媚的春光。

姑娘唱着美妙的歌曲，
她在歌唱草原的雄鹰；
她在歌唱心爱的人儿，
姑娘把他的来信深深珍藏。

啊！这歌声，姑娘的歌声，
跟着光明的太阳飞去吧！
去向远方边疆的战士，
把喀秋莎的问候传达。

驻守边疆的年轻战士，
心中怀念遥远的姑娘；
勇敢战斗保卫祖国，
喀秋莎爱情永远属于他。

正当梨花开遍了天涯，
河上飘着柔曼的轻纱；
喀秋莎站在峻峭的岸上，
歌声好像明媚的春光。

作者简介

米哈依尔·瓦西里耶维奇·伊萨柯夫斯基（1900~1973），苏联著名抒情诗人。1914年，伊萨柯夫斯基发表了第一首短诗《士兵的请求》，这首诗在当时俄国的文坛上引起了很大的轰动。卫国战争期间，伊萨柯夫斯基的许多脍炙人口的抒情诗被谱成歌曲广为传唱，他曾两次获得斯大林奖金。主要作品有《喀秋莎》《有谁知道他》《诗与歌》等。

诗歌赏析

《喀秋莎》写于1938年，写成后不久，即被谱成歌曲传唱，并迅速流传开来，在苏联卫国战争期间更是在前方和后方广为传唱，起到了不可估量的精神作用。由于吸收了民歌的因素，这首诗的语言非常通俗，生动流畅，而且洋溢着浓郁的民族风情，极富画面感和音乐美，饱含着俄罗斯民族的诗情画意。诗歌塑造了一位美丽温柔、深明大义的俄罗斯少女形象，展示了她纯朴美好的心灵。“正当梨花开遍了天涯，河上飘着柔曼的轻纱！喀秋莎站在峻峭的岸上，歌声好像明媚的春光。”诗人并没有正面地描写喀秋莎，而是把笔墨用在喀秋莎出现的背景画面上，而喀秋莎的形象由此更加动人。从第二节开始，诗人向我们展示了喀秋莎美好的内心世界：“姑娘唱着美妙的歌曲，她在歌唱草原的雄鹰；她在歌唱心爱的人儿，姑娘把他的来信深深珍藏。”正是这美妙的、具有着人类共同情感的内容和诗意的语言，使得这首诗成为家喻户晓、永唱不息的经典杰作。